2009年度第一批入选"江苏省博士后科研资助计划"项目

——中国现代气象艺术的"知识场"研究，项目编号0901120C，

（阶段性成果）

新时期文学场域

XINSHIQI WENXUECHANGYU YANJIU

初清华 著

研究

人民出版社

责任编辑:李椒元
装帧设计:徐 晖
责任校对:方雅丽

图书在版编目(CIP)数据

新时期文学场域研究/初清华著. -北京:人民出版社,2010.12
ISBN 978 - 7 - 01 - 008807 - 5

Ⅰ. 新… Ⅱ. 初… Ⅲ. 当代文学-文学研究-中国 Ⅳ. I206.7

中国版本图书馆 CIP 数据核字(2010)第 051036 号

新时期文学场域研究
XINSHIQI WENXUE CHANGYU YANJIU

初清华 著

人 民 出 版 社 出版发行
(100706 北京朝阳门内大街 166 号)

北京世纪雨田印刷有限公司印刷 新华书店经销

2010 年 12 月第 1 版 2010 年 12 月北京第 1 次印刷
开本:710 毫米×1000 毫米 1/16 印张:14.75
字数:223 千字 印数:0,001 - 3,000 册

ISBN 978 - 7 - 01 - 008807 - 5 定价:29.00 元

邮购地址 100706 北京朝阳门内大街 166 号
人民东方图书销售中心 电话 (010)65250042 65289539

序

王　尧

　　初清华的博士论文《新时期文学场域研究》，在修订之后即将付梓，作为她的导师和同行我为之高兴。本书出版之际，适逢学界讨论中国当代文学六十年历史，因而有了特别的意义。学界关于中国当代文学的研究已经进入一个新的阶段，初清华博士这一代青年学者对种种问题的新思考，我想应当成为推动当代文学学科建设的动力之一。当下的研究生教育有诸多难题，其中之一是博士论文选题的确立。像中国文学这一基础学科，博士论文选题之难，几乎是普遍性的。我在和初清华讨论她的博士论文选题时，提出了三点"指导性"意见：要有"问题意识"，如果没有，就不可能有好的博士论文选题和以后的研究领域；当代文学研究需要由扎实的文献基础，而不是相反；可以用新理论新方法，但要融会贯通，要与研究对象契合。她的方向是"中国当代文学与思想文化研究"，在几番讨论后，她确定自己做"新时期文学"研究。在中国当代文学领域，新时期文学研究差不多是"显学"，如何在大家似乎很熟悉的领域做出自己的特色，是对初清华的一个考验。初清华在经过深入的思考之后，提出运用知识社会学研究方法，以布尔迪厄的"场域"理论为主，又借鉴福柯的知识考古学，研究"新时期"的"文学场域"。她所提出的方法与切入点，我以为能够对"新时期文学"的许多重要问题作出独到的分析和判断。我们现在读到的《新时期文学场域研究》，实现了初清华写作论文的初衷，她始终注意问题意识与方法意识的落实以及两者之间的契合,由此,对"新时期文学"作出了富有创新性的阐释。"文学场"理论由西入中,以之研究文学中国学界也不乏探索性的成果。初清华在尊重和吸收这些研究成果的基础上,勇于批判和修正,显示了她试图在扬弃中形成自己的观点与路径的努力。初清华清理了"文学场"理论由西入中后的差异,在她看来:在方法领域中,该理论所提倡的是以"场"为框架的文本研究与语境研究的结合,要用"文学场"的概念突破文学研究方法中存在的文本/语境的对立;但是在中国文学研究的应用过程中,学界对"场域"理论的接受,则大多把"场域"理解为"历史情境"和"文学现场",选择了对文学生产机制和生产过程的描述与研究,以及对原始材料的重视。一段时期,中国现当代文学研究者对文学制度的重视、对文学生产过程的考察等,都反映了中国学者在运用"文学场"理论时的特色。初清华基本接受了这样的理解和选择,但重要的是她作出了修正、补充和发展,可以说是超越了目前研究的局限,这是本书最具价值的部分之一。将文本与语境研究结合起来的方法,是这些年的共识,仅以文本为中心不足以阐释经典何以产生。如果回到"语境"或"场域",那么"历史情境"或"文学现场"的结构又是什么?"文学场"在重视了"社会关系"以后又疏忽了什么,而这一疏忽又怎样影响了对"内部"的考察?诸如此类的问题,正是初清华思考的中心以及要着力解决的问题,当她在这个方向的思考清晰以后,论文的写作与最终成果也就有了富有个人特性的学术价值。应当说,初清华的《新时期文学场域研究》做到了这一点。初清华对"场域"理论"得失"的两面保持了清醒。她指出,"场域"理论的提出,虽然为以往单纯从"政治—文学"二元模式的体制研究中,引入"经济资本"的因素提供了可能,但社会学的研究视点使布尔迪厄把"文学场"理解为各种社会"关系"的斗争与展现,很容易将文学问题与阶级、权力纠缠不清。在意识到这种"危险"之后,初清华重视了"文学场"的知识性特征,避免把文学"场域"研究等同于文学"制度"的外部研究,以此克服运用"场域"理论研究中国文学问题的局限。初清华使用了文学"知识场"概念,她从法国社会学家"场域"理论得到启发,但她的"文学知识场"概念与布尔迪厄社会学批评中的"文学场"概念有所不同。她把"文学场"分为"实场"和"虚场"来研究,又视为一体之两面,从文学知识类型及其谱系发展来分析,得出了这样的结论:"文学场"不仅是文学作品的寓所,更是受各种门类知识话语青睐的栖身之处,游荡在场中的幽灵不再只是作品,还包括不同类别、相互纠结着的文学和其他学科的知识,是所有能够进入特定时期文学场域人们对于自然、世界的认识和经验。正是这些不断被传承并要求创新的知识经验,如黏合剂般把作者、作品、读者整个文学活动与社会水乳交融成一体。在这样的思路中,初清华对新时期文学场域的考察和研究卓有成效。《新时期文学场域研究》的上篇,以新时期文学实场为主要论述对象,探讨新时期文学场域的重新生成与体制的重建。在这个部分,初清华在分析新时期文学场域的重建过程时,提出了政治、文学界、人民成为新时期文学知识生产的三种决定性力量,并仔细考察了"政治—文学—人民"三元文学体制的雏形以及三元文学体制确立的过程,分析文化身份与新时期文学场域中出现分化现象。我以为,这是对新时期文学"历史情境"的有效清理,她注意到了文学场重建过程中的蜕变、冲突域选择,从而在复杂性的层面上以自己的方式返回了"文学现场"。本书的下篇,主要是以新时期文学"虚场"为考察对象,也就是对新时期文学场域中的文学观念和知识构成的研究,大致分析了现实主义文学、浪漫主义文学、现代主义文学、国家意识形态文学和通俗文学等文学知识谱系的内部构造以及复杂关系。这一部分从外部研究转入到了内部,也就是她所说的"虚场"与"实场"的结合,她想回答的是:新时期这一特定阶段的文学场域中有哪些类型的创作,这些作品是以怎样的理论知识为指导？不同类型的文学知识谱系间形成怎样的关系？某一时期某种类型文学的主导地位如何确立？依靠的标准是什么？谁制定的标准？该标准对文学知识的再生产方式有何影响？初清华在这本书中当然无法完全回答这些问题，但她的追问贯穿始终。这应当成为她以后进一步研究的方向。初清华是一个很要强的人，对自己各方面的期许都高。年轻一代知识分子，在消费主义意识形态盛行的当下，仍然怀抱学术理想，甘于寂寞，潜心读书，以学术安身立命当属不易。导师的责任或许就是发现和培育"读书种子"，"种子"再生长开花结果，于是便有"薪火相传"。很多年前，我特别尊敬的著名古典文学研究专家严迪昌先生，他在我担任行政工作时告诫我：要发现和保护"读书种子"。我一直视严先生的话为一种教育理想。初清华在学术道路上还会往前走，这个世界的诱惑太多，但我相信她不会走上岔道（学术上的岔道也是阡陌条条），她会乐于做一个"读书种子"。在日常生活中，初清华单纯处世，热情洋溢，乐于助人，礼数周到，有侠义心肠。这与她在孔孟之乡长大有关。世间不免险恶，初清华以单纯对待，虽然也偶尔遭遇挫折，但她总是保持对生活的热情，保持人生的暖意。这种单纯和热情，也让她在生活中充满快乐。这种状态，对一个读书人来说也很重要。可能是因为我受过太多的训诫，喜欢中庸与平和地生存着，只有在"原则问题"上自己从不妥协。初清华刚到苏州时，我感觉她心气很高，好发议论，个性鲜明。若有学术讲座，她总是坐在前排，而且常常是第一个向讲演者发问，据别人告诉我，她提问题有时还会"穷追不舍"。我相信这很像她，因为在我的课上，讨论到什么问题时，她同样不依不饶，即便如我不仅是导师而且也是个比较善辩的人，但都很难说服她。对初清华这样的风格，我并不否定，做学术如果没有个性，要有所发展也难，导师应当尊重学生的个性，但我期待她沉潜并学会倾听别人的意见。我记得我为此找她谈话，她向我解释，我用了比较重的口气说话,她就没有再说什么。后来有同事告诉,初清华听讲座,不再第一个发问了。我闻之,心情也复杂。其实初清华的个性并未"修改",但她懂得了首先要倾听,然后再质疑。在博士论文答辩之后,初清华自己告诉我,她当时对我的意见很"疙瘩",现在想通了。她在做博士论文时,能够潜心收集整理文献,以之为论述的根据,很受答辩委员会专家们的肯定,其实这与她的性格有所内敛有关。她在学会质疑别人时,更懂得了如何质疑自己的观点与方法。这是初清华读博士期间的一个进步。我个人以为,一个好的学者,是需要有自我批判精神的。我想,初清华会这样看待自己现在的研究成果,重新出发。

2009 年 10 月于"三槐堂"

目　录

下篇　新时期文学场域中的知识谱系

导言　重塑新时期文学世界

作为中国当代文学研究中的一个关键词，"新时期文学"该如何界定，从1980年代至今都还是个问题。就概念的外延而言，仅对"新时期文学"起止时间的界定目前就有几种不同说法①。"新时期文学"起点主要有两种意见：一是以1976年；一是以1978年。对于"新时期文学"终点，则有四种不同意见：一是以1987年；一是以1989年；一是以1992年；还有一种则是认为新时期文学至今没有终结，"仍然用'新时期文学20年'来概括中国文学自70年代末以来所走过的文学里程"②。而每一种分期方法都关涉着该研究者对于新时期文学内涵的理解，因此对于新时期文学的评价也自会不同。有人说，"新时期文学光彩遥遥呼应着世纪初的'五四'，成为20世纪中国文学中最有活力的一部分"，也有人说，"新时期文学存有危机，不是五四文学的延续，而是古典文学拙劣的翻版"③，如此截然相反的感受在某种程度上也能说明新时期文学的丰富性、复杂性。

如果把新时期文学还原到历史语境中，相比起"文革"文学与1990年代

---

① 1976—1992年（吴家荣《新时期文学思潮史论》）。陈晓明在《表意的焦虑》中提出起于1976年，止于1987年的观点，他是"以文学自身的内部变化来把握文学史的转折"（而他认为"学术界通常把粉碎'四人帮'后，即1976年以后至1989年这一时期的文学称作'新时期'"）。更多的研究者是把新时期文学的起点定在党的十一届三中全会召开以后，即1978年。以1989年为终点，是因为1989年3月20日新华社播发了《中共中央关于进一步繁荣文艺的若干意见》，正式提出开展"社会主义商品经济条件下"的文艺体制改革。这不仅表明新时期文学运动的商品化具有了完全的合法性，更是促使从此以后的文学运动向着市场化的方向发展（郝明工：《中国大陆当代文学运动的历史命名——从社会主义革命时期文学到后新时期文学》，《涪陵师范学院学报》2003年第5期）。

② 丁帆、朱丽丽：《新时期文学》，洪子诚、孟繁华主编：《当代文学关键词》，广西师范大学出版社2002年版，第159页。

③ 圆明：《新时期文学讨论会述略》，《文学评论》1986年第4期。

文学在整体形态方面的强烈反差,作为把二者联系起来的"新时期文学",其过渡期的特征自然会被凸现出来。也就是说,新时期文学是一种转型期文学,是从处于政治—文学二元模式中的"文革"文学转为政治体制影响逐渐式微、经济(特别是出版业等媒体)体制的影响更为显著的 1990 年代文学间的过渡。这个过渡期的起点,我把它定为 1976 年"四五"运动,这是基于研究"文革"后文学知识场如何重新生成的考虑。而以 1987 年为终点则主要是基于新时期出版业改革对于新时期文学的重要影响,这一年国家对出版发行体制的改革基本完成:发行体制基本实现完全市场化,机构改革方面成立了中华人民共和国新闻出版署,同时也开展了对全国报刊出版正规化的全面整顿,以中共中央发出的两个文件为标志①,提出所有报刊要重新登记注册、各地建立新闻出版局、制定出版法、加强对图书市场的管理等要求,这表明国家对新时期文学知识再生产活动的管理体制逐步健全起来,"庙堂"与"江湖"的对立也从此越来越清晰。因此,本文所谓"新时期文学场域研究",指的就是以 1976 年至 1987 年间文学为主要对象的研究。

在新时期文学场域里,存在着多种类型的文学知识话语②,"文革"后它们通过出版、翻译、创作等方式进入并存于新时期的文学场域中,同时也在批评和创作中不断调整文本形态以适应时代的观念,以赢得更多的接受者。由于"人民"的砝码在新时期文学生产体制中越来越重,以及时人对现代化与民族化、西化间复杂关系的认识上存在种种分歧,使得新时期文学场域的这五种文学知识类型力量对比并不均衡,而是存在强弱差异,并且纷纷借助于哲学、美学、心理学等学科的新理论话语来争夺在新时期文学场域中更为有利的位置,更多发言权。这种分化早在 1979 年就已经有所显露,特别是在 1980 年代中后期,文学界为"寻根文学"、"先锋文学"的出现而欢呼,现代主义文学因其契合了当时文学知识分子对民族"现代性"的想象而获得文学场域中的合法地

---

①　一是 1987 年 1 月 28 日《中共中央关于当前反对资产阶级自由化若干问题的通知》,一是 1987 年 3 月 29 日《中共中央关于坚决妥善地做好报纸刊物整顿工作的通知》,《十二大以来重要文献选编》(下),人民出版社 1988 年版,第 1257、1355 页。

②　按照这些知识的理论体系,我把它们分为国家意识形态文学、通俗文学、知识分子文学,而知识分子文学又可以细分为现实主义文学、浪漫主义文学和现代主义文学。尽管这样的分类可能有不周延之处,尚未找到更好的分类方法。

位时,通俗文学尽管从 1980 年代初就开始赢得更多的读者市场,却遭到来自很多文艺界人士和主流意识形态的联合抵制。而浪漫主义文学和国家意识形态文学虽然在文学界声音微弱,但仍不绝如缕。正是由于新时期文学场域中存在着多种类型的文学知识话语,因此对于某一文学现象的认识总是会存在分歧、引发论争,又在论争中改变着各种类型知识话语间力量的对比。"论争"成为新时期文学场域中尤为重要的现象,这种"论争"能够贯穿新时期文学始终,要归功于随文学实践发展而不断在"政治—文学—人民"三元模式中作出调整的新时期文学体制。

以往 1980 年代、1990 年代对"新时期文学"的研究,虽然在策略上存在着"加"与"减"的差异,但所反映出研究者的思维模式却基本一致:大都局限在政治—文学的"二元"模式中①探讨,更多地关注"新时期文学"对于"文革"文学的断裂性发展和流变,容易遮蔽掉无法进入二元模式中的一些资料,因而很难准确解释有关 1990 年代文学与 1980 年代文学间如何联系的问题,也很难对某些新时期文学现象作出更为精确的理解和评价。因此,继续进行新时期文学研究,必须超越已有的政治—文学二元对立的思维模式。

一、加与减的悖论——八九十年代研究新时期文学的综述

当"新时期文学"被定格为某个历史片断的剪影,后来者对其研究的所有文章都不过是一种想象或臆测。且不说每个人心中对新时期文学都有一个或清晰或模糊的认识,单是从已出版的专著和公开发表的研究文章来看,足可称得上是洋洋大观②。对新时期文学的研究文章,按研究方式大体可分为共时

---

①　陈思和先生 1990 年代就提出"民间"的概念,我对新时期文学的思考和认识很受他的启发。但是他的《中国当代文学史教程》看似增加了"民间"的视角,却并没有摆脱二元思维模式,走出了当代文学研究的"政治—文学"模式转为强调"民间—文学"模式,似有过于强调"民间"对于文学的意义之嫌疑。

②　本文收集到单是以"新时期文学"整体为研究对象的单篇论文 628 篇(1980—2005)和专著(包括各种当代文学史研究中对新时期文学部分的论述)85 种,根据概率统计原理,这种随机选择搜集的资料应该可以具有代表性。

性的文学批评、某种理论的专题研究和文学史的历时性研究,但三者又是密不可分、相互包容的①。由于不同时期的批评研究文章所运用的批评话语、评价标准,代表的是不同时代批评者的理论视界和知识背景,因此按时间则大体可分为:同时期的批评与 1990 年代以来的研究。由于远近距离不同而形成的审美感受、知识结构差别较大,使得研究者选择的研究视角大异其趣,因此得出的结论自然也是各不相同。在 1980 年代对新时期文学的研究中,1986 年掀起一个高潮。1986 年 9 月初,中国社会科学院文学所在北京召开了"新时期 10 年文学讨论会",讨论如何评价新时期文学的成就。刘晓波在会上提出的"新时期文学危机论"②,引起学界争论。而鉴于 1980 年代后期文学创作发生转型,1992 年谢冕提出了"后新时期文学"③的概念。冯骥才、张颐武、王宁等人纷纷著文表示认同"新时期文学"在 1980 年代末已经终结。同时期的文学研究④,以批评为主,处于相同的话语环境,并且多是近距离、"印象"式⑤的回

---

①　勒内·韦勒克、奥斯汀·沃伦:《文学理论》,刘象愚译,江苏教育出版社 2005 年版,第 33 页。

②　刘晓波:《危机! 新时期文学面临危机》,《上海文化艺术报》1986 年 11 月 21 日。

③　尽管对文学的这种转型已达成共识,但是"后新时期文学"的定义只为一小部分人所接受,从来来研究文章的数量可见一斑。1993、1994、1995、1996 年还算最火热的时候,以"后新时期"为题目的研究文章分别为 14、14、12、8 篇。1992—2004 年,对"后新时期"文学的论述,总共也就只有 73 篇。

④　包括 1980—1989 年报刊发表的批评文章和研究专著,这些研究专著中大多是论文集,1985 年以后才出现了少量具有阶段性总结特点的和运用某种理论的个人研究专著。总结性的,以中国社会科学院当代文学研究室编写的《新时期文学六年(1976.10—1982.9)》为代表,1985 年中国社会科学出版社出版;从某一角度研究新时期文学的专著主要有以下几种:朱寨主编:《中国当代文学思潮史》、南帆:《小说艺术模式的革命》、席扬:《选择与重构——新时期文学价值论》等。

⑤　当时的评论者已经认识到当时批评的特点是"印象"式及其意义。许子东在《印象:批评中的一种"生气"》(《中国青年报》1985 年 10 月 11 日)中写道,"'印象'不仅是批评的前提,而且还是一种批评能力。既然深邃的思辩必须建筑于独到的印象与坚实的感性基础之上,那么这印象与感性,不也就是一种主体性力量吗? 声、光、色、味的瞬间效应,主、客体(批评家与作品)的瞬间碰撞,很可能就凝聚了一个人(批评家也是人)几十年的人生阅历、情绪积淀、社会经验和理论储备""我承认,我自己正是在各种高深理论与大量翔实资料的重重包围中,才领悟到印象和感觉的重要性""我逐渐发现,种种理论乃至体系,都不过是在帮助我推动我去更细更深地捕捉、玩味和体验那种'印象'——那种在我与艺术品之间的心理和情绪的对应关系,而不是相反要使我淡忘、轻视乃至抛弃这种'印象'。因此,我觉得,'印象'事实上伴随着文学批评的全过程。"

顾性点评,因此也可以把它们看做是所批评对象的扩展性说明,还有一些阶段性的总结评价,这都是后来研究者形成和检验所作判断的重要理论依据。这些同时期的批评研究,就是一个不断"加"的过程,与文学创作一起丰富了新时期文学现场,共同构成了种种斑斓多姿、错综复杂的文学现象。

而颇为悖谬的是,1980年代的文学原本是试图挣脱外加在身上的政治束缚、追求主体性和文学独立品格的演出,本应是一个"减"的过程,在文学研究中却是以"加"为策略来实现的。1985年在北京召开的"中国现代文学研究创新座谈会"上,黄子平、陈平原、钱理群提出的"二十世纪中国文学"的概念,可谓这种"加"策略的表现之一种。他们提出这一概念的目的就是要把"文学史从社会政治史的简单比附中独立出来,意味着把文学自身发展的阶段完整性作为研究的主要对象",虽然也强调了文学语言结构,指向的却是"艺术思维的现代化过程",他们选择的论说策略,则是给以往"按照某一种历史哲学,依照一定的参照系统和一定的价值标准"被删削、整理并重新组合过的文学史,加入"历史"、"美学"的内容①,表明他们所谓的"文学自身"并不是语言构成的文本,而是要用审美的、历史的标准,把政治话语从文学中驱逐出去。这深深印着时代流行观念"文学即人学"的烙痕。如果按照李扬对"现代文学""当代文学"分期进行知识谱系学考察后得出的观点②,这一概念的提出,也意味着要颠覆现代文学到当代文学的发展过程是一个由低到高的发展过程的文学进化论的观点,要用历史的、美学的观点对文学进行价值重估。

1980年代后期文学学术研究中一个颇为重要、影响深远的现象:关于"重写文学史"的讨论,是"加"法则另一个更为直接的体现者。尽管1985年"二十世纪中国文学"概念提出时,并没有明确打出用历史的、审美的标准代替政治标准"重写文学史"的旗帜,正如很多论者都已经看到并指出的那样,二者是前后相继的,这种"加"本身就是一种改写、"重写"。作为一种学术主张,"重写文学史"是陈思和、王晓明在主持《上海文论》"重写文学史"专栏时明确提出的。这一专栏从《上海文论》1988年第4期推出到1989年第6期结

① 黄子平、陈平原、钱理群:《论"二十世纪中国文学"》,《文学评论》1985年第5期。
② 李扬:《文学分期中的知识谱系学问题——从"当代文学"的"说法"谈起》,《文学评论》2003年第5期。

束,共发表关于20世纪中国文学重要现象和作家作品的探讨文章40多篇。严格说来,这些文章主要是对以往文学史中几乎已有定论的一些现代文学和十七年文学重要现象的价值重新评估,表面看来,似乎跟对新时期文学的研究联系不大,但是,新时期中国古代文学、现代文学以及外国文学、文艺理论的研究,都是新时期文学活动的重要组成部分,它的意义就在于,既是同时期理论能力的反映,也为文学批评提供了一个可资借鉴的参照系。而且可以看出,当批评家们心浮气躁地忙于运用各种时髦的"后"理论,来参与新时期的文学再生产活动时,文学的学术研究也很难保持心平气和。把五六十年代一大批文学史奉为"经典"和"样本"的作品,以否定的态度进行评价,抬高现代文学研究中被遮蔽的一些文学作品如鸳鸯蝴蝶派的地位,尽管本质上还是二元对立思维的体现,但客观上,是为文学研究的学术化、科学化"加"了许多新元素、新思路。特别是在审美的、历史的原则基础上又提出多元的、个性化的原则,更是对过去统一模式的文学史叙述的彻底否定。

虽然讨论是以学术的名义进行,结语也谨慎回避政治色彩①,却仍藏不住"二十世纪中国文学"概念与"重写文学史"主张背后的一个共同倾向,就是要通过对"五四"启蒙文学传统价值的肯定、对革命文艺的重估来确证当代知识分子在与"大众"、"革命"关系中的"启蒙者"、"革命者"的身份②。在这种文学史写作方法大讨论的背景下,对新时期文学的评价大多是定位在对"五四"新文学传统的继承和延续。

或许可以说,1980年代的新时期文学研究中采取"加"的形式达到"减"的目的的策略,也就是藉美学、历史之力来试图清除政治影响的策略,把文学与政治问题迂回转换为学术研究方法的探讨,这种强烈责任感、使命感的委婉

---

① 毛时安的论文《不断深化对文学史的认识》(《上海文论》1989年第6期)在特定的气氛下,总结了这次讨论,人为这次讨论注重学术性和科学性,在讨论中强调以建设思维代替破坏性思维,强调以文学标准代替抽象的观念标准,强调方法上以多视点代替单视角。言语间尽量避免与政治标准的针锋相对。

② 这一点在当时和随后发表的,如姜静楠:《"重写文学史"的现象》(《中国现代文学研究丛刊》1989年第2期)、江晓天:《也淡柳青和〈创业史〉》(《文艺理论与批评》1990年第1期)、罗守让:《文学史能这样重写吗?》(《文艺报》1990年5月26日)、林志浩:《重写文学史要端正指导思想》(《求是》1990年第2期)等批评文章中被指出,尽管有些是上纲上线的批评、指责,颇有借政治压人的嫌疑,但这些倡导者谁又真的能撇清自己思想中的政治参与意识呢?

表达,在某种程度上也可看出文学知识分子对文学意识形态发言的不自信。

由于1980年代的文学研究者对知识分子身份的认同大多还是局限在卡尔·曼海姆对知识分子的定义,即以"自由漂浮"、"非依附性"①为主要特征,囿于人文知识分子社会批判功能的范畴之内,并没有明确意识到文学知识分子专业"知识批判"的途径还在于文本技巧的创新,这使得他们所谓的"纯文学"仍然是以"文学—政治"二元对立结构为参照系。许多人曾经天真地以为把政治从文学中减去,就可以通向文学现代化的美好前景,而几乎无暇顾及文学与政治、意识形态从来就是密不可分的,况且文学从来就没有纯粹过②。

坚守"纯文学"的品位和立场,是新时期文学批评和1980年代中后期文学研究中的一个占主导地位的潜规则,虽然不如1990年代张扬,却也是深得新时期以来文学研究者之心。早在新时期文学之初"文艺与政治"等问题的论争中,在追求"文艺民主"、"创作自由"的不懈斗争中,这一文学立场就已开始凸现出来。后来的研究者也大都看到了这一点,认为文学是独立自足的世界和文学重返自身,成为1980年代"纯文学"观的典型表述方式③。有论者在回顾1980年代"纯文学"的定义时,也充分肯定这是一种"文学理想"及其产生的理论背景,用"更加关注语言与形式自身的意义,更加关注人物的内心世

---

①　"顺便指出,在上世纪八、九十年代的汉语思想界,曼海姆的定义也有极大的影响,特别是对一些坚持现代性立场的启蒙知识分子",见陶东风《知识分子与社会转型·导言》,河南大学出版社2004年版,第3页。在周宪:《知识分子如何想象自己的身份》一文中,对西方学者的知识分子社会角色的若干定义进行反思,提到有代表性的包括卡尔·曼海姆在《意识形态与乌托邦》中提出的"自由漂浮"、"非依附性"特征,把知识分子理想化;葛兰西从文化领导权理论出发,强调知识分子与特定阶级和社会制度的依存关系,提出"有机知识分子"的概念,与"传统知识分子"相区别;古德纳的"新阶级"、萨义德的"业余者"、福柯提出的"普遍知识分子"与"特殊知识分子"(或译为"专家型知识分子")的区别、鲍曼的"阐释者"、布尔迪厄"统治者中的被统治者"、德布雷所批判的与媒体结盟的"追逐名声的动物",尽管知识分子在当代社会中可能会扮演如此多种角色,但在1980年代主流知识分子观念还停留在对"自由"、"公正"、"良心"等理性精神的追求上。

②　对于这一点,贺桂梅:《文学性:"洞穴"或"飞地"——关于"文学自足性"问题的简略考察》(《南方文坛》2004年第3期)中有更为精辟的表述:"真正的问题在于,在将文学对抗于某一种政治话语及其写作方式时,隐匿了自身携带的意识形态特性,并将其抽象化为'纯粹的文学'这一表述之中。"

③　刘小新:《纯文学》,南帆主编:《二十世纪中国文学批评99个词》,浙江文艺出版社2003年版,第211页。

界——因而更像真正的'文学'"①来概括。这里其实提出了两个"纯文学"的标准,即"内心世界"和"语言的形式",也可见出不"纯"之一斑了。对这二者的重视强调(事实上,1980年代强烈的主体性追求大大遮蔽了语言形式的光芒),本身也隐含着对现实中主流的文学评价标准进行批判反抗和追寻文学现代性的命题。由此也可看出,就总体而言,"加"是1980年代"纯"文学批评、研究的首选策略。《选择与重构——新时期文学价值论》②,通过加入"历史"、"哲学"、"文化"的视角,以之淡化政治意识形态色彩,可谓此时期的代表。

如果说,1980年代的研究属于相同语境中的交流,1990年代及以后对新时期文学的研究,则可以看做是两个时代间的对话。在1980年代和1990年代前期的当代文学研究中,分类史、专题史的研究成果更引人瞩目③,比如黄政枢的《新时期小说的美学特征》④,就是着重从真实美、悲剧美、人性美、意象美四方面来探讨新时期小说这种文学样式的特征。1980年代关于"重写文学史"问题的探讨,一个客观的结果就是研究者作为文学知识分子精英身份意识的觉醒。如果说1980年代研究者由于不自信而小心翼翼地选择了"加"的方式⑤,唯恐话不周全授人以柄,1990年代对新时期文学的评价研究大都呈现出"减"的特色。他们要删减的对象,不再仅是1980年代研究者所反对的一元化模式,还包括操持某一理论的解剖刀,对文学历史中不符合理论标准的材料大胆删减、组合,从而凸现出著者的鲜明个性,显示出他们作为"专家"、"精英"对文学发言的绝对自信和勇气。特别是,"'新批评'的理论家韦勒克和沃伦合著的《文学理论》也在1980年代被作为文学理论的'圣经'译介到中国并且发生了覆盖性的影响。《文学理论》所提出的有关'内部研究'和'外部研

---

① 南帆:《空洞的理论》,《上海文学》2001年第6期。
② 席扬:《选择与重构——新时期文学价值论》,时代文艺出版社1989年版。
③ 古远清:《五十年来的中国当代文学史研究》,《学术月刊》1999年第10期。
④ 黄政枢:《新时期小说的美学特征》,南京大学出版社1991年版。
⑤ 当然也有直接用"减"的方式进行"纯"文学研究的,比如南帆的《小说艺术模式的革命》就可视为从某一种文学体裁小说来研究新时期文学的代表。只是当时比较流行的研究思路倾向于选择"加"的方式。

究'的剖析被奉为不刊之论"①,连同1980年代末的"重写文学史"讨论一起,使"纯文学"观念更加深入人心。"新批评"理论在分析具体作品时表现出的有效性,是1990年代文学研究者有足够自信的重要保证之一。这种"减"策略带来了1990年代文学研究的"个性化"品格。

面对1990年代市场经济大潮的冲击,与坚持"精英"立场的作家们奋起抗争所引发的"二张"与"二王"口水战不同,文学的批评家和研究者们大都选择了沉默,似乎放弃了知识分子"社会批判"的权力,而更认同于福柯所定义的知识分子身份,即"专家型"。因此,相比起1980年代中期,1990年代以来对新时期文学的研究不止于观念更新,而是进入具体操作阶段。他们更安于文学研究者的精英身份,思潮、流派、作家心态、语言形式、阅读感受、中西比较、女性主义、文学制度等角度的研究都有个人专著问世②。他们大胆根据自己所需,专注于绘制出新时期某一剪影的风姿,诠释着自己对"纯文学"观的理解。

当然,任何概括都是求"同"的结果,是以舍弃"异"为代价的,因此,这里所谓的"加"与"减",描述的也只是对1980年代、1990年代新时期文学研究流行观念的大体印象,并不能囊括所有研究成果。仅就新时期文学的思潮研究而言,早在1980年代中后期就出现了几部研究专著③,1990年代也有《文学思潮与当代小说》(陈美兰)、《当代文学新潮》(朱寨、张炯)、《新时期文学思潮史论》(吴家荣)等专著较受好评,可见,在"纯文学"观念大行其道之时,社会学研究仍有市场,并且也作出相应的调整,增加社会、文化等内容,只不过不占优势而已。洪子诚曾提及发生在1988年的一件旧事④,也很有代表性。

---

① 旷新年:《"重写文学史"的终结与中国现代文学研究转型》,《南方文坛》2003年第1期。

② 在金进的《20世纪90年代以来的中国当代文学史研究》中,对以新时期文学为主要对象的研究专著进行了分类,而且每类都举了代表作进行评说。虽然本文这里采用了他的分类方法,但认为其对具体著作的归类(其实,甚至他的分类方式),还有值得商榷的地方,比如把吴义勤的《中国当代新潮小说》和张清华的《中国先锋文学思潮论》同归为一类中,淹没了两本著作的个性差异,我以为吴作更适合放在文体研究类中。但考虑到不论如何归类,他们对文学历史材料进行"减"的总取向都是一致的。因此,在这里不再做讨论了。

③ 如何西来的《新时期文学思潮论》(江苏文艺出版社1985年版)、陈剑晖的《新时期文学思潮》(广东高等教育出版社1989年版)、丁振海的《当代文学思潮论》(漓江出版社1989年版)、陆贵山、王先霈主编的《中国当代文艺思潮概论》(中国人民大学出版社1989年版)等。

④ 参见洪子诚:《问题与方法》,三联书店2002年版,第35、191页。

　　1980 年代、1990 年代对新时期文学的研究中存在的这种"加"与"减"的悖论,凸显出的是研究者对"新时期文学"与政治关系的悖论性理解,即:一方面,"'新时期文学'被描述为文学回归自身的过程;另一方面,文学史叙述又都反复强调'新时期文学'参与新政治'拨乱反正'的功能。"①可以说,1990 年代是 1980 年代"二十世纪中国文学"观和"重写文学史"主张收获的季节,在此期间也贯穿着对 1980 年代强调文学自律性的"纯文学"观念的反思。特别是在 1999 年出版的两部有重要影响的文学史著作,洪子诚的《中国当代文学史》和陈思和的《中国当代文学史教程》,似乎遮蔽了同时期出版的其他具有研究个性的专著的光彩,且引发了 21 世纪新一轮关于"文学史写作"的讨论。

　　对新时期文学研究、文学史写作方法的反思,1990 年代中后期就引起重视②,近几年来对 1980 年代以来"纯文学"观念反思的一个重要知识背景,就是"文化研究"的渐成气候。"文化研究"在中国知识界不是一个陌生词,并且在 1980 年代"文化"也曾热闹一时,特别是杰姆逊到北京大学做了关于文化转向的讲演后,众多后现代理论、后殖民主义、女性主义批评,以及对知识分子群体的研究在 1990 年代以来的知识界也成为越来越时髦的理论,但同时也因不完全符合中国社会时宜而饱受挞伐。彼时对"文化研究"的理解大多指的是对中国传统文化的研究,目的在于对东西两种文化做出或优或劣的价值判断。而舶来品的"文化研究"近几年在国内知识界走势强劲。此"文化研究"关注的对象大多是以某一社群为主体(特别是弱势群体,比如对女性、知识分子、中产阶级、殖民地居民等),以整个社会权力分配为参照系,研究该社群的思维、行为方式以及在社会中的地位与其他群体的关系等,"这种批评也包括对生活方式中诸因素的分析,而文化其他定义的追随者认为这些因素根本不是'文化':生产组织、家庭结构、表现或制约社会关系的制度的结构、社会成员借以交流的独特形式","目的不在于对它们进行比较以确立一种标准,而是通过研究它们的变化方式,去发现从总体上更好地理解社会和文化一般发

---

① 李扬:《重返"新时期文学"的意义》,《文艺研究》2005 年第 1 期。
② 张旭东:《重访 80 年代》,《读书》1998 年第 2 期。洪子诚出版于 2002 年 8 月的《问题与方法》,也是他在 1999 年北京大学上课的讲稿,其中对 1980 年代文学研究的"断裂"论、被抽象化的"文学性"都有所纠正。

展的某些一般'规律'或'趋向'"①。因此，意识形态、权力、身份往往成为此种"文化研究"（或者说是"文化分析"）绕不过的关键词。

中国文学界对"文化研究"方法接受的日益升温，是与对1980年代、1990年代的"纯文学"、主体性文学观念的反思、交锋同时展开的，前几年也成为继1984、1985年之后文学理论的又一个狂欢节。先是2001年李陀《漫谈"纯文学"》引发2001、2002年《上海文学》一批文章呼应对"纯文学"的批评②，继而是2003、2004年围绕"日常生活审美化"和文艺学走向等问题，陶东风、王德胜、金元浦与鲁枢元、赵勇等展开一系列论战，2005年初李陀、吴亮又掀网络大战，究其祸源都难离"文化研究"。在这片忙于提倡和批评都越来越响亮的声音中，2004年1月《当代作家评论》杂志开辟了蔡翔、王晓明主持的专栏"文化研究和文学批评"，做出要把理论研究和文学实践相结合的踏实努力。

由于西方"文化研究"理论自身很驳杂，中国学者对"文化研究"接受的侧重点也各有不同。其中，对新时期文学研究产生重要影响的主要有以下几种：一是从1990年代初以来就极受重视的大众文化研究，中国知识界经历了法兰克福学派批判理论、现代化理论、"新左派"理论③三种研究范式，周泉的博士论文《超越雅/俗之争：中国近20年大众文学研究》和赵天才《大众文化与新时期小说的通俗化叙事》都是把大众文化研究与新时期文学研究相结合的尝试；一是对文化身份的关注，1990年代就兴起的女性主义批评和知识分子研究，有大量专著和译著出版，《中国心态——20世纪末中国作家文化心态考察》、《当代作家的文化立场与叙事艺术》④可谓近来研究成果的代表；一是运用葛兰西的文化领导权理论和现代性问题相结合，来论述"伤痕文学"和"反思文学"的专著《中国书写——当代知识分子写作与现代性问题》，可谓综合

---

①　雷蒙·威廉斯：《文化分析》，罗钢、刘象愚主编：《文化研究读本》，中国社会科学出版社2000年版，第126页。

②　还有蔡翔的《何谓文学本身？》、南帆的《纯文学的焦虑》、贺桂梅的《文学性："洞穴"或"飞地"——关于文学"自足性"问题的简略考察》、刘小新的《纯文学概念及其不满》等文章。

③　参见陶东风《研究大众文化与消费主义的三种范式及其西方资源——兼谈"日常生活的审美化"并答赵勇博士》，《河北学刊》2004年第5期。

④　王爱松：《当代作家的文化立场与叙事艺术》，南京大学出版社2004年版。他提出预期的研究重点是"通过对不同作家创作群体的探讨，勾勒出'文革'后中国文学由一体化文学向多元化文学发展的总体趋势。"

运用文化研究的方法研究新时期文学的力作。近几年来,新时期文学研究的另一重要成果是对"关键词"的研究,先后出版了《当代文学关键词》《二十世纪中国文学批评99个词》,显然这与福柯的知识考古学研究和雷蒙·威廉斯《关键词:文化与社会的词汇》的楷模作用是分不开的。

近年来,从知识角度对新时期文学进行研究也取得了重要成果。大体可分为两类:一是2005年出版的南帆的《后革命的转移》、程文超的《新时期文学的叙事转型与文学思潮》等研究专著,都是对文学场域中的某一关键词:"革命"、"现代性",从"五四"到新时期的流变谱系做了梳理,试图把握思想、知识内涵的演变与文学叙事转变的关系。一是以中国当代文学知识为对象的研究专著,其中以《中国20世纪文艺学学术史(第四部)》、《中国当代文学理论体系研究》①尤为突出。尽管他们的研究结论不乏可圈可点之处,但其中以实践中的文学知识为研究对象的观念对现有新时期文学研究无疑是一种冲击。

二、"文学知识场"——知识社会学的研究视点

在接受知识社会学的观点以前,我常常以为文学就似一头象,而无论你利用怎样先进的理论装备来"摸"它,终脱不了"盲人"的命运。在对为数不少从各种角度如:文学思潮、结构主义批评、作家作品、传播媒介等等深入探究新时期文学的专著和论文的阅读过程中,时常会用此观点中的论点、论据去批驳彼观点,自得其乐之余,更深以为憾的是:如此生灵活现的新时期文学被割裂得支离破碎,毫无魅力可言。似乎每一种叙述带来的都只是一个剪影、一个侧面,根据论述的需要而忽视很多细节,因此就缺乏那种能与生命体验相印证的真实感。对于当代文学史写作与研究中存在种种简单化的现象,已经引起当前某些学者的注意,比如,王尧在2004年"针对当代文学史叙述中的压缩和断裂问题",明确提出要"重返当代文学话语实践的场所","在中断的缝隙中发

---

① 该书"所论述的主要范畴,不是纯理论形态的范畴,而是文学实践中的范畴。……所研究的内容,也就是当代文学理论,是以文学政策为主导的文学理论",并对中国当代的基本概念进行了分类整理。

现'历史联系'"①的观点。由于意识到重塑新时期文学世界,要更新的不仅仅是研究方法,更重要的是必须具备一种整合性的文学观念和文学眼光,我最终选择了知识社会学方法研究新时期文学。

如前所述,我并无意于把中国新时期文学硬塞进西方知识社会学理论、方法的框子,作哗众取宠之态,那无异于是对中国文学的亵渎,而只是试图借鉴其理论方法中的整合性观念,来重塑我心目中的新时期文学世界。这决定了本书没有必要对西方知识社会学的兴起、发展做具体细致的论述。由于西方知识社会学研究理论广博繁杂,中国学术界对知识社会学的介绍研究又大都还局限在社会学领域,而明确提倡或运用知识社会学的方法来研究文学的还极为少见,因此,本书所用的文学知识社会学研究方法,从布尔迪厄处受益颇多,借鉴了他的思维模式和概念,又糅合了福柯知识考古学,对他的法国"文学场"理论作出了符合中国特色的修改,这在很大程度上仍只是一家之言,不够准确之处在所难免。幸好还有古人不能因噎废食的鼓励,故抛"砖"引玉,以求教于大方之家。

在中国现当代文学研究中,社会学批评由于曾有过被等同于政治话语的那段很不名誉的经历,而被后来者鄙称为"庸俗社会学",这顶帽子压得它在中国当代文学研究中很难抬起头来。似乎文学的社会学批评就只会奢谈作品的政治意义、作用,只能是外部研究,是"棒子"、"棍子",实用主义的庸俗气表现十足,只能够拽着文学的衣角打秋千,远不如打着纯文学大旗的、注重作家个性的空灵和只探求文本审美特征的形式主义、文本批评抓得准其命脉所在,一语中的、见血封喉。其实,这都是韦勒克、沃伦《文学理论》中提出的、以作品为中心的文学活动"四要素"说,这一文学观念种下的恶果。

是时候该转变这一文学观念了。

文学是什么? 每个人心目中的文学,面孔各异。由古至今,文学曾是"镜子",是灯,是语言的狂欢,是读者的填空游戏,特别是在中国新时期"文学是人学"的观念曾经那么深入人心。只因为那是个充满怀疑精神的、用人性否定神性的年代,权威倒了,"人"站了起来,因此人物形象的塑造在新时期之初曾视为文学创作的主要任务。尽管福柯扛着知识大旗的宣告:"人,死在奔腾不止的语

_____

① 参见王尧:《重返当代文学话语实践的场所》,《苏州大学学报(哲社版)》2004 年第 1 期。

言长河中;死在永无穷尽的知识序列里",这也曾让中国学术界振聋发聩,其余响到文学研究领域已经式微,只剩下几出广受"媚外"质疑的后现代演出,势单力薄,根本无力撼动根基深厚的"人学"或是形式主义的文学观念。但是在这个知识爆炸的网络时代中,文学个性越来越被大行其道的复制、拼贴所淹没,人不过是各种知识生产和再生产序列中的一环的感觉却也越来越清晰。

　　今天,我们可以看得更清楚,人不再是万物的灵长,文学也不只是文学产生之初作家沾沾自喜与众不同的个人创造,作家在作品中表达出的某种认识或是情感总逃不脱时代认识的局限。正如有的社会学家所言,"在当代中国,从某种程度上讲,个人的知识活动既不是一种单纯的'智性活动',也不是西方当代社会中的那种高度制度化的'个人性'社会实践活动,而毋宁是一种'集体性'的知识生产和再生产活动"、"可以据此提出这样一项假设,即这些类型知识并不是个人性知识活动的结果,而是知识分子或根据某种特定的'知识规划',或以经济场域、社会场域及政治场域的逻辑为原则,而由某种特定的'集体性知识生产机器'生产和再生产出来的。"①或许可以说,文学就是人类认识客观世界的各种知识的个人化表达。因此,不仅文学理论是一种知识②,文学作品作为作家想象、认识现实生活的主要方式,也是一种感性经验的传达,因此也可以视之为一种知识形态。

　　由于看到文学同时作为"人学"和"语言的艺术"而存在,从内容(即人对于主客观世界的认识)与形式(即对于语言本身的思考与认识)的两分法来认识其知识体系,是以往文学批评中的流行观念。与其他学科的知识一样,文学知识的形成也是与社会实践分不开的,同时在社会生活中也有一个生产、传播、阅读的过程,并随着社会分工的发展逐渐结成社会场域中一个相对独立的场域空间。文学这个因文学知识的继承和创新而联系起来相对独立的社会空

---

　　①　邓正来:《对知识分子"契合"关系的反思与批判——关于中国社会科学自主性的再思考》,《天津社会科学》2004年第6期。

　　②　这里所运用的知识概念,是福柯在《词与物——人文科学考古学》中所言,"知识在于语言与语言的关系;在于恢复词与物的巨大的统一的平面;在于让一切东西讲话。……知识的本义并不是注释或证明;知识的本义是阐释。"(上海三联书店2001年版,第55页。)正是在这个意义上,所有的文学创作都可以被视为作者对于客观现实世界、主观世界或是语言的一种评论,一种认识。因此,可以说文学作品也是一种知识形态。

间,通常被称为"文学界",法国社会学家皮埃尔·布尔迪厄称之为"文学场"。他在《艺术的法则——文学场的生成和结构》一书中,以福楼拜《情感教育》为例对法国文学场生成过程与结构的分析,烙有法兰西民族自由民主精神的深刻印迹。他书中对法国文学场运作方式的认识、结论①,与中国文学特别是中国 1980 年代文学场域的生产运作方式极为不同。因此,尽管布尔迪厄的"场域"理论在中国社会学界很早就引起反响,用它来研究中国文学形成潮流则主要是受到国际汉学研究的影响,较多地出现在中国现代文学研究领域。

1996 年 1 月 24 日至 1 月 26 日由荷兰莱顿大学基金会部分赞助,国际亚洲学研究院举办了以《现代中国的文学场》为题目的国际研讨会②,会议指出"文学场"这一概念来源于法国社会学家皮尔·布尔迪厄的理论著作,指作为社会实践的文学和在此实践中操作的人物之间的关系。在此框架中,文学生产和接受被理解为人类行为的具体表现,而其基础是文学实践的客观规则与个人的主观背景之间的互动。在方法领域中,该理论所提倡的是以"场"为框架的文本研究与语境研究的结合。尽管这次研讨会的主要目的是要用"文学场"的概念突破文学研究方法中存在的文本/语境的对立。但是中国文学研究的应用过程中,文学研究中对"场域"理论的接受,则大多把"场域"理解为"历史情境"、"文学现场",从而引起研究者对原始材料的广泛重视。其中明示受"场域"理论影响的两部专著:王本朝的《中国现代文学制度研究》和邵燕君的《倾斜的文学场》,都选择了对文学生产机制和生产过程的描述与研究。仅仅从社会学层面上接受布尔迪厄的"场域"理论来研究中国文学场必然会把它局限在外部研究的层面上,这或许是受到毛志成较早发表的《关于文学的"场"》的影响,"'文学场',就是指作家、作品得以造就和出现,得以产生实际文化效应的必备条件和多元条件。"③他的"条件说"框定了操持"场域"理论解剖刀的中国文学研究者,特别是现当代文学研究者,会对文学制度产生极大兴趣。

---

① 如波德莱尔是为文学场制定规则的人,相比起政治资本,经济资本与社会资本在 19 世纪末法国文学场获得自主性的三个阶段中影响更为重大等等。参见[法]布尔迪厄:《艺术的法则——文学场的生成和结构》,中央编译出版社 2001 年版。
② 《"现代中国文学场"国际研讨会》,《世界汉学》1998 年第 1 期。
③ 毛志成:《关于文学的"场"》,《文学自由谈》1995 年第 1 期。

　　"场域"理论的提出，虽然为以往单纯从"政治—文学"二元模式的体制研究中，引入"经济资本"的因素提供了可能，但社会学的研究视点使布尔迪厄把"文学场"理解为各种社会"关系"的斗争与展现①，很容易将文学问题与阶级、权力纠缠不清。忽视文学场的知识性特征，而把文学"场域"研究等同于文学"制度"的外部研究，是目前运用该"场域"理论来研究中国文学问题的研究者的通病所在。本书的文学"知识场"概念，是受法国社会学家"场域"理论启发而得，但从文学知识出发，使本文的文学知识场概念与布尔迪厄社会学批评中的"文学场"概念有所不同，把"文学场"分为"实场"和"虚场"来研究，同时二者又是融为一体的。因此从文学知识类型及其谱系发展来分析，"文学场"就不仅是文学作品的寓所，更是极受各种门类知识话语青睐的栖身之处，游荡在场中的幽灵不再是作品，而是不同类别、相互纠结着的文学和其他学科的知识，是所有能够进入特定时期文学场域人们对于自然、世界的认识和经验。正是这些不断被传承并要求创新的知识经验，把作者、作品、读者整个文学活动与社会水乳交融成一体。从知识的角度，而不仅仅是单纯的社会学批评视角来认识有关文学问题的"论争"，就可以看出分歧只是由于论者的知识背景不同而带来认识上的偏见，理解、沟通和转变也因此成为可能。

　　目前的中国当代文学研究中对文学知识进行谱系学纵向研究的方法，已经有了一些研究成果②。"关键词"研究成果的出现，曾经也让人感觉耳目一新。但其对某一词语的谱系梳理，由于缺乏"场域"背景的观照而显得势单力薄。把文学知识谱系研究与"场域"研究相结合，既有纵向的历史视角同时也注意到横向纬度上同时期社会生活各方面对其的影响；既关注文学内部知识谱系的演变过程，也考虑到文学体制以及其他学科的知识对特定时期所形成的文学知识形态的重要影响，实现文学研究中所谓的"内部研究"与"外部研

---

　　①　布尔迪厄"将一个场域定义为位置间客观关系的一网络或一个形构，这些位置是经过客观限定的"。转引自李全生：《布尔迪厄场域理论简析》，《烟台大学学报（哲学社会科学版）》2002 年第 2 期。

　　②　如洪子诚、孟繁华主编：《当代文学关键词》，广西师范大学出版社 2002 年版。南帆：《二十世纪中国文学批评 99 个词》，浙江文艺出版社 2003 年版。这些成果的出现，不能说没有受到雷蒙·威廉斯的《关键词》研究的影响。

究"间的真正沟通。

　　文学"知识场"的一个固有特性就是虚、实共生性。文学实场是由在社会生活中不同程度地参与着文学知识的生产、传播、消费的社会身份不同的个人和群体,作为知识载体的文学作品及同时期的文学批评、研究文章和包括教育机构、书店在内的知识传播媒介三部分构成,具有物质实在性。荷兰文学专家利斯(Kees vail Rees)和维蒙特(Jeroen Vermunt)把文学场域的不同个体和机构作了如下的图解①:

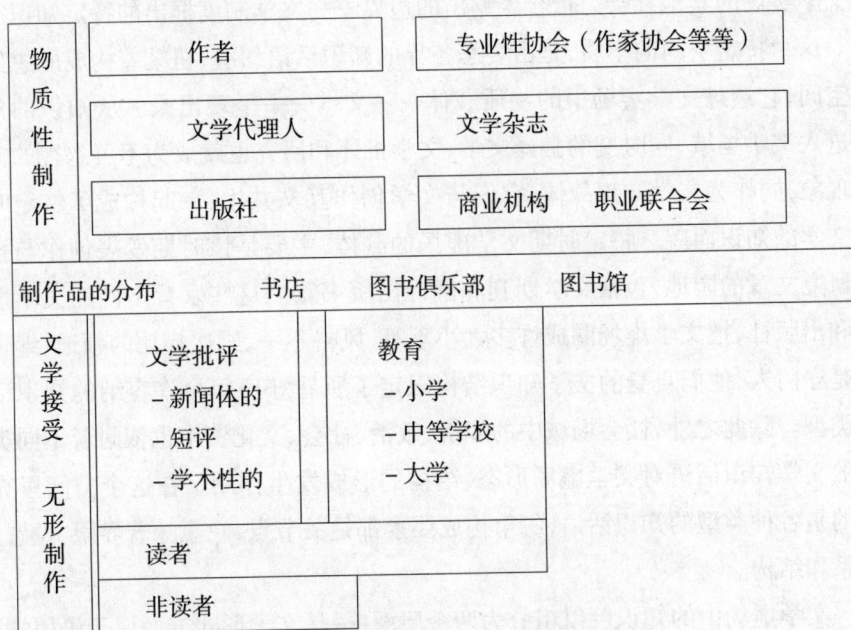

图1　利斯、维蒙特的文学场域构成

　　一旦确立文学知识"场"的基本观念,文学活动的物质构成要素就不仅是世界、作者、作品、读者四种,还包括文学研究批评者、各种传媒出版机构的编辑、高等学校及专业研究机构中的专家等,书店的发行情况也不容忽视,它表

---

　　①　转引自[德]雷丹:《观察文学场域》,《文学评论》2002年第3期。这个图解实质上已经涉及文学场域的虚、实性特征(比如用"无形制作"来指代文学批评对文学知识再生产的意义),但由于视图的平面化设计局限了他们对文学场域空间性的展示,因此也就不能明确表示出文学场域的虚、实两层性。

征着文学实场的一极——市场（或者说是经济资本）的参与情况。他们的身份角色也必然要发生相应的转换：世界作为知识的认识对象和来源，作者是各种文学知识生产和再生产中的一环，是知识的继承者、传播者和创新者（极少数精英作家），作品则不过是各种类型知识话语的载体，读者是知识的消费者、接受者、评判者，同时也对场内各种知识话语的等级排序和某种知识话语再生产的规模起到重要作用，传播也成为其中重要一环。

文学虚场是指在文学知识生产与再生产中，由实场中各种构成要素与进入文学实场的其他社会力量合谋划出的边界——文学制度框出的特定知识空间。这个特定空间的本质，是由姿态各异的知识话语纠缠、扭结着构成的想象性空间，它透过文学实场中的物质载体——文本——呈现出来。从知识的角度进入文学场域，同时期的翻译文学、文学批评和研究也就成为不可忽视的文学现象，同作为文学知识载体，它们与文学创作互文共生，一起构成了特定时期文学的知识面貌。特定时期文学虚场的载体，主要是该时期发表创作与批评研究文章的园地，包括文学期刊和翻译出版书籍。这些宗旨不同的文学期刊和出版社，把文学虚场圈成许多大小不等、风格不一、鳞次栉比的领地，编辑就是守门人，他们自身的文学知识结构限定了所看守房间允许容纳的知识话语类型。除此之外，社会场域中的经济、政治、社会、文化资本也依附着不同类别的文学知识话语对文学虚场形态、结构的形成发生作用。在这个空间里充盈的是各种类型的知识话语，每个构成要素都是关节点，它意味着界限、位置、关系和结构。

文学虚场中的知识可以粗分为两个层面：一是文学形式方面属于语用学、修辞学的知识；一是内容中反映出的生活常识和哲学、美学、伦理学以及其他自然科学门类的知识经验。正是由于文学知识是这两层知识的有机结合，使它在严密的科学分类体系中，总是面目模糊、身份暧昧，给文学的实证研究造成了障碍。文学知识不是二者量变意义上的简单相加，而是实现了质的突破，单有任一层面都不是文学。根据知识生产者社会身份和接受对象的不同，文学知识可以被大致分为三类：一、以政治资本为指归的国家意识形态文学（"革命"文学的延续）；二、依托经济资本运行规律的大众通俗文学；三、文学知识场内致力于知识批判与更新的知识分子写作。其中，第三类文学知识又存在着现实主义文学、浪漫主义文学和现代主义文学不同知识谱系的区别。

这个文学知识场具有等级性、与社会其他场域间的交互性,同时也具有相对独立性。由于社会结构中,存在着根据所拥有政治、经济、文化资本不同而造成阶级、阶层身份差异和权力地位斗争,因此,文学实场中也就是文学知识再生产过程中,难免会涉及社会权力,特别是在中国新时期文学发展过程中更是如此。而文学实场中的权力对文学虚场的影响主要表现为:上述多种类型的知识话语,为争夺场内最佳位置而进行斗争。因此,文学虚场也是一个权力场,这也就推导出文学知识场具有等级性特征。所谓文学知识场的等级性,就是指在特定时期的文学虚场中总会有某种知识话语占据优势位置,成为评判标准、掌握文学话语权,给该时期的文学场域划定界限。比如各种文学奖项的设立,其评价标准的确定,可以反观出文学场域中不同身份、群体的利益。这种评奖排座次的方法,是文学知识场等级性的主要表现。而出版各种各样的文学作品选本,也是这种等级性的重要体现①。各种文学话语的等级地位并不是固定不变的,因此文学知识场又具有阶段性的特征,在某个时期,对某种文学知识的接受占据上风,其他类型的文学话语、文学样式没有被消灭,而是仍然以文本的形式存在于出版物中,伺机争夺更多的读者。特别是社会环境发生骤变时,各种文学知识话语就会在权力争斗的罅隙中,获得生长所需的养分,采取各种应变策略(如论争、寻找同盟等)以扩大自己的势力范围,从而最终占据文学场域中的优势地位。因此文学知识场中的运行策略是既斗争又合作的。

文学知识场中等级地位的确立,总能反映出某个时期、某个社会的意识形态内容。因此对特定时期文学的研究,除了要横向梳理各种文学知识间错综复杂的关系,纵向把握各种文学知识话语的流变谱系之外,厘清各种关系和流变谱系的形成原因则更有借鉴意义。

具体到当代中国的具体文学环境中,特别由于文学实场中的社会结构、制度等方面的特殊性,中国新时期文学知识场大致可以图示为(见下页):

---

① 比如"新时期中篇小说名作丛书"的出版,《中篇小说选刊》编辑部的《出版说明》中,虽然写到"不排名次,不厚此薄彼,编辑、出版工作条件成熟一个,出版一个,不断地出版下去",能被选入丛书中的作家,就是被认为"取得较高成就的作家",选择冯牧做主编制定评选标准,只能代表一部分人的观点,这本身就是一种排位的表现。

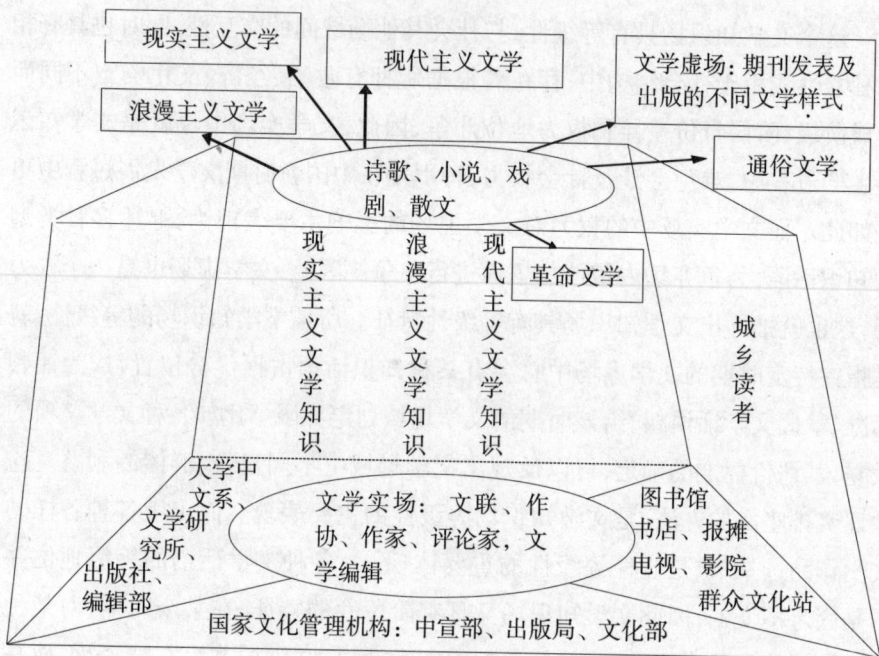

图 2 表示了社会场域中的新时期文学知识场的结构关系。

图中各组成部分如下：

- 现实主义文学
- 浪漫主义文学
- 现代主义文学
- 文学虚场：期刊发表及出版的不同文学样式
- 诗歌、小说、戏剧、散文
- 通俗文学
- 革命文学
- 现实主义文学知识
- 浪漫主义文学知识
- 现代主义文学知识
- 城乡读者
- 大学中文系、文学研究所、出版社、编辑部
- 文学实场：文联、作协、作家、评论家，文学编辑
- 图书馆、书店、报摊、电视、影院、群众文化站
- 国家文化管理机构：中宣部、出版局、文化部

图 2　社会场域中的新时期文学知识场

目前，以新中国成立为起点而对中国现当代文学的文学史划分，尽管受到"二十世纪文学"观念的冲击，却依然还是极有生命力的。从知识社会学角度进行研究，就更能理解这样的一种分期形式。就文学知识场的结构而言，新中国成立后与新中国成立之前是迥然各异的。特别是经过了"文革"以后，新时期文学知识场面临着一个重新生成的过程。

本书的上编，即是以新时期文学实场为主要论述对象，探讨新时期文学场域的重新生成与体制的重建。共分三章：第一章主要论述了从 1976 年到 1981 年间，新时期文学场域的重建过程和政治、文学界、人民成为新时期文学知识生产的三种决定性力量，"政治—文学—人民"三元文学体制初见雏形。前两节以"天安门"诗歌事件、恢复与新创办文学期刊所秉承的不同类型文学知识话语为主，论述新时期文学场域重新生成的过程，以及"人民"话语的重要地位开始在新时期文学体制中真正得到凸现。第三节则以全国文联、作协制度艰难恢复过程，以及文学工作者为了重建相对独立自主的新时期文学场域所作出的努力，说明党文艺政策的改变，"文艺为政治服务"的口号被"文艺

为人民服务、为社会主义服务"的口号所取代,并同时用"双百"方针和坚持四项基本原则为文学生产划出疆界,文艺政策的转变正是文学界借助"人民"话语的力量与政治达成妥协的结果。第二章主要论述在1982年开始的文学体制改革中,"政治—文学—人民"三元文学体制确立的过程。第一节论述了列宁《党的组织与党的出版物》中译文修改稿的发表对新时期文学体制变革的重要意义。它标志着党对新时期文学的管理方式由直接对人转为间接对"文",主要通过调整出版政策加强对出版物的管理来调节文学实践活动,同时也把具体实施文艺体制改革的权力交给文化部、中国文联和中国作协来实行。第二节以"中国作协"在1982年以后的文艺体制变革中的表现,与其之前在文学界争取"文艺自由"的论争中所起作用形成对比,说明中国作协在新时期文学场域中所扮演的角色经历了一个最初"名副其实的作家自己的组织",在经济效益和地方文艺群众团体蓬勃发展的压力下,越来越向国家权力部门靠近的转变过程,在"政治—文学—人民"三元文学体制中,更多地倾向于国家主流意识形态和文学知识分子的精英立场;第三节主要考察了新时期文学知识生产—传播体制由"文学—政治"二元文学体制走向"人民—文学—政治"三元文学体制的变革,其中由于对"人民"一元重要性的认识越来越清晰,带来了许多新的文学现象,即通俗文学的崛起,包括农民设立文学奖、通俗文学创作的繁荣等。第三章则主要是考察文化身份与新时期文学场域中出现分化现象。第一节重点分析了新时期文学场域中的文化身份类型,对于这些不同类型文化的认同差异是出现分化现象的主要原因。第二、三、四节则是以《文艺报》与《时代的报告》两种期刊在1980—1982年间的分歧为例,说明作家存在文化身份的差异,文学期刊间的斗争也是不同文化认同的表现。

下编主要是以新时期文学虚场为考察对象,也就是对新时期文学场域中的文学观念和知识构成的研究。由于现实主义文学、浪漫主义文学、现代主义文学、国家意识形态文学和通俗文学都可以自成文学知识体系,包含有特定的文学知识内容,因此本书把新时期文学场域中的知识类型主要分为这五种。但考虑到国家意识形态文学作为一种与政治权力相结合的强势话语,在新时期文学场域中主要被表述为艺术方法上的"两结合"和以共产主义理想、爱国主义等为主要倾向,在新时期文学场域中具有特殊地位,只在结语中稍作论述不再另列单章,因此,下编包括以下四章:

第四章"尽显风流的现实主义文学",共分两节。第一节以新时期之初文学批评及文学研究中对于现实主义文学知识的探讨为主要研究对象,探讨现实主义文学合法性的确立过程;第二节主要是通过对刘心武的《班主任》等"伤痕"文学、寻根文学等代表作(也包括茹志鹃的《儿女情》、高晓声的《跌跤姻缘》)的分析,梳理出新时期现实主义文学创作中增加的历史、文化内容。

第五章"毁誉参半的浪漫主义",分为两节。第一节分析新时期文学场域中的浪漫主义知识主要存在于民间文学、外国文学研究中,而极少用来评论当时的文学创作这一文学想象的原因,但是这并不说明新时期文学创作中没有浪漫主义文学。新时期文学场域中对浪漫主义文学知识的认识经历了一个单纯从创作方法上等同于"虚假"、"理想化",到主观性、抒情性浪漫主义文学精神的认识过程。第二节则主要以新时期之初的科幻小说、部分朦胧诗作和知青小说为例,分析新时期文学创作中的浪漫主义文学知识形态。

第六章"'势不可挡的'现代派文学",分为三节。第一节主要以一本期刊、一个出版社为例说明新时期文学场域中现代主义文学知识,最早是以外国文学的译介为主要入场途径。第二节考察新时期文学批评与研究中对以人与语言为两个支点的现代主义文学知识的接受。新时期文学场域对现代主义文学首先是从艺术手法的角度来接纳的,而且赋予其存在主义的哲学基础以"人道主义"的意义,这反映出当时知识分子想象"民主"、"科学"为民族国家"现代性"的认识。大多数的文学研究者是到1984年以后,才厘清现代主义与现实主义、浪漫主义的根本区别。第三节主要论证爱情、女性题材是现代主义文学知识在新时期文学创作中选择的突破口。

第七章"民间文学与'文人化':通俗文学迂回入场",就是梳理新时期文学场域中的通俗文学知识形态。分为两节。第一节主要是讲通俗文学知识入场的途径,针对有些论者把通俗文学的兴起简单归结为"投合低级趣味"说,本文从民族传统、新时期文学政策中"人民"凸现以及文学知识分子专业化创作方向等多方面因素的综合结果提出反驳。本文认为在通俗文学的问题反映出文学知识分子的等级观念,这也是新时期文学创作道路越走越窄的主要原因。第二节对新时期通俗文学创作的文体类型稍作分析。

根据新历史主义的观点,任何的历史叙述都是一种虚构和想象,而我所能做的只是尽量占有更为翔实的原始资料,在了解和感受中努力去贴近那个所谓的"历史真实"。由于新时期以来的中国社会处于矛盾重重的转型期,中央与地方、传统与现代、农村与城市、国际上资本主义与社会主义的对立,差异、矛盾无处不在,充满了变数。就连国家政策也是在"实事求是"的大旗下随着实践不断作出调整,更遑论社会中每个人的身份感也都处在不断调整的状态,"新时期文学"也因此显得矛盾重重。一方面是"庙堂"为保证社会主义现代化建设而提出的社会主义革命文学的要求,一方面是"江湖"中人对地方小报中具有休闲娱乐功效的民间通俗文学的热衷,一方面是文学知识分子精英意识的觉醒,各自选择着适合自己的文学话语类型。正是这些不同谱系的文学知识在"政治—文学—人民"三元文学体制框定的新时期文学场域中相互竞争,又相互"扭结"着,走向下个世纪。

上篇 文学场域重新生成与三元文学体制确立

"文革"的一个严重后果就是打散了文学知识分子共同体文艺界：作协瘫痪、作家分散到社会各角落，而仅存的文学期刊也大多扮演着政治传声筒的角色。因此，新时期文学建设的首要任务就是文学知识生产的恢复、文学秩序的重建及文学场域的生成。在由"文革"到"新时期"的过渡阶段，文学场域的重建首先是以自下而上的方式、借"天安门诗歌"的东风而进行的。"天安门"事件的平反、中国文联、作协体制的恢复，都是文学知识分子以"人民"的名义争取来的胜利成果，"人民"话语，由此成为新时期文学场域中文学界争取"文艺自主"、"创作自由"的有效策略。1980 年提出用文学"为社会主义服务、为人民服务"的"二为"方向来取代"文艺为政治服务"的口号，承认文学界所提出"人民是检验文学的唯一标准"中的合理性，表明"人民"话语为文学知识分子与主流意识形态的沟通搭建起一座桥梁。自此，"人民"在新时期文学场域中凸现出来，占据了不可撼动的地位，成为新时期文学实场的体制重建中不容忽视的重要构成因素。在以往"文学—政治"二元对立统一的文学体制中，增加"人民"一元，起到了缓和文学与政治矛盾冲突关系的中介作用，从而形成"政治—文学—人民"三元文学体制，为新时期文学的多元化发展趋势提供了可能。由两个单纯词"人"、"民"构成的"人民"这一概念，本身就蕴涵了"个人主义"和"集体主义"两种理解倾向，因此，"为人民服务"的新时期文学必然会分化为两种流向，即以"人"为核心的"知识分子写作"和以"民"为本的"通俗文学"。

尽管"文革"后重建新时期文学场域的要求最早是由"人民"自下而上提出的，1978 年全国文联和作协恢复工作后，"十七年"间形成的文联、作协体制对于新时期文学场域的重建仍然发挥了重要作用，"上传下达"开始成为主要重建方式。同时，由于存在地方差异，中国文联、作协在全国的组织作用并不是绝对的。最初作为一个集合概念出现在新时期文学场域中的"人民"，其内部也是有层次性的，主要包括某些地方文联和作协，以及其他群众团体和个人，他们或分散或联合，采取约稿、组织会议、办学习班、评奖等多种措施，都积极参与到场域的体制重建中来。其中大多数扮演了园丁，也有少数是"哨兵"的角色。正是在上、下或合作或斗争的关系中，新时期文学场域多种文学知识力量重新整合、分化，又相互扭结，进入场中并占据了自己的位置。由于作家对文化身份认同存在差异，于是在1980年前后开始出现不同谱系的文学知识话语分流的趋势。新时期文学场域中，中国文联、作协及其主办评论刊物《文艺报》的文学立场，由最初致力于维护文学知识分子权益，到1982年国家文艺政策和机构改革后，因为被赋予自主改革的政治权力，而试图弥合知识分子写作与国家意识形态文学间的罅隙，其权威地位有所削弱。在依靠"人民"摆脱政治的束缚争取自由又借助主流意识形态来反对庸俗化的过程中，新时期文学的知识生产逐渐走上专业化精英道路，"文艺界"重新成为相对独立的群体。随着文学知识分子寻求艺术自由、精神独立的创作意识越来越清晰，文学回应现实的方式发生了变化，也注定了曾经蔚为壮观、轰动一时的文学效应从此不再的宿命。

在新时期"政治—文学—人民"三元文学体制中，作为文学生产的管理者，新时期中国共产党的文艺政策的制定主要是采取了间接规约的管理策略。首先是1980年"二为"方向的提出，表明新时期"政治"对文学的党性要求，不再是以"从属论"、"工具论"来直接设定文学表现的疆界，而主要是以有利于"社会主义"现代化建设为基本评判标准，其中对文艺界提出"人民"标准的承认，并赋予其可与"为社会主义服务"并列的政治合法性，是新时期文学实场中不同力量相互妥协的结果。这种在理解的基础上达成的妥协，是新时期文学创作得以繁荣的重要保证，这也预示了后来文学创作中党性色彩的削弱。1982年列宁《党的组织与党的出版物》中译文修改稿发表，是新时期文艺政策调整中另一具有标志性意义的事件。从"党的文学"到党的"出版物"，表面上只是个别字词翻译的修改，实质意味着新时期党对文学管理方式的转变，即将文学视为社会主义精神文明建设的组成部分，由于承认作家具有"创作自由"，那么对文学党性原则的强调，就不能再沿用以往直接约束作家作品为主的管理方式,而是选择了制约文学作品的发表、传播途径为主要策略。因此,新时期的出版发行体制改革与新时期文学场域中的知识形态有密切关联。

在重新生成的新时期文学场域中,"政治—文学—人民"三元文学体制能得以确立,反映出人心所向,同时也是中国共产党坚持"实事求是"原则制定和修改国家政策的结果。

第一章　新时期文学场域的重新生成

　　针对"文革"期间文艺创作被框定得越来越窄,越来越模式化的现状,1975年毛泽东在一次讲话中,重申文艺工作要坚持"百花齐放、百家争鸣"方针。但当时"四人帮"还未被打倒,因此围绕1976年1月《人民文学》的复刊还展开了一场斗争。要繁荣文学创作,就必须重建早已支离破碎、不复存在的文学界。如何重建? 依靠何种力量重建? 重建成怎样的文学界? 这些问题,最初在很多人心里都还是未知数。"天安门诗歌"为新时期文学场域重建提供了一种路向。

第一节　重返"天安门":"人民"话语再现文学场

　　在1980年代初期关于"新时期文学"的论述中,大都出于对该事件政治意义的肯定,而将"四五"运动中出现的"天安门诗歌"视为一个逻辑起点①。同样由于看到该事件强烈的政治色彩遮蔽了艺术形式的不足,"天安门诗歌"被坚持文学艺术标准的研究者所忽视。在高度推崇与极为漠视之间,也还有第三种姿态,就是从其中体现出的人文知识分子的操守来肯定其价值和意义②。无论是对于"天安门诗歌"的肯定者,或是否定者,应该说,都忽视了"天安门诗歌"对于新时期文学体制的重要意义。从"天安门诗歌"中走出的

　　① 从1978年底到1980年间《文艺报》等文艺期刊上发表的很多评论文章和1985年出版的研究著作,如中国社会科学研究院文学研究所当代文学研究室编写的《新时期文学六年(1976.10—1982.9)》等都能得到证明。
　　② 即洪子诚对"天安门诗歌"较为中庸的态度,他是从"知识分子"的立场来肯定天安门诗歌运动的意义和重要性。参见洪子诚《中国当代文学史》,北京大学出版社1999年版,第218—219页。

"人民"话语,是其得以被视为新时期文学发端的重要依据。

如同任何试图否认"天安门诗歌"政治色彩的努力都是徒劳,忽视它作为一次文艺运动的重要影响也是不客观的。忽视天安门诗歌运动的结果,就会导致对于新时期文学繁荣原因的认识产生偏差,只能是得出"所谓文学的'轰动效应',也往往是在这样一种文学—政治体制模式下'正常'地产生出来的"、"新的文学局面的出现,依然是通过政治体制在文艺政策方面的调整、新的文艺政策的逐渐形成、文艺界全国性代表大会的召开、文艺界冤假错案等的'平反昭雪'、一度被停止的文艺期刊的重新恢复等等体制性的行为形成烘托出来的"①片面结论。于是,就会把新时期文学知识生产秩序重建这个由下而上的过程错误地看做是自上而下的解放运动,从而忽视了"人民"的力量在重建过程中发挥的作用。

从1976年"四五"事件发生、被定性为反革命事件,到1978年为"天安门事件"平反,这两年半多的时间里,正是重振文艺界、为新时期文学场域秩序重新确立而斗争的时期。这场斗争如此艰难漫长,最终胜利的取得要归功于"人民"的力量,所以白桦会发出这样的感叹,"仅仅是两年多的时间,——毕竟是两年多的时间!经过全国人民的正义声援,强烈的呼吁,热情的宣传和艰苦的斗争,十一月十五日北京市委宣布一九七六年清明节天安门事件为革命行为,终于正了名"②,一个"仅仅",显示了人民的力量;一个"毕竟",却也昭示出斗争的艰难。作为政治事件的"天安门诗歌",只是始于清明节,终于清明节。而作为文学事件的"天安门诗歌",却并不限于彼时彼处。正如时人早已指出的:天安门事件,首先是一场政治斗争,是一首悲壮的政治史诗;同时它本身又是一部光彩夺目的诗史,是一次规模最大的群众文艺运动。政治运动和文艺运动不可分割地直接融为一体,人民群众把诗当做这场政治斗争的主要战斗武器。③

或许在很多人的印象中,"天安门诗歌"只被局限在1976年清明节发生

---

① 吴秀明主编:《当代中国文学五十年》,浙江文艺出版社2004年版,第153页。
② 白桦:《"四五"精神万岁!——赞话剧〈于无声处〉》,《文艺报》1978年第6期。
③ 戚方:《艺术是属于人民的——谈天安门诗歌运动的历史意义》,《文艺报》1979年第1期。

在天安门的政治事件里,即使是当时在戚方专门评论"天安门诗歌"的文章《艺术是属于人民的——谈天安门诗歌运动的历史意义》中,也仅仅是从创作的角度指出了这次诗歌运动的规模,"从时间来说,天安门诗歌大量地产生于一九七六年的清明节前后,但是,实际上这个诗歌运动从周总理逝世后的一九七六年一月八日就开始了,清明节达到了高潮,以后一直延续下来,直到总理逝世一周年的广泛纪念活动。整个这个过程中所产生的诗歌,实际上都是天安门诗歌的扩大和延续。""从地点来说,天安门广场毫无疑问是这次诗歌运动的中心,可是同一时期,在南京、郑州、杭州、重庆、上海以及其他许多城市都不同规模地发生过起因、性质和天安门事件完全相同的'反革命'事件,它们是天安门事件的组成部分。在这些事件中产生的大量革命诗歌,也应当是天安门诗歌运动的一部分。"

仅此,还不能足以阐明"天安门诗歌"的文学史意义。除了在戚方论文中提到过的、早已被公认的、从 1976 年 1 月到一周年后,从北京到全国各地的纪念活动中人民群众进行的诗歌创作活动外,天安门诗歌运动还应该包括另外一个方面的内容:即油印的三个版本的《革命诗抄》、两个铅字本的《革命诗抄》和正式由人民文学出版社出版的《天安门诗抄》的搜集、整理、编辑、出版、发行的过程。

对于"天安门诗歌"的成果《天安门诗抄》的整理出版过程,洪子诚在《中国当代文学史》中曾作如下颇有代表性叙述:在此后的几个月里,写作、传抄、保存这些诗词的行为,受到追查,一些人为此受到迫害,被定罪、囚禁。1976年底,在江青等"四人帮"被逮捕,"文革"宣告结束之后,童怀周将他们搜集、保存的部分诗词誊录、张贴于天安门广场,并发出征集散失作品的倡议书。倡议得到广泛响应。在征集到的数以万计的诗词中,选出一千五百多篇,编成《天安门诗抄》并于 1978 年 12 月出版。他粗线条的概述会给读者造成这样一种误解:似乎到"文革"宣告结束后,因写作、传抄、保存天安门诗歌而被迫害的事件就此结束了。如果不了解《天安门诗抄》曾有过不同版本以及其收集整理过程,就很容易被误导以为,童怀周可以征集并编辑出版《天安门诗抄》都是政策转变的结果。其实不然,它是这次群众文学运动中,"人民"与意识形态斗争所取得的胜利成果。

当时曾致力于整理、编辑天安门诗歌的,并不是只有一个"童怀周"。

1977 年元月人们在纪念周总理逝世一周年时,在天安门前的临时板壁上,在东西长安街的墙头上,曾出现过三种《革命诗抄》的油印本。一是由北京第二外国语学院汉语教研室的 16 位同志成立的"童怀周"编辑组编辑的;一是七机部五〇二所编辑的;一是北京电视设备厂编辑的。尽管这些本子都只收录了一百多首诗词,但这都还只是"诗抄"的雏形和征集诗稿的广告,他们在各自的油印本的落款处写了编者姓名、地址、电话。在当时,这种联系方式是《今天》等地下期刊都曾采用过的。后来,北京电视设备厂的贾延岩同志因故中断了搜集编辑工作,把他收到的所有诗稿都献了出来。

　　童怀周编辑组,从 1976 年 12 月起开始编辑,以"课外阅读材料"的名义,使第一个铅印本《革命诗抄》,赶在 1977 年清明节之前出版,其后,又出版了续集。在纪念周总理逝世两周年时,又出版了合订本《天安门革命诗文选》及续集。共收诗文 800 余篇,照片 59 幅。七机部五〇二所编辑组,在粉碎"四人帮"以后,和中国科学院自动化所一些同志组成联合编辑组,在 1977 年内,出版了《革命诗抄》初版的正编、续编,又赶在周总理逝世两周年之际,出版了合订本《革命诗抄》,共收诗文 960 余篇,照片 67 幅。在童怀周和五〇二所同志的行动稍后一点,七机部二一一厂也曾成立编辑组,出版过《敬爱的周总理永远活在我们心中》一书,收入诗文 1370 余篇,照片 60 幅。《世界文学》编辑部也编辑出版过《心碑》诗文选集,不仅收录 1976 年清明的诗文,也收入 1977 年元月群众在纪念周总理逝世一周年时贴出或流传的诗文。

　　尤具反讽的是,北京市公安局保存的、原本是奉"四人帮"的旨意而抄(摄)下来、作为将来破案材料的诗稿,却成了编辑出版"诗抄"的珍贵来源。五〇二编辑组从中获得 600 多首经过核实的诗稿,童怀周也得到两麻袋的原始稿件。可见,虽然天安门事件政治上未被平反,在人民包括一些公安人员的心中早已为其平反了。当时人们用报告文学、话剧演出来歌颂诗歌运动中出现的英雄和私下传播天安门诗歌的方式,来填补"四人帮"所造成的精神生活的空缺。

　　如同很多论者指出的那样,在 1976 年到 1979 年间,虽然也出现过《望日莲》、《人民的歌手》,特别是《班主任》等一些被称道的作品,但多数文学创作仍然没有摆脱"文革"模式,读者对之反应冷淡。相比较而言,天安门诗歌尽管没能在期刊公开发表,但却是这期间被广大人民群众更为关注、更为核心的文学事件。谢冕曾在《诗歌在战斗中前进——1976 到 1977 年诗歌漫笔》描述了人们对天安门诗歌的喜爱①,这从莫文征《谈〈天安门诗抄〉的出版》中,对各种版本天安门诗歌的流行情况的叙述也可得到证明:"书一出版,很快就传到城市、边疆,要求买书的和赞扬他们工作的信像雪片一样飞来。据童怀周及五○二所统计,前后共收到来信一万余封,每天交来要求买书的介绍信有时竟达一尺之厚。书一再重印,仍然供不应求。童怀周几种版本,印数达二十余万册,他们还向全国租型十六副,印数相当可观。仅五○二所印数累计达二十六万余册。印数这样多,供应仍然十分紧张。致使许多地方只得流行手抄本,边疆某机关一干部来京买得一本,拿回去,先是传阅,后是传抄,之后便是集体读抄,一星期内,全机关几十名同志全部有了手抄本。这些诗,本来是由手抄稿变成铅印本,现在又由铅印本变成了手抄稿。"②因此,应该可以说"天安门诗歌"是这两年间普通人(包括文学爱好者们)文学生活的核心事件。

在此期间,尽管"文革"已经结束,但天安门诗歌的搜集整理、编辑出版仍然步履维艰,而能够取得最终胜利是"人民"不懈斗争的结果,所以顾骧《真实·人民·社会主义文学》一文对"天安门诗歌"会做出如下评价:"这是真正人民的文学,是革命现实主义的文学。它是对'四人帮'反人民的瞒和骗文艺的一个彻底否定。天安门诗歌运动,开始了文学创作的一个新时期,迎接了文艺春天的到来。恩格斯称但丁为'中世纪最后一个诗人,同时又是近代最初一个诗人',是'中世纪的终结和现今资本主义的开端'的标志。我们是否也可以说,天安门诗歌的出现,既标志着黑暗年月的终结,也预示着新时期的到来。天安门诗歌既敲响了阴谋文艺的丧钟,也拉开了新文艺运动的序幕。"③因此,当得知《天安门诗抄》可以公开出版时,当时很多人纷纷发表文章极为肯定其文学史意义。

"天安门诗歌"对于新时期文学的意义并不止于一本《天安门诗抄》,而在于《天安门诗抄》得以整理、出版的过程中确证了"人民"的力量,使"人民"话

---

① 参见谢冕:《诗歌在战斗中前进——1976 到 1977 年诗歌漫笔》,《诗刊》1978 年第 3 期。

② 莫文征:《谈〈天安门诗抄〉的出版》,中国出版工作者协会编:《中国出版年鉴 1980》,商务印书馆 1980 年版,第 167 页。

③ 顾骧:《真实·人民·社会主义文学》,《人民文学》1979 年第 10 期。

语在新时期文学场域中凸现出来,成为"政治"之外影响新时期文学知识再生产方式的另一重要因素,从而形成新时期"政治—文学—人民"三元文学体制。

正如很多论者都已看到的,天安门诗歌运动中最为突出的两个字就是:"人民"。作为一种文学知识话语,天安门诗歌的整个生产、传播、消费过程都是在民间独立完成的。尽管一开始没能被国家的文学体制接纳,对它的文学效果却并没有太大影响。这首先是某种文学话语借助"人民"的力量对政治的一次示威。同时,它也确证了文学知识话语可以采取一种由地下走向公开的策略来占据文学场域中位置的可能,后来朦胧诗、第三代诗歌等文学样式的出场也是这样一种发展途径,这成为后来新时期文学中诗歌知识话语生产的一种重要组织形式。

"人民"在这次诗歌运动中的盛装友情客串,把"下里巴人"从文学场域的最底层——接受教育者的位置中拯救出来。特别是它所展示的政治力量,被急于摆脱"四人帮"阴谋文艺影响和左倾思潮束缚的文学中凸现出来,成为新时期文学对抗政治干预,追求文学自由、艺术民主的一张王牌。所以,戚方才会在文章《艺术是属于人民的——谈天安门诗歌运动的历史意义》中做出这样的声明:"中国人民已经不是一群被动和消极的文艺鉴赏者,更不是徘徊在艺术之宫大门外的冷淡旁观者,他们在这场惊天动地的伟大事件中,在政治上大显了身手,在文艺上也大显了身手。"后面联袂而来的几个反问"在这场文艺运动中,人民是不是因为少了保姆,而摔了跟头呢? 是不是因为没有人在一旁指手画脚,而迷失了方向呢? 是不是因为没有人审查和把关,就产生了什么毒草呢?"这却泄了作者的底,作者推崇人民来质疑旧有文艺审查体制的真正目的昭然若揭。

新中国成立以来一直遵循的"政治第一,艺术第二"评价标准和"文艺为政治服务"的口号,在新时期"双百"方针提出后,受到广泛质疑。在文艺界开展"实践是检验真理的唯一标准问题"的讨论之后,态度越发明朗化。早在文艺为摆脱政治而斗争的开始,"人民"就成为首选策略,这正是天安门诗歌运动深入人心的结果。1978 年 10 月上旬,《文艺报》编辑部邀请了部分文艺工作者就这一已经引起思想、哲学战线强烈反响的、马克思主义基本理论的重大问题进行座谈,并且在《文艺报》1978 年第 5 期作为头版以"坚持实践第一,发扬艺术民主"专栏形式,刊登了座谈会上的发言并配发编者按。在这些文章中,除了茅盾先生提出"作品之能否站得住,能否经受时间的考验,关键在于上面所说的反复的检验与反复的修改"①这样的评价标准外,巴金等论者大都提出要求把"人民"作为检验文学作品的唯一标准。② 其中,在李春光的"人民"构成中,是以文艺界人士特别是文艺基层单位为主体的,他提出"能否考虑将作品的审批权力适当下放? 能否考虑将这种权力交给基层文艺单位?""对于创作、表演中出现的问题,包括政治问题、思想问题和艺术问题,能否主要依靠文艺批评的方法去解决,而不急于采取行政手段? 即使出了毒草,是否也应当主要依靠有分析、有说服力的、实事求是的群众文艺批评来作出正确的结论,有效地化毒草为肥料,而不应当用急急忙忙下禁令的简单办法去处理"③,这样的要求表明,在他的观念中,依据掌握知识话语不同而区分的群众、领导、基层文艺单位间的差异,并未因为"人民"话语的团结统一而被消弭。"人民"只是被选中的一个叙事策略。在当时许多争取文艺界独立评判文学作品权力的文章中,大多是在打"人民"牌。

布尔迪厄曾说过,"文学(等)竞争的中心焦点是文学合法性的垄断,也就是说,尤其是权威话语权力的垄断,包括说谁被允许自称'作家'等,甚或说谁是作家和谁有权利说谁是作家;或者随便怎么说,就是生产者或产品的许可权的垄断"④。新时期文学生产秩序的重建过程,就是一个争夺权威话语权力的过程。"人民"在文艺界摆脱政治的横加干涉、争取文学自主权的斗争中功不可没。《人民文学》1978 年全国优秀短篇小说摒除了领导的"群众推荐和专家评议相结合"评奖标准的确定,就是一明证。

摇身一变成为文学的评判者、获得了权威话语权的"人民",无疑是新时期文学知识话语中最耀眼的一颗新星。以致后来,不仅在文艺界试图脱离政治干预的斗争中它是一枚利器,以"人民"的名义,也成为新时期文学场域内

---

① 茅盾:《作家如何理解实践是检验真理的唯一标准》,《文艺报》1978 年第 5 期。
② 巴金:《要有个艺术民主的局面》、李春光:《谈社会主义文化民主问题》、苏叔阳等人的发言都表明这一态度立场。详见《文艺报》1978 年第 5 期。
③ 李春光:《谈社会主义文化民主问题》,《文艺报》1978 年第 5 期。
④ [法]皮埃尔·布迪厄:《艺术的法则——文学场的生成和结构》,中央编译出版社 2001 年版,第 271 页。

部各种知识派别进行文学论争时通用的策略。比如在浪漫主义对现实主义创作方法的回击中,提出作家要注重"社会效果"的讨论;现实主义试图用人民"懂"与"不懂"把现代派从文学场域中排挤出去;还有农村题材创作的复兴,通俗文学迅猛发展的合法性,等等,甚至是极具政治权力的国家主流意识形态偶尔也要借用一下"人民"的力量,来规范过于自由的文学活动。

第二节 文学期刊与新时期文学场域重建

在天安门诗歌运动奏响群众力量的序曲后,文艺工作者深感任重道远。早在 1978 年全国文联正式恢复活动之前,广州、上海、安徽三省的地方文联组织已经恢复了活动,这再次表明新时期文学最初知识生产秩序的重建,并不是首先以从中央到地方自上而下领导的形式开始的①。各地方组织和期刊在新时期文学生产秩序重建中所发挥的重要作用,也并未因为全国文联的恢复活动和《文艺报》的复刊而被削弱,相反,特别是在 1979—1981 年间的文学界元气恢复阶段,二者在一种和谐公平竞争的氛围中互相补充。

这支包括作家、评论家、编辑在内的文学队伍,从建国初到 1966 年,中国作协会员已拥有会员 1059 人,到 1978 年作协恢复活动时,只剩下 865 人②。并且这些曾经的创作精英们还散落在各行各业、城市农村的不同角落中。"文革"期间我国的期刊也几乎陷入了毁灭的境地,在 1968 年和 1969 年地方只在名义上保留了三种期刊。因此,要重新组织、开展文学创作和文学理论批评活动,重建文艺界欣欣向荣的局面,文学期刊建设成为摆在文学工作者特别是文学编辑们面前的当务之急。

1978—1980 年间,由于一度将创办期刊的审批权限下放,缺乏必要的协调,以致期刊种数增长太快。期刊种数平均每年分别比上一年递增 48.1%、

---

① 就文艺政策而言,应该说,面对"文革"后百废待兴的社会局面,文学在最初并没得到党的过多青睐,相反可能是出于对"文革"中"阴谋文艺"所起到助纣为虐作用的反叛心理,有一种试图冷落文学的倾向。这一点,从下一节所谈到的作协、文联恢复的艰难过程,在"文革"结束近两年后才提出中可以看出;同时,1977 年提出落实知识分子政策的科学大会的召开,也主要是致力于倡导发展自然科学。

② 中国作协:《三十五年来的中国当代文学作品》,《中国出版年鉴 1985》,第 36 页。

58.1%、49%左右。这种后来被检讨为期刊发展的"自发"局面①，为文学提供了契机。"四人帮"刚粉碎时，全国只有寥寥可数的几个文学刊物。到1980年，全国省、市、自治区和中央一级的文学刊物达到180多种，光大型文学丛刊就有31种。而且许多文学刊物的发行量都很大，少则几万，多则几十万、上百万②。因此，很多新创刊的文学期刊并非如很多论者以为的那样，是在中国共产党的领导和关怀下有组织有计划地出版的，这种自发性创刊行为，表明有更多的力量正在进入新时期文学领域，试图对其文学生产秩序的重建施加影响。到1981年《文艺报》编辑部对全国文艺期刊情况做调查，初步统计，全国省、地、市级文艺期刊共634种，其中省级以上320种③。尽管这些期刊的行政级别有中央、省、地、市、县等级别的差异，但与其在重建中所发挥的作用并不完全成正比。

这些以坚持"双百"方针为前提恢复和新创的文学期刊，主要是由各地、市、县级文化部门主办，它们致力于重建新时期的文学界④。由于他们之间也存在着中央、省、市地域和级别之差，编辑们则由于各自知识结构不同所操持的文学知识话语类型也有所区别，当时为数众多的文艺期刊所秉承的文学观念、由所刊发文章体现出的倾向性也因此略有不同，大致可分为三种：如《时代的报告》旗帜鲜明地强调自己的政治革命立场，只是极个别现象，但在为"人民"的掩护下，向主流政治文化靠拢的文学期刊倒是并不少见，某一阶段的《解放军文艺》、《文学评论》等也可归入此类；《故事会》、《小说林》、《啄木鸟》、《连环画报》等走群众路线的文艺期刊，虽然有"人民"的喜闻乐见撑腰，艺术上的粗糙使它们对文学秩序重建的发言并不那么理直气壮，总有低人一等之感，1980年起还有很多地市级期刊、小报从广东、广西进军全国，盛极一时，是当时被文艺界主流所鄙视的"通俗文学"的重要载体；而绝大多数的文学期刊则是以坚持文艺为人民服务、为社会主义建设服务的姿态出现，以"双

---

① 高明光、邹书林：《我国期刊出版事业发展概况》，《中国出版年鉴1986》，第156页。
② 钱海、李言：《四年来文学创作发展和繁荣的概况》，《中国出版年鉴1981》，第240页。
③ 《光明日报》1981年5月22日对该数据有专门报道。
④ 当然此时也有一些科协、法制部门出于科普或普法的目的而创办的，以知识性、趣味性为主要特征的通俗读物，它们也成为一些文学作品的发表园地。但由于它们的边缘性，在此处的论述中先不做考虑。

百"方针为挡箭牌,更为认同知识分子追求文学专业化的发展道路,如《人民文学》、《上海文学》、《收获》、《十月》等等。

这种区分只是笼统而言,具体到某一作品、文章的选登态度,是在任何期刊内部也可能会有不同意见,存在分歧。因此,不论是认同、操持何种文学话语的文学期刊,尽管都是以"双百"方针为基本出发点,但文学期刊间及其内部这些差异、分歧的存在,为各种不同文学知识话语提供了充分发展的空间,是文学百花得以齐放的重要保证。

在新时期文学秩序重建之初,很多报刊如《人民日报》、《光明日报》、《辽宁日报》、《羊城晚报》、《红旗》、《上海文艺》(后改名为《上海文学》)、《文汇报》、《广州文艺》、《湘江文艺》、《吉林文艺》、《安徽文艺》、《河北文艺》、《汾水》、《奔流》、《鸭绿江》等名字,经历过那个时代的人们应该不会太陌生,因为很多重要文学批评、理论问题,是由它们首先发难或者参与讨论扩大影响,进而引起全国范围的大讨论从而才得到澄清的。1978 年 6 月中旬,上海《文汇报》"文艺评论"版开辟关于文艺作品题材多样化问题的专栏,用讨论的形式呼应《人民文学》提出的题材问题,到 7 月中旬已经刊载 12 篇评论、报导文章;1978 年 12 月,《辽宁日报》首先开辟的"关于文艺真实性的讨论"专栏,以"伤痕文学"、"反思文学"的评价为议题,揭开了新时期"真实性"问题大讨论的序幕。此后,全国各文艺刊物纷纷发表讨论文章,"真实性"成为新时期文学重建过程中的一个重要命题;1979 年 3 月,上海的《戏剧艺术》发表陈恭敏《工具论还是反映论——关于文艺与政治的关系》文章,首先对"工具论"发难,接着,《上海文学》发表评论员文章《为文艺正名——驳"文艺是阶级斗争的工具"说》,旗帜鲜明地对"文艺从属于政治"的权威观点进行批评,从而引发了对"文艺与政治"关系的全国性大讨论;而 1979 年 4 月 15 日《广州日报》发表的黄安思《向前看呵! 文艺》及同年《河北文艺》第 6 期刊发的题为《歌颂与暴露》、《"歌德"与"缺德"》两篇短论,尽管几乎被时人批驳得体无完肤,成为众矢之的;现在看来,它们在某种程度上为文学突破单纯"暴露"题材的局限,提供了一种新的可能,把文学创作的讨论推向对"社会主义新人"的关注,因此也起到了推动文学生产发展的作用。

各级文学期刊在新时期文学场域秩序重建过程中发挥的作用可大体分为两大类:其一,文学期刊是使各种文学实践、探索广而告之的园地,比如通过发表编者按、评论员文章等推荐新人新作,宣传提倡某种新的文学样式。开辟专栏或者通过发表意见相对的批评文章进行理论探讨等等,这些作用都是读者看得到的;另一种对新时期文学发展更为重要却常常容易被读者忽视的组织作用①,是在期刊之外由期刊编辑部来完成的。文学编辑们经常要到处约稿、组稿就不用说了,那时的文学期刊编辑部还经常举行各种形式的活动,如:读书会、座谈会、讨论会,还有短期培训班等等,把作家、评论家甚至是读者组织到一起,互相交流、沟通,为作家创作提供有益参考。在得到《人民文学》编辑部承办组织的全国优秀短篇小说评奖活动取得成功的有力证明后,作为组织文学创作的有效方式,各种名目的评奖、征文被各级文学期刊普遍采用。张光年早在 1980 年全国优秀短篇小说评选大会上的讲话中就已经提到:“我们知道,全国各地还有很多很多的读者大众,就近参加了本省、市文学期刊举办的短篇小说和其他文学作品的评选活动,同样有力地促进了创作的发展。”②仅此还不足为证。根据《中国文学研究年鉴 1983》中刊载的“全国省、市、自治区文学类评奖获奖作品篇目辑览”统计,1982 年举办大型评奖活动 45 次,其中以文学报刊名称命名的奖项就有 26 次。这两种形式常常是结合起来运用,比如编辑部通过专栏形式,刊登座谈会上的发言,或是介绍作家近况、文艺动态等等。

　　对于各级文艺期刊和编辑在新时期文学复兴中的影响作用,当时太多文章和讲话中都有所体现了,实在不胜枚举,仅就《文艺报》所刊读者来信和文艺界人士的感想试举几例以作说明。《文艺报》刊登的读者来信《工人争夺〈作品〉好》写道,“祖国南大门的文学月刊,在数千里之遥的‘天府之国’引起如此强烈的反响,其他省市的文学月刊竟黯然失色。”③还有《〈广州文艺〉——文艺青年的朋友》④等读者来信,都说明很多省级文学期刊也可以产

---

①　新时期之初,文学期刊及出版社编辑部发挥组织文学知识生产作用的主要形式之一,即召开各种会议及评奖活动。相关的具体情况,可参见《中国文学研究年鉴》中每年的“文学纪事”和各期刊所刊载的动态报道之类。

②　张光年:《在 1980 年全国优秀短篇小说评选大会上的讲话》,《中国新文艺大系 1976—1982·史料集》,中国文联出版公司 1990 年版,第 650 页。

③　孔祥友:《工人争夺〈作品〉好》,《文艺报》1979 年第 7 期。

④　《文艺报》1980 年第 1 期。

生全国性影响。1979 年第 9 期《文艺报》中登载的,由该刊记者吴泰昌采写的,关于部分省市文艺期刊负责人座谈会报道就很有代表性:"近年来,有个令人兴奋的现象:文艺界内外,很关心一些文艺刊物办得如何。有时一位年轻工人,会兴致勃勃地告诉你,某家刊物上新近发表的一篇小说在他们车间班组里有了热烈反映。读者的这种热情与关心,甚至超过我们这些从事编辑工作的人。这绝不仅仅是个别的情况。文艺期刊与人民群众的关系显然比过去任何时候都更加密切了。'现在有些刊物很值得一读',许多读者这么说。这里所指的刊物,并不一定是'中央级'的,更不一定是发行百万份的。"①丁玲在《文艺报》1979 年第 8 期发表的书面感想《百家争鸣及其它》②中也强调,"我们讲百家争鸣,这个工作主要靠谁来做呢? 这就得靠你们编辑来做,靠编辑部来做了。依靠群众是一方面,另外你还得'逼迫'人家,你得'将'人家的'军',你得主动去做这个组织工作",要求编辑不能被动等待。进而,她又指出由于"旗帜不鲜明"导致"你们《文艺报》现在声誉不太高"的现状。

　　事实上,《文艺报》要重新确立在文艺界绝对权威的地位,不是也并不能依靠行政命令来取得。发表在《文艺报》1980 年第 10 期"文艺界和读者对《文艺报》改版的意见"专栏中的闻笛的文章《对〈文艺报〉的意见》,就很能说明这一点。他在文中提到,"《文艺报》复刊以来,颇有生气。为繁荣社会主义的文艺做了不少工作,受到了文艺工作者和文艺爱好者的欢迎。但是目前的《文艺报》有难以克服的弱点:一、反映问题慢! 二、反映面窄! 三、文章长!四、影响小,读者少!"③,并解释说"何谓影响少? 有的同志说《文艺报》上既看不到文艺界的情况,又看不到带有指导性的理论文章。在北京大学中文系,师生订阅《文艺报》的极少,在阅览室里,也可以说是经常睡觉的杂志之一。"虽然只是一家之言,由此却也可以窥见《文艺报》在当时的影响。当然,新时期之初,在全国文学体制观念尚未完全转变的情况下,《人民文学》和《文艺报》作为中央级刊物,它们在文学活动中的重要地位是不容忽视的,但如有的

---

①　吴泰昌:《把文艺刊物办到人民心里去——记部分省市文艺期刊负责人座谈会》,《文艺报》1979 年第 9 期。

②　丁玲:《百家争鸣及其它》,《文艺报》1979 年第 8 期。

③　闻笛:《对〈文艺报〉的意见》,《文艺报》1980 年第 10 期。

论者所言"在当时全国众多的文学媒体中,确实也最有权威和最有影响",却是言过其实。特别是在 1983 年以后,到 1985 年 7 月《文艺报》由期刊改为报纸,正是这种权威性和影响力逐渐衰弱的结果。《人民文学》、《文艺报》组织的活动大多限于在京作家、评论家,就全国范围而言,各省市级文艺期刊对本地区的文学建设影响更大些,这从 1979 年及后来全国优秀短篇小说评奖获奖作品所发表期刊种类的增多也可得到证明。

就在文联、作协和《文艺报》、《文学评论》、《人民文学》等中央一级的期刊编辑部积极组织各项工作,扩大影响,试图为全国范围内重建文学生产秩序指明方向的同时,原本各自为政的各级地方期刊为了在秩序重建过程中发挥更大作用,认识到需要联合行动来增强影响力并且这种要求越来越强烈,在 1979—1980 年间达到一个高潮,主要表现为联合会议的召开。这些有的是区域性联合:如 1979 年 8 月 2—10 日在长春市和吉林市举行了部分省市文艺期刊负责人座谈会;有的是少数民族力量的联合:如 1980 年 3 月 8—21 日在昆明举行的云南、宁夏、新疆、广西、贵州、青海、甘肃、西藏九个省区和吉林延边朝鲜族自治州文艺期刊编辑工作会议;还有通俗文艺期刊的联合:1980 年 10 月 11—22 日由湖北《布谷鸟》编辑部筹备的十八省、市、自治区群众文艺刊物座谈会在武汉举行。特别是几次市级文学期刊会议的召开:1980 年 4 月 8—14 日,《广州文艺》、《青春》、《芳草》、《西湖》等十四家市办文艺期刊座谈会在杭州举行,就如何办好刊物,加强编辑队伍的建设等问题展开了讨论;1980 年 7 月 12 日—19 日,《春风》、《芒种》等十七家市办文学期刊在长春市举行"小说编辑工作座谈会",讨论如何提高小说质量、培养作者、繁荣创作、加强刊物同读者的联系等问题;1980 年 10 月 9 日—19 日,《花溪》和《滇池》编辑部在贵阳、昆明两地先后联合召开十七个市办文学期刊"诗歌座谈会",探讨"新诗面临危机"、"朦胧诗"等问题。召开会议是各级文学期刊参与新时期文学实践的一个重要方式,这些联合会议的召开,更表明这些地市级文学期刊——文学期刊中的弱势话语群体并不甘于自己的弱势地位,希望通过联合增强实力以便占据场内更具优势的位置。

这种联合不仅是文艺界内部争夺话语权的策略,同时也是文艺界(主要是文学编辑)疏离意识形态话语的干预来争取艺术自由的主要方式。早在1979 年赶在第四次文代会前召开的部分省市文艺期刊负责人座谈会上,就提出要成立全国文艺期刊编辑工作者协会的建议,建议全国文联或中国作家协会成立指导文艺期刊的工作机构,这时的文艺期刊编辑们还只是希望通过联合,能争取到与作家、评论家、读者分享"艺术民主"的权力。尽管这次不过是地方性会议,作为中央级《文艺报》和《人民文学》负责人并没出席,但在《文艺报》记者采写的报道,"再次召开全国文学期刊工作会议是大家渴望的。在这种全国性的专业会议召开之前,一些文艺期刊相互联系,举行民间性的协作会议,这种做法,这种积极性,应当受到支持和鼓励"①,可以看出文艺界领导者对这种地方性联合行为的肯定。这也表明此时《文艺报》的立场是与文艺界基层单位站在一起的。

　　尽管如此,地方性的建议还是受到漠视。随后不久召开的中国文学艺术工作者第四次代表大会,并没有实现他们的主张,甚至在很多领导发言中,仍然很少有为编辑邀功的表示。即使是在周扬做的报告《继往开来,繁荣社会主义新时期的文艺》中,也只是谈到文联和各协会的职责时,捎带提及文艺期刊的作用,"实践证明,办好期刊,是指导创作、繁荣创作、发现和培养人才的好方法",把办好文艺期刊、丛刊,和举办各种类型的讲习所、讲习会,提倡老作家、老艺术家、老评论家带徒弟,共同看做培养文艺创作、评论新人的有效方式。所以,到了1980年4月出席由中宣部组织的全国文学期刊编辑会议时,很多代表是带着疑虑和不安等对抗性情绪来的。很多编辑上来就摆事实讲道理,"一致认为,在促进文学战线大好形势的过程中,文学期刊编辑工作起到了重要的作用"②,来对抗可能会提出整顿期刊的要求,在期刊是否存在问题的认识上分歧很大,并且继续为编辑在文艺界内争取更大的权力。会议最终的定位:编辑人员是无名英雄,他们为社会主义文学事业的发展作出了重要贡献。他们的辛勤劳动应当受到中国共产党和人民的尊重和鼓励,并且建议中央有关单位,制定必要的条例,以保障编辑应当享有的权益,表明文学期刊及文学编辑们斗争的胜利和主流意识形态的妥协。

————————

　　①　吴泰昌:《把文艺刊物办到人民心里去——记部分省市文艺期刊负责人座谈会》,《文艺报》1979年第9期。
　　②　吴繁:《提高质量,把文学期刊办得更好——记全国文学期刊编辑工作会议》,《文艺报》1980年第6期。

　　随后,1980年5月21日《人民日报》发表的评论员文章《振奋革命精神,办好文艺期刊》,似乎给文学编辑们吃了一颗定心丸。于是,1980年11月20—29日在镇江召开的全国二十六家大型文学期刊座谈会①应运而生。这次会议认为,大型文学期刊由一年前的十几种发展到目前的二十多种,每期发行总额约330余万册,对丰富人民群众的文化生活、繁荣文学创作、活跃文艺理论、培养新人等方面,做了大量工作,取得了可喜的成绩。特别是近年来中篇小说的崛起,在中国文学史上前所未有,大型文学期刊在这方面作了独特的贡献。经过充分协商,大会成立了"中国大型文学期刊编辑协会"。尽管这次会议后来在某次领导讲话中被认为是:"一部分文艺刊物的编辑人员没有得到主管部门的同意,开了一个十分错误的会议,可以说是资产阶级自由化的一个典型。在这个会上,一些共产党员违背党规党纪,对四项基本原则进行非议,随后搞了一个旨在使文艺刊物摆脱党的领导的非组织活动"②,《文艺报》当时在"文艺动态"栏目刊登了该事件的报道,并没有刊登对这事件的批评言论,这种冷处理方式至少表明《文艺报》编辑部(或者也可以代表文联、作协等文艺界的主流态度)并不反对这些大型文学期刊编辑试图摆脱"幕后"位置,出演超越文艺领导、作家、评论家、读者以外可以对文学活动独立发言角色的要求,文艺编辑们也已经成为新时期文学场域中一支不容忽视的建设力量。不仅期刊如此,以文艺作品为主的出版社(如人民文学出版社、上海文艺出版社等)编辑部也是新时期文学生产的重要组织力量。

　　正是由于文学期刊和编辑们发挥了不同形式的作用,把读者、作者、评论者联系起来,在文学编辑和作家、评论者,以及文学生产的管理者等多方面力量的共同努力下,具有相对独立性的新时期文学界到1980、1981年间基本建构起来。同时,由于文学知识的传播是以公开发表和出版为主要方式,因此,1980年前后恢复与新创的不同倾向文学期刊的大量出现,为新时期不同谱系文学知识话语的再生产过程能够顺利进行提供了有利条件。而此时出版界对编辑们提出的知识化、专业化的普遍要求,对新时期文学后来知识化、专业化

---

　　①　金弓:《全国二十六家大型文学期刊召开座谈会》,《文艺报》1981年第1期。
　　②　王任重:《团结起来,谱写更多更好的共产主义凯歌—— 一九八二年六月二十四日在中国文联四届二次会议上的讲话》,《文艺报》1982年第8期。

的发展方向也起到了一定的规约作用。

第三节　"政治"隐显于"二为"方向中

作为文学知识主要传播途径的文学期刊大量出现,发表园地的扩大,只是新时期文学场域重建的一个方面;建设一支稳定的文学知识生产者——作家、批评家——队伍,是新时期相对独立的文学场域得以重新生成的另一重要标志。新时期作家队伍的重新聚合,主要依靠文艺界自己的力量来完成。而最初"政治"对于新时期文学场域重建的态度是暧昧的,主要表现为通过调整"政策"来满足文艺界的要求而不是采取积极组织、建设的方式进行。全国文联、作协的恢复过程可谓一力证。

虽然在全国文联、作协恢复活动前,《诗刊》、《人民文学》、《人民戏剧》、《人民电影》等几家刊物已经陆续复刊,但它们分别隶属于出版局、国务院文化部、新华社等单位管辖,此时重建"文革"后相对独立的文学界的任务远没有完成,到1977年下半年,"文革"中被分散到各行各业的文学工作者,要重新组织起来的愿望已经十分强烈了①。以推动文学创作的繁荣为名,1977年10月20日《人民文学》组织召开了"短篇小说创作座谈会",是这一愿望的首次公开表达。这次会议除在京作家外,由于还邀请了沙汀、马烽、茹志鹃、张庆田等外地作家,从而具有"文革"后文学界(主要是知名作家)第一次全国性集会的意义。在当时全党全国都抓深入揭批"四人帮"之时,这次会议却以当时短篇小说创作中存在的五个问题,这一极具专业性的问题为关注点,表明文学工作者试图以短篇小说创作为突破口,重塑文学界社会精英地位的意图。

当时《人民文学》的主管单位出版局,对于这次会议的意图是心领神会的,但由于当时中共中央还没有明确新时期应该建构怎样的文学体制,对于是否恢复"十七年"间的文联、作协为主的文学管理体制还在犹疑之间,1977年10月发43号文件宣布成立中宣部时,其所属的十个单位,就没有列上文联、作协和各协会。因此,对于这次会议的报道和宣传,就显得格外谨慎。正是出

---

① 比如1977年8月26日,身处广州的萧殷就曾要求刘锡诚向中央转达一下恢复文艺团体的愿望。参见刘锡诚:《在文坛边缘上——编辑手记》,河南大学出版社2004年版,第21页。

于对当时各地文学工作者要求重新联合的积极性很高的清楚认识,认为在新华社发消息,登在报上就有了宣传的作用,会引起"报上一宣传,势必各省也都要开起来","各地开这样的会,势必不谈短篇小说,而要求成立文联、作协,这就成了'无底洞',给中央施加了压力"①等连锁反应,这是事关文学体制的大问题,因此主张定位在"一次业务会议"上,发表内参,不扩大宣传,只在本刊物上发表一下就可以了。根据出版局党组的决定,这次短篇小说创作座谈会是不作报道,不写内参的,后因中央传出决定批判《纪要》的消息,时任《人民文学》主编张光年最终决定在《光明日报》上发消息和文章摘要,表达了文学界要团结起来繁荣创作的愿望,并写一份内部简报分送出版局和文化部为结束。

如果说,"短篇小说创作座谈会"还只是部分文学界心声的自发表达,那么1977年12月28日,由《人民文学》编辑部主办召开以"向文艺黑线专政论开火"为主题的"在京文学工作者座谈会",则借助文艺界的力量再次强调了要求恢复文联、作协体制的热切愿望②。由《人民文学》编辑部组织召开的这次会议,虽然是对政治的一种响应③,却不是缺乏主见的随声附和,这次会议的讨论已经超越了《人民日报》、《红旗》等对"文艺黑线专政论"反革命性质的简单评判,而开始深入探讨其错误根源。会上主要从五个专题:"十七年"文艺的成就与问题;作家队伍问题;30年代以来的文艺;文学遗产问题;根本任务论来批判《纪要》对毛主席革命文艺路线的篡改,这些实质都是涉及新时期文学发展方向的大问题。正是从这个意义上说,尽管某些认识还有时代的局限性,这次会议或者可以被视为是新时期文学工作者独立思考文学问题的知识分子意识觉醒的发端。特别是在这次会议中,茅盾以作协主席身份的讲话、周扬的首次亮相和发言、时任中宣部部长张平化带来的华国锋给《人民文

---

① 参见刘锡诚:《在文坛边缘上——编辑手记》,河南大学出版社2004年版,第36页。
② 参加这次座谈会的多达140余人,应邀到会的还有艺术家,考虑到其影响,因此被认为是"'文革'大劫难后文艺界的第一次相聚,而且是名副其实的文艺界的一次劫后的团聚大会"。刘锡诚:《文坛旧事》,武汉出版社2005年版,第2页。
③ 对"文艺黑线专政论"的批判是由《人民日报》率先发起,《红旗》杂志发表了批判教育战线"两个估计"的文章,继而文化部召开了批判《纪要》的会议,文化部批判组撰写了批判文章之后,《人民文学》才受命参加战斗,参见刘锡诚:《在文坛边缘上——编辑手记》,河南大学出版社2004年版,第39页。

学》的题词和他在讲话中对"十七年"间文联工作的肯定①,以及随后文化部部长黄镇到会发言,显示出中央对文艺界拨乱反正的重视。这次会议中文艺界明确提出恢复全国文联、作协组织的要求得到了领导者的支持,为中共中央与文学界间的沟通搭建了桥梁。

1978年3月29日,中宣部批准成立恢复文联筹备组;5月27日,第三届中国文联全委会第三次扩大会议召开,会上宣布中国文联、作协正式恢复工作。至此,文学工作者赢得了相互联系的权利,这标志着新时期文学场域的重建任务在形式上基本完成。以文学期刊举办座谈会为名召集文学工作者,是新时期文学场域重建之初文艺界人士团结行动的主要策略。正是这些联合行动最终促成了中共中央批准恢复文联、作协制度。因此,应该说,1978年中共中央批准恢复全国文联、作协组织,并重新赋予其组织领导新时期文学知识生产的权力,是文学界人士努力争取的结果。由于"政治"掌握最终决定权,但尽管如此,它对于新时期文学场域的重新生成与体制重建能够顺利进行仍有重要意义。在此期间,还没被组织起来的文学工作者不仅没有意识也没有力量反抗"政治"对文学的干预,相反,还要依靠政治的力量来重建文学场域,因此,在新时期文学场域重建过程中,"政治"仍是一支举足轻重的力量。

在全国文联、作协恢复活动以后,把文学场域的规范化管理纳入到国家行政管理体制中来,就迫在眉睫了。表面上看来,似乎是恢复了建国后"十七年"的管理方式,全国、地区、市县各级文联形成上传下达的通道,成为一体。事实上,却并非如此。

且不说恢复后全国文联、作协间领导与被领导的关系与"十七年"间平等关系已经不同,单是前文提过,早在全国文联恢复活动之前,上海、安徽、广州市文联、作协就已恢复活动,发挥组织新时期文学活动、繁荣文学创作的作用。这也说明新时期文学场域重建过程中,中央与地方的行动并不是步调完全一致,很难形成绝对凝固统一的文学体制。文艺实践也并不是完全迎合政治指令,甚至有时还会相反,后来许多具体文艺政策的提出、制定大多是根据文艺

---

① 分别参见刘锡诚:《在文坛边缘上——编辑手记》,河南大学出版社2004年版,第52、58页。

实践而做出的调整,这一点在很多文艺领导者的讲话中都有所体现。比如贺敬之回应1980年关于文艺政策"收"、"放"两种说法时明确指出:"基本精神还是三中全会制定的路线和方针,只是随着这两年的发展,对必然出现的新情况和新问题,理所当然地加以注意,给予解决。这决不意味着解放思想、实事求是、开动机器、团结起来向前看的方针有什么变化。党中央提出的建设社会主义现代化强国的总任务和与之相适应的政治路线、思想路线,是坚定不移的。坚持四项基本原则,研究前进过程中出现的新情况,解决新问题,这本来就是三中全会精神的题中应有之义。"①这些曾被误会为或收或放、或紧或松的文艺政策,或是为满足文艺界的某些合理要求而作出的妥协,或是为纠正文艺实践中出现的某些不符合社会主义文明要求的现象,都是中共中央以坚持"双百"方针和四项基本原则为前提、从文学实际出发不断调整的结果,在当时确实达到了既繁荣文学创作,又保证文学社会主义方向这一效果。通过调整文艺政策来宏观调控文学发展方向,这一成功经验成为后来新时期文学体制改革中"政治"一元发挥作用的主要方式。

在1976—1981年新时期文学场域重建期间,文艺政策转变的一个重要标志就是在"双百"方针的支持下,"文艺从属于政治"口号被"文艺为人民服务、为社会主义服务"所取代,这也是文艺界努力的结果。"文革"的经历带给文艺界知识分子最深刻的经验教训,就是文艺不能再做政治的附庸。特别是1978年开展的关于"实践是检验真理的唯一标准",唤醒了文学工作者的知识分子身份意识。文学知识分子身份意识的觉醒,不仅包括强调人文精神的"社会批判",还包括对于文学作为社会科学中一个门类的专业性追求。1979年借"伤痕文学"、"暴露文学"等创作引起社会轰动的东风,文学界开始质疑"工具论"、"从属论"的文学价值观。《上海文学》1979年第4期李子云、周介人撰写的"本刊评论员"文章《为文艺正名》②,率先公开否定和批评延续已久的"文艺是阶级斗争的工具"这个口号,从而引发了为时一年多关于"文学与

---

① 贺敬之:《对当前文艺工作的几点看法》,《文艺研究》1981年第2期。
② 根据李子云在《送洪泽同志远行》文中记载,《为文艺正名》中的主要观点形成于1978年春参加写作批判《一个反革命的共同纲领》时,并在十一届三中全会之前召开的上海理论务虚会中做了更为明确的发言。参见李子云:《我经历的那些人那些事》,文汇出版社2005年版,第250—251页。

政治"关系问题的论争。《为文艺正名》发表后，首先引起上海文艺界的热烈讨论，随后波及北京和其他省市的文艺界和高校中文系，中国社科院文研所、武汉大学中文系、湖北文联和武汉市文联联合召开了讨论会①。因为这一问题涉及中国共产党的文艺方针政策，中国文联第四次文代会筹备组起草组，起草了一个主旨报告草稿，在 1979 年 8 月间发给各省市文联进行讨论，征求意见后送中央审批。这场由文学界发起的对于文学观念的反思，虽然在 1979 年 10 月 29 日就得到了中央权威人士胡乔木的认可，他在中央政治局会议上指出，"文艺为政治服务、文艺从属于政治"的提法"在理论上是站不住脚的"，不要再用了，但认为宣布终结这一口号是第四次文代会的最大功绩这一看法，却并不能让人信服。

因为邓小平的讲话《目前的形势和任务》恰恰是强调要坚持四项基本原则，强调文学不能脱离政治的，正因为文代会没能"终结"这一口号，所以才在 1980 年爆发了一场大讨论。根据《中国文学研究年鉴 1980》中"1980 年文学研究论文索引"所作的不完全统计，发表在省级以上报刊上的文章，讨论"党对文艺的领导"的文章有 72 篇，其中除了《吉林日报》1980 年 2 月 7 日刊登的评论员文章《必须加强党对文艺工作的领导》外，几乎尽为强调要改善党对文艺工作的领导，并提出立法、不要横加干涉、体制改革等各种建议；在"体制改革"（26 篇）、"艺术民主"（17 篇）、"双百方针"（51 篇）栏目下的研究文章共有 94 篇，"文学与政治"关系的讨论则达 137 篇之多，应该说这个数字还不是完全的，可见讨论之热烈程度。1980 年 7 月 26 日，《人民日报》发表社论《文艺为人民服务、为社会主义服务》，就是为了结束"文学与政治"关系的论争，明确表明中央对文艺与政治关系的态度：不再提"文艺从属于政治"口号，而代之以"文艺为人民服务、为社会主义服务""二为"方向，是对文学界的一种妥协。能在有关文学的大政方针上畅所欲言，并得到认同，表明此时的文学工作者已经开始成为新时期文学场域中一支相对独立的力量。

在 1981 年之前，社会各界都处于恢复期，政治改革、经济改革中不断出现新问题，使得中共中央分不出太多精力来顾及文艺界的具体事宜，因此，在此

---

①　详情参见《文汇报》编印的内部材料《理论探讨》、《上海文学》编辑部 1979 年 7 月编印《〈重逢〉和〈为文艺正名〉资料汇编》等。

期间的文艺政策主要是用"双百"方针和"四项基本原则"为新时期文学场域框定的疆界,支持文艺问题由文艺界自己解决。"双百"方针是响应文艺界"创作自由"、"文艺民主"的要求而固定下来,强调"坚持四项基本原则"则因有政治划定新"禁区"之嫌而一度被文艺界人士(特别是文学青年)漠视,从《文艺报》所刊文章也可见一斑。尽管早有 1979 年 3 月 30 日邓小平关于《坚持四项基本原则》的讲话、1980 年 1 月 16 日邓小平《目前的形势和任务》中对"坚持四项基本原则"的强调,但被大多数文艺界人士广而告之、引以为证的却是 1979 年底邓小平代表中共中央、国务院在中国文联四次人代会上的祝词和 1980 年 2 月胡耀邦在剧本座谈会上的讲话,《文艺报》及时用很大篇幅刊发了文艺界人士对这两次讲话主要精神——"双百"方针——的理解,宣传声势浩大。

　　1975 年毛泽东重提"百花齐放"的要求,使新时期以来"双百"方针成为响应文艺界要求、恢复文艺界元气的首选政策。思想界、文艺界提倡"实事求是"、"解放思想"者自不必说,"双百"方针是他们反对"思想僵化"、文艺摆脱政治化的有力武器;考虑到"双百"方针最早是由毛主席提出,即使是坚持"两个凡是"观点者,也同样坚信"双百"方针的正确性。但由于"双百"方针曾与一"阳谋"相关,对中央能否坚决执行该政策,文艺界人士还心存疑虑,"文革"后直到 1979 年,它逐渐成为文艺界人士坚信不疑的基本文艺政策。这期间主要有三个标志性事件:1977 年 12 月国家主席华国锋为《人民文学》题词;1978 年 5 月,中宣部副部长、文化部部长黄镇在中国文学艺术界联合会第三届全国委员会第三次扩大会议上的讲话;1979 年 10 月四次人代会上邓小平代表中共中央、国务院所作大会致辞。如果说,题词似一只报春的燕子,宣告中国文联恢复工作,《文艺报》复刊的中国文联三届三次会议犹如"贵如油"的春雨,四次人代会的祝词就是乍暖还寒、料峭春日里的艳阳,正是感受到雨露的滋润、阳光的普照,文艺创作和评论才能得以繁荣起来。自此以后,被宪法固定下来、得到各界人士公认的"双百"方针,越来越成为新时期文学实场中一个有效的政策依据,更促进了新时期之初"伤痕文学"、"反思文学"向纵深发展。

　　随着思想解放运动的逐渐深入,思想理论方面出现新状况,1979 年 1 月 18—26 日、2 月 1—12 日召开了分为两个阶段的理论工作务虚会。目的是"把

思想理论上的重大原则问题讨论清楚,统一到马克思主义、毛泽东思想的基础
上来。第二,要研究全党工作重心转移之后理论宣传工作的根本任务"①,第
一阶段是由中央宣传部和中国社会科学院召开,邀请中央和北京理论宣传单
位的一百多位同志参加,各省市也派来一位联络员。这次会议后,3 月 30 日
邓小平在党的理论工作务虚会上做了题为"坚持四项基本原则"的讲话,在强
调继续批判林彪、"四人帮"所散布的极左思潮后,提出"现在,我想着重从右
面来怀疑或反对四项基本原则的思潮进行一些批判"②,其中对"双百"方针、
"三不"主义的特别重申,表明强调坚持四项基本原则只是针对现实出现的某
些情况做出的调整。

　　这篇旨在纠正思想界、文艺界存在"矫枉过正"现象而强调坚持四项基本
原则的讲话,被有些习惯于图解政策的人理解为是对当前"伤痕文学"、"暴露
文学"作品的批评,于是文艺报刊中出现了《向前看呵! 文艺》,《歌颂与暴
露》、《"歌德"与"缺德"》颇有"戴帽子"、"打棍子"之嫌的评论文章,引来文
艺界声势浩大的声讨。鉴于此,在四次文代会上邓小平的讲话强调"文艺工
作者要努力学习马列主义、毛泽东思想,提高自己认识生活、分析生活、透过现
象抓住事物本质的能力"、"当前,要着重帮助文艺工作者继续解放思想,打破
林彪、'四人帮'设置的精神枷锁,坚持正确的政治方向,从各个方面,包括物
质条件方面,保证文艺工作者充分发挥自己的聪明才智",提出文艺工作者要
"认真严肃考虑自己作品的社会效果"③等要求,并且重申要真正实现"双百"
方针,在党的领导方面,"衙门作风必须抛弃","在文艺创作、文学批评领域的
行政命令必须废止"等有利于繁荣文艺实践的要求。这表明此时在文艺问题
上,正是出于对文艺工作者的信任和鼓励,中央不再提文艺从属于政治的口
号,而是要求文艺坚持"二为"方向。

　　尽管如此,当时文艺创作所反映出的、社会中特别是青少年思想中普遍存
在的信仰危机等混乱状态却是不容忽视的现象,因此,四次文代会后没多久,

---

　　① 参见胡耀邦:《理论工作务虚会引言》,《三中全会以来重要文献选编》(上),人民出版社
1982 年版,第 52 页。

　　② 邓小平:《四项基本原则》,《三中全会以来重要文献选编》(上),人民出版社 1982 年版,
第 89 页。

　　③ 参见邓小平:《在中国文学艺术工作者第四次代表大会上的祝辞》。

邓小平在1980年1月16日所作的《目前的形势和任务》中就论及"我们坚持'双百'方针和'三不主义',不继续提文艺从属于政治这样的口号,因为这个口号容易成为对文艺横加干涉的理论根据,长期的实践证明它对文艺的发展利少害多。但是,这当然不是说文艺可以脱离政治",特别指出"坚持安定团结,坚持四项基本原则,同坚持'双百'方针,是完全一致的"①。特别是到1981年1月29日发布《中共中央关于当前报刊新闻广播宣传方针的决定》,进一步明确了"双百"方针和四项基本原则并行不悖的关系,"报刊、新闻、广播、电视要坚定不移地贯彻执行'双百'方针。不能把'双百'方针理解为取消四项基本原则,取消党的领导,取消批评和自我批评。否则,就会把无产阶级的'双百'方针,混同于资产阶级的自由化"②。1981年胡耀邦《在思想战线问题座谈会上的讲话》中要求办好的第二件事:"中央和省、市、自治区两级(地区以下的一般不要了,除非省、市认为有特殊必要指定)要按照四项基本原则清理一下最近以来理论界、文艺界和新闻出版界发表、出版的言论和作品"③,表明不论文艺界如何理解,党领导文艺以"文艺为人民服务、为社会主义服务"为发展方向,坚持"双百"方针与"四项基本原则"并举的基本政策已经确立。

由此可见,在1982年开始文学体制改革以前,重建新时期文学场域之初,不论是文艺界人士摆脱政治干预的努力,或是中共中央领导者为繁荣文学创作而对文艺政策不断作出的调整,他们对于新时期文学体制的思考,大都还局限在"文学—政治"二元对立的思维模式中,"人民"话语的提出,弥合了文艺界与国家主流意识形态的裂缝,虽然当时文学界和国家主流意识形态都并没有要重新建构一种新的文学体制——"政治—文学—人民"三元文学体制——的明确意识。如果承认"一切文化生产的现实和作家的观点本身,会

---

① 邓小平:《目前的形势和任务》,《三中全会以来重要文献选编》(上),人民出版社1982年版,第324、325页。

② 《中共中央关于当前报刊新闻广播宣传方针的决定》,《三中全会以来重要文献选编》(下),人民出版社1982年版,第683页。

③ 胡耀邦:《在思想战线问题座谈会上的讲话》(1981年8月3日),《三中全会以来重要文献选编》(下),人民出版社1982年版,第899页。

仅仅由于全部对文学事物有发言权的人的增加而发生彻底的改变"①,提出人民群众是文艺作品最权威的评定者,将"人民"置于评判标准的权威地位②,实质上已经承认该话语对于新时期文学生产的影响,"人民"后来成为影响新时期不同谱系的文学知识再生产越来越重要的一元,为这种新型文学体制得以确立提供了契机。

---

① [法]皮埃尔·布迪厄:《艺术的法则——文学场的生成和结构》,中央编译出版社 2001 年版,第 272 页。

② 关于"人民群众是文艺作品最权威的评定者"这一观点,是在 1978 年 10 月 20—25 日由《人民文学》、《诗刊》、《文艺报》三家刊物的编委会联席会议上,响应当时中共中央开展关于"实践是检验真理的唯一标准"的讨论,而正式在文艺界提出的。但在此会议之前,在由中央党校理论研究室编的《理论动态》1978 年第 85 期(9 月 15 日)上已经发表了一篇具体涉及文艺问题的专文《人民群众是文艺作品最权威的评定者》,这篇未署名的文章,把文艺界的真理标准讨论,引到了"谁是文艺作品的最权威的评定者"这一问题上来,其对于新时期文学体制变革的意义可谓大矣!

第二章　文艺政策、文艺团体与
文学体制改革

在社会各行各业都进行改革的社会环境中,文艺体制也必然面临着改革的任务。新时期文学体制要变革,早在新时期文学场域生成之初就已经被提出,文艺界对文艺体制改革的探讨主要集中在 1981 年之前。为保障"双百"方针能够贯彻执行,1979 年夏衍提出《文艺上也要搞点法律》①,涉及文艺管理制度改革,由于当时文艺界的主要任务是"深入批判《纪要》"②,对文艺体制改革的讨论并未深入下去。1980 年岁末时节,是报刊上关于"文艺体制改革"探讨最热烈的时期。首先明确提出文艺体制改革要求的,是发表在《新观察》1980 年第 9 期上唐挚《文艺体制要下决心改革——从赵丹之死和他的遗言说起》,随后《文艺报》1980 年第 10 期发表了陈登科《体制要改革,创作要自由》,明确提出"要废除文艺领导上的干部终身制"、"废除对文艺作品的审查制度"等对体制改革的四点建议。在 1980 年 11、12 月份,以《文艺报》、《文汇报》为中心形成全国范围关于如何"改革文艺体制"的讨论热潮,同时也得到了《红旗》、《光明日报》的响应,声势浩然。

但这还只是文艺界的呼声,李准的发言《文艺界要不要改革》,明确表达了改革文艺部门领导班子的要求,"中央给各省委在干部年轻化问题上提出了要求,但文艺界没有动,是不是文艺界的领导班子就不需要期限、年龄的限制呢?"这反映出文艺工作者对文艺体制特别是文艺领导的不满,并引发了中国共产党领导者的警惕。是《苦恋》事件的沟通作用,使文艺体制改革的必要性成为上、下的共识。文艺界对文艺作品审查制度的不满,对文联结构臃肿的

---

① 《文艺报》1979 年第 6 期。
② 参见周扬:《继往开来,繁荣社会主义新时期的文艺——在中国文学艺术工作者第四次代表大会上的报告》,《文艺报》1979 年第 11—12 期。

质疑等,这些从文艺实践中提出对于文艺体制改革的要求,也是此后《党的组织和党的出版物》中译文得以修改发表和文艺政策以改革出版发行体制为中心制定出台的一个重要原因。

如果说,从"文革"末期到 1982 年以前,是新时期文学场域重新生成的阶段,其中"政治—文学—人民"的三元文学体制开始出现苗头,那么,1982 年以后国家对文艺政策、出版政策的调整和政治体制改革中对文化管理机构责权作出的重新划分,以及中国作协主持的文学体制改革,则大都体现了要努力繁荣文学创作兼顾社会主义精神文明建设、文学艺术性和人民群众消费性三方面要求的意图,"政治—文学—人民"三元文学体制的新趋向正是在社会改革大潮中得以确立。

第一节 《党的组织与党的出版物》中译文修改与文艺政策重心转移

新时期之初,用"二为"口号指明发展方向、并用"双百"方针和四项基本原则为新时期文学场域划出疆界,只是中国共产党对文学领导的宏观调控,《苦恋》事件让文艺领导者意识到当时对于文艺问题的认识上存在差异,仍然按照"十七年"时主要把"作家"视为文艺工作的焦点,用政治运动来解决文艺问题的方法在新时期行不通。"文革"前"十七年"的文学体制中存在"左"的过激做法,正是新时期所要极力避免的。在新的时代背景下,文艺体制的改革势在必行,同时需要制定具体的、符合实际情况的文艺政策。那么,怎样的文学政策、文学体制才能既保证其社会主义性质,又适合现阶段经济建设、满足人民的文化需求呢? 重读马列经典并结合文艺实践反思毛泽东文艺思想,成为寻找符合新时期文学实践需要经验的途径之一。

其中,1982 年《红旗》第 22 期发表列宁《党的组织和党的出版物》新译文是新时期文学体制重建、中国共产党的文艺政策重心调整过程中具有标志性的事件,主要是因为此时《红旗》杂志被视为思想界具有指导性、权威性的评论刊物①。因此

---

① 参见胡乔木 1981 年 7 月 17 日致贺敬之,并王任重、朱穆之、周扬的信,《胡乔木书信集》,人民出版社 2002 年版,第 353 页。

发表在《红旗》上的《党的组织和党的出版物》新译文并配发相关文章,说明了该译文的重要政策性意义。列宁作于 1905 年 11 月俄国第一次资产阶级民主革命高潮时期的《党的组织和党的出版物》一文,最早的中译文是发表在 1926 年 12 月 6 日出版的中国共产主义青年团的机关刊物《中国青年》第 144 期(第 6 卷第 19 号)上的《论党的出版物与文学》(一声译),而后被瞿秋白译为《党的组织和党的文学》。1942 年 5 月 14 日,正值延安文艺座谈会期间,博古在《解放日报》上重新译载了《党的组织和党的文学》并配有"告读者",该文是毛泽东在延安文艺座谈会的《讲话》精神的有力支撑。从此,该题目固定下来。应该说"文学"只是"出版物"之一种,用借代修辞把"党的出版物"译为"党的文学",并不完全是误译①,很大程度导源于当时党的领导人把文学作为革命宣传工作中心的认识②。因此,自 1942 年延安文艺座谈会以来,党对文艺界的领导管理大都是以"文学"、以作家为中心。包括 1979 年邓小平在文联四次人代会上代表中共中央、国务院所作祝词,其中对文艺界提出"注意作品的社会效果"的要求,也主要是针对"作家"提出的。《苦恋》事件也说明,此时党领导具体文艺问题的关注点仍然是以作家个人(特别是作家的阶级立场)为中心的,而文艺界的反应使领导者开始反思文艺政策。因此,可以说,列宁《党的组织和党的出版物》中译文修改就是反思的一个重要成果。

以《党的组织和党的文学》为题目的译文有几个版本,表面看来除个别字句外区别不大,其中有一段文字,经常被文艺研究者在不同的场合里不断引用。仅取其版本之一与 1982 年《党的组织和党的出版物》相比较:

> 这个党的文学的原则是什么呢?这不只是说,对于社会主义无产阶级,文学事业不能是个人或集团的赚钱工具,而且根本不能是与无产阶级总的事业无关的个人事业。打倒无党性的文学家!打倒超人的文学家。文学事业应当成为无产阶级总的事业的一部分,成为一部统一的、伟大的、由整个工人阶级的整个觉悟的先锋队所开动的社会民主主义机器的"齿轮和螺丝钉"。文学事业应当成为有组织的、有计划的、统一的社会

---

① 参见袁盛勇:《党的文学:后期延安文学观念的核心》,《现代文学研究丛刊》2005 年第 3 期。

② 参见英若诚:《话剧必须朝"高、精、尖"发展》,《文艺报》1985 年第 3 期。

民主党的工作的一个组成部分。① ——《党的组织和党的文学》

这个党的出版物的原则是什么呢？这不只是说，对于社会主义无产阶级，写作事业不能是个人或集团的赚钱工具，而且根本不能是与无产阶级总的事业无关的个人事业。无党性的写作者滚开！超人的写作者滚开！写作事业应当成为无产阶级总的事业的一部分，成为由全体工人阶级的整个觉悟的先锋队所开动的一部巨大的社会民主主义机器的"齿轮和螺丝钉"。写作事业应当成为社会民主党有组织的、有计划的、统一的党的工作的一个组成部分。——《党的组织和党的出版物》

可以看出主要差别有三处：一是"党的文学的原则"被改为"党的出版物的原则"；二是"打倒"被重译为"滚开"；三是"文学事业"为"写作事业"所取代。"打倒"是要消灭，不允许他们存在；"滚开"则不过是把他们清除出党的革命队伍，他们可以在队伍之外存在，从某种意义上说，这是"双百"方针能够实行的前提。而一、三处的改译是息息相关的，因为是"党的出版物的原则"，那么出版物不仅包括文学创作，应该还包括党的其他各种文字宣传工作，故而用外延更广阔的"写作事业"来替代"文学事业"的狭隘理解。这一改动可以引出两种理解：其一，坚持文学党性原则的认识者会推而广之，不仅是文学是有党性的，各种出版物都应该有党性；其二，把党性原则的关注点从"文学"转移到"党的文字宣传工作"②，保证原则实施的措施从对所有文学家实行思想改造，到只加强对"党员作家"的管理，这种转移的一个客观结果是在一定程度上为文学界松了绑。

同时，配发中共中央编译局列宁斯大林著作编译室所作《〈党的组织和党的出版物〉的中译文为什么需要修改？》一文，就是帮助重新理解这篇文章的。它所阐明的修改理由"列宁写于70多年前的这篇文章，字数不多，影响很大。……所有的中译文，包括我局的译文在内，在某些关键地方始终不确切，引起了一些误解。如文章的标题和……在现有的中译文中都译作'党的文学'，这一提法就容易使人误认为文学这一社会文化现象是党的附属物"，反

---

① 列宁：《党的组织和党的文学》，《列宁论文学与艺术》，人民文学出版社1960年版，第66页。

② 参见《〈党的组织和党的出版物〉为什么需要修改？》一文所作的解释，《红旗》1982年第22期。

映出中共中央对"党与文学"关系的新认识,承认文学并不是党的附属物。《党的组织和党的出版物》中译文的修改,一方面表明中国共产党仍然坚持控制文化领导权的立场不变,另一方面,在控制文化领导权的方式上,不再把"文学"、作家视为争夺文化领导权的斗争焦点,而是要加强对整个出版事业的领导,因为"全部社会主义出版物都应当成为党的出版物。一切报纸、杂志、出版社等等都应当立即着手改组工作,以便造成这样的局面,即它们都能以这种或那种方式完全参加到这些或那些党组织"①。同时也表明,制定政策规范文艺报刊书籍出版、要求党员作家的党性原则,将取代以往对所有文学知识分子进行强制性思想改造,成为党管理具体文艺问题的主要方式。

译文的修改,彰显了中共中央在理论工作上实事求是的态度,把译文《党的组织和党的文学》中被过度强调的文学党性原则所遮蔽的"无可争论,在这个事业中,绝对必须保证有个人创造性和个人爱好的广阔天地"的意思重新强调出来,更贴近列宁该文的原意。同时,在某种程度上也表明中共中央对文学的态度:今后对文学事业的特别关注要让位于对出版事业的关注,中国共产党的文化领导权更多地体现在对出版事业的管理上;对作家创作的约束也应仅限于党员作家。正是从这个意义上说,1982 年重新翻译的列宁著作《党的组织和党的出版物》是新时期文学场域中文艺政策的转折点,不再直接对文艺发言,而是通过对出版物的规范来间接管理文学创作中出现的具体问题。同期还刊发戚方《党的事业·党的文艺工作·非党的文艺工作者》一文,说明新译文对文艺工作的指导意义。

新时期文学体制重建的过程也是文艺体制改革的过程,改革的内容包括机构改革(文联、作协的人员精简、作家与作协关系的重新调整)、出版发行体制改革(出版与发行关系的重新调整)、期刊改革(大部分期刊面临自负盈亏)等方面。在改革过程中,中国共产党对文化领导权的掌控主要体现在加强管理出版事业,其中具体针对出版物(特别是某些文艺作品)所制定的文件、规定,是党根据文艺实践所作的政策调整。下面仅就国家出版发行体制变革过程与文学实践的密切关系,说明新时期党对文学工作的领导是针对文学发展中出现的具体问题,依靠出版手段来不断调整。

---

① 列宁:《党的组织和党的出版物》,《红旗》1982 年第 22 期。

新时期以来,国家出版事业管理机构经历了:国家出版事业管理局;文化部出版事业管理局(1982 年 5 月设立),1985 年 7 月成立国家版权局而改名为国家出版局,与国家版权局为一个机构两个牌子,仍由文化部领导,止于 1986 年 10 月;1986 年 10 月—1987 年 1 月,国务院恢复国家出版局为国务院直属机构;1987 年 1 月成立中华人民共和国新闻出版署(与国家版权局为一个机构,两个牌子)①,每一次机构调整和政策的制订都是有针对性的,为解决实践中出现的问题(这些问题大多与文艺实践关联密切),中共中央也在摸索更适合管理出版事业的体制和政策。

1982 年是国家出版发行体制"专业化"改革力度较大的一年。在机构改革方面,5 月 5 日,原文化部、国家出版事业管理局、国家文物事业管理局、外文出版发行事业局、对外文化联络委员会五个单位合并,组成新的文化部。把国家出版事业管理局划归文化部直属结构,表明中共中央已经明确意识到出版工作对于文化建设的重要性。政策方面则出台了期刊审批新办法,"中央、国务院各部委和全国性群众团体创办新刊物,原由中央有关部委和国务院有关部委审批,现改为:创办哲学、社会科学类期刊统由文化部审批;自然科学类期刊统由国家科委审批。解放军系统办期刊,统由总政治部审批。地方出版的期刊仍由各省、市、自治区党委审批。所有新办期刊,都要向中央宣传部备案"②,通过加强期刊审批权专业化管理,来约束 1980 年前后期刊增长的混乱状况。

而首先见成效的是发行体制改革。随着经济体制改革的顺利进行,人民物质生活富裕了,对精神生活的要求与日俱增,原有的由新华书店统购统销的发行体制不能满足需要,1982 年 6 月 12—18 日,文化部在北京召开全国图书发行体制改革座谈会。会议首次提出,在全国将组成一个以国营新华书店为主体的、多种经济成分、多条流通渠道、多种购销方式、少流转环节的图书发行网。会议确定,今后将大力支持出版社自办发行,改革购销方式,在发展集体书店的同时,积极扶持个体经营的书店、书摊。经中宣部同意,文化部于 7 月

---

①　参见刘杲、石峰主编的《新中国出版五十年纪事》,新华出版社 1999 年版,第 396—397 页。

②　刘杲、石峰主编:《新中国出版五十年纪事》,新华出版社 1999 年版,第 207 页。

10 日发出《关于图书发行体制改革工作的通知》和转发出版局《关于出版社和新华书店业务关系的若干原则规定》，对发行方式改革的具体做法做了规定。出版界"专业化"的改革方向还体现在 1982 年 11 月 26 日在北京成立了由专家组成的国家出版委员会和 8 月 12 日—17 日在北京召开的评定编辑干部业务职称工作座谈会。

这些以"专业化"为改革方向的措施被提出并实行的一个前提，就是中宣部之前负责管理出版事业的不得力，主要是针对某些文艺作品：古旧小说、进口淫秽色情书刊、外国惊险推理小说等大量出版和发表的情况。尽管在 1981 年国家出版局、中宣部相继下发 8 个指示文件：1981 年 1 月 9 日、2 月 19 日国家出版局连续发出从严控制旧小说出版的通知；2 月 20 日中共中央、国务院发出《关于处理非法刊物非法组织和有关问题的指示》；3 月 27 日国家出版局发出《关于适当控制性知识的图书出版的通知》；4 月 4 日，中宣部、文化部、公安部等八单位发出《关于查禁淫书淫画和其他诲淫性物品的通知》；4 月 28 日中宣部发出《关于认真检查和整顿刊物的通知》；10 月 28 日中宣部发出《关于严禁进口淫秽色情书刊的通知》；12 月 19 日中宣部发出《关于加强对刊物的领导和管理的通知》，不但成效不大，还引起了文艺界的反感。改革以后中宣部只起掌控大方向的作用，"主要是向文化艺术部门的党组织和党员提出建议，向各地党委宣传部门提出建议，团结广大文艺工作者去做"①，把解决具体问题的权力交给文化部，依靠专家调查研究来制定对策，扩大了文化部门自主权。

逐渐重视并加强对期刊的管理，也是新时期出版体制改革的一个重要特色。但是我国期刊的归属十分复杂，缺乏横向联系和比较集中的领导管理。一直到《中国出版年鉴 1986》中，才有一篇以期刊为专题的报告《我国期刊出版事业发展概况》，表明中宣部又开始关注加强期刊管理的问题，而这篇报告之所以产生，是由于 1984、1985 年以来期刊（特别是文艺期刊）的出版发行中出现了较严重的问题，因此重点抓了对不健康报刊的整顿。

新时期以来随着出版发行体制改革的逐渐深入，出版发行要与经济效益挂钩，出版社、期刊编辑部要自负盈亏，于是出现大量适合大众欣赏水平的休

---

①　贺敬之：《关于下半年的几件工作》，《文艺情况》1982 年第 12 期。

闲性出版物,以各地自办的文艺小报为主要形式,也包括出版书籍,"《福尔摩斯探案集》成为全国印数最大的品种之一。还有克里斯蒂的惊险推理小说,近两年也出了三十二种,印数高达820万册"①,这些小报包括报纸的文艺副刊、期刊的增刊等。这些"为提高发行量专门刊登有爆炸力和刺激性的小说"的小报,早在1980—1981年从广东流行到广西时就已引起文艺界重视,"近二年,文艺小报由于具有周期短、价格低、内容丰富的特点,在全国越来越多。据初步估计,全国有三四百种。这些文艺小报,一般都是私人掏腰包,在读者中有相当大的影响"②。但彼时出版界对各类书籍、音像制品等出版物的关注远甚于期刊的整顿问题,直至1984年底,"已有80%跨长江、过黄河,打入了广州、上海、天津乃至乡镇集市,占领了广阔的报刊市场"③形成"通俗文学热",极大地冲击了大型文学刊物的发行市场时,才引起中共中央于1985年开始大力度的治理工作。

首先是1985年1月15—19日,中宣部出版局和文化部出版局在天津联合召开通俗读物出版工作座谈会,然后中宣部于1月21日发出《关于加强对报刊出版发行管理的通知》。2月15日,针对一个时期以来,一些内容低劣的报刊在不少地方泛滥的问题,文化部、国家工商行政管理局、公安部联合发出《关于加强报刊出版发行管理工作的通知》。3月19日中宣部批准文化部《关于当前文学作品出版工作中若干问题的请示报告》,对中国古旧小说、外国侦探推理小说、新武侠小说的出版作出规定。5月10日中宣部向中共中央书记处报送了《关于整顿内容不健康报刊的请示》,6月6日中共中央书记处、国务院批准并转发了中宣部的请示报告,7月11日,文化部发出《关于贯彻中办发[1985]35号文件精神,加强出版管理的意见》,主要是对不健康报刊的整顿。期间,文化部于6月18日发出《重申从严控制新武侠小说的通知》,6月25日文化部出版局发文规定,集体、个体发行单位不得批发新武侠小说、旧小说等类图书。8月5日文化部发出关于不得变相出版期刊的通知,规定不得以书号出版丛刊。10月12日国家出版局发出《严格控制描写犯罪内容的文学作

① 《刹住滥出外国惊险推理小说风》,《文艺情况》1982年第8期。
② 王霄鹏:《不要把文艺小报作为赚钱的工具》,《文艺情况》1981年第6期。
③ 王屏、绿雪:《广西"通俗文学热"调查记》,《文艺报》1985年第2期。

品出版的通知》。11 月 15 日文化部、财政部、国家工商总局印发文化部《关于利用经济制裁手段加强出版管理的请示》,文化部这个《请示》经国务院原则同意。这是我国出版管理中首次明确提出利用经济制裁手段来加强出版管理。以上一系列出版文件的出台,表明国家主流意识形态对于通俗文学的"抵制"态度,同时也是对当时文艺界关于"通俗文学"讨论作出的反应,是对以"纯文学"自居而蔑视"通俗文学"的"五四"文学传统观念者①的一种声援。

　　继 1985 年对武侠小说等通俗文学出版物的整顿之后,1986 年出版界进入艰难期。1985 年期刊平均印数就已经呈下降趋势,以北京供应范围为例,统计了 17 种较主要的文艺期刊,1986 年第一季度的征订数比 1985 年第四季度下降了 205 万多份,下降率高达 46.3%②。与此同时,一些出版社竞相出版港台言情小说,形成所谓"琼瑶小说热",也很快冷却③。但是那些不能进入正规书店、几年来已经被中央文件定性的"非法出版物",仍然主要占据在广大城镇个体书摊、书店的文化市场。特别是其中打着普法教育旗号的小报,"以文学的形式宣传法制,这本是一件好事,但有的作品却走向反面,描写奸淫情杀,绘声绘色,对青少年起了教唆作用"④,因此 1986 年 3 月 4 日国家出版局、国家工商行政管理局、公安部联合发出《国家出版局、国家工商行政管理局、公安部关于严厉打击非法出版活动的紧急通知》,采取行动,年内北京、上海、南京、长春等地的公安、工商、出版行政机关打击非法出版物的工作已经取得一定进展,但是,从全国来看,加强图书市场管理仍是一个迫在眉睫的问题⑤。正是基于这样的认识,为了加强对全国出版工作的领导和管理,1986 年 10 月7 日,国务院向各省、自治区、直辖市人民政府和各部委、各直属机构发出了《关于恢复国家出版局为国务院直属局建制的通知》⑥后不久,1987 年 1 月

---

　　①　参见黄洪秀:《我们的文艺要开倒车吗?》,《文艺报》1985 年第 1 期,颇有向文艺主管部门求援的味道。

　　②　高明光、邹书林:《我国期刊出版事业发展概况》,《中国出版年鉴 1986》,第 159 页。

　　③　郑士德:《1986 年图书发行工作概况》,《中国出版年鉴 1987》,第 120 页。

　　④　许力以:《综评一九八六年的图书出版工作》,《中国出版年鉴 1987》,第 5 页。

　　⑤　郑士德:《1986 年图书发行工作概况》,《中国出版年鉴 1987》,第 121 页。

　　⑥　详见《国务院决定恢复国家出版局为国务院直属局》,《中国出版年鉴 1987》,第 79 页。

13 日,国务院发出《关于成立中华人民共和国新闻出版署的通知》,并要求各省、自治区、直辖市都要设立相应的机构新闻出版局,在当时机构精简的改革大潮中,不减反增,可见对加强出版管理问题的重视程度。新成立的新闻出版署于 1987 年在全国范围内展开以报刊整顿为重点①的打击非法出版活动。5 月 9 日新闻出版署发出《关于报纸、期刊和出版社重新登记注册的通知》,要求整顿检查后的报纸、期刊、出版社都要重新登记注册的工作于年内完成。

出版界长期以来所要治理的"非法出版物",大都是以文学作品的形式在市面上流行的。特别是对通俗文学期刊的整顿治理,其实质上是对社会主义文学发展方向的规划,也是中共中央领导管理新时期文学的一种曲折表现。在新时期中国社会场域中,为适应市场要求而不断深化的发行体制变革,对新时期文学场域内文学知识生产的内容和方式、体制的形成也有极大的影响。几乎完全"市场化"的发行体制改革,成为通俗文学得以顺利进入新时期文学场域并迅速占领大份额读者市场的重要条件。

在 1982 年开始政治体制改革以后,主要依靠控制出版物来管理文学问题,发布的政策、文件大都是对文学实践中出现某些不良倾向的被动抵制,中共中央(主要是中共中央宣传部)在新时期文学体制变革过程中,采用的管理方式不是开源节流,而是防洪筑坝,主要扮演着"防御者"角色。这也说明在新时期文学体制变革中,"政治"一元已经自觉让渡了对文学具体理论、方向问题的想象和规划的权力,承认文学界作为一个相对独立的领域,对于文学创作基本规律的探索要靠文学知识分子自己来完成。

第二节　文联、作协与新时期文学领导体制

如前所述,新时期以来中国共产党对文学的领导并不是直接进行的,中共中央主要从政策上指引文学的发展方向,靠管理出版来约束文学创作实践,而整个文学知识生产活动的组织进行,对文学界日常工作的管理则主要是靠全

①　参见 1987 年 3 月 29 日中共中央发出《关于坚决、妥善地做好报纸刊物整顿工作的通知》,《十二大以来重要文献选编》(下),人民出版社 1988 年版,第 1354、1355 页。

国文联、作协①来领导的。

　　文联、作协是新中国成立后建立文学工作的重要领导机构。1949 年 7 月 2 日至 29 日，中华全国文学艺术工作者代表大会在北京召开（时称北平）。会议目的是确定今后全国文艺工作的方针任务，成立一个新的全国性文艺界群众组织。会议最后推选出以郭沫若为主席的"中华全国文学艺术界联合会"。1953 年 9 月召开中国文艺工作者第二次代表大会时改名为"中国文学艺术界联合会"。由于当时文学知识分子都对社会主义革命的普遍认同，自觉接受中国共产党的领导，中国文联、中国作协名为群众组织，实际上成为党领导文学事业的代理机构，直接归中宣部管辖。到 1978 年恢复活动时，全国文联与作协之关系被确定为领导与被领导的关系。因此，全国文联、作协在恢复活动后，很长一段时间都是以文艺工作者的群众组织为基本立场，为文艺工作者争取更多的政治权利为基本目标。作为新时期之初文学场域的领导机构，全国文联、作协这一立场，主要从《文艺报》、《人民文学》及《文艺情况》②等期刊中体现出来。

　　《文艺报》，是中国文联委托中国作协主办的机关刊物，但在当时《文艺报》编辑部主要是把自己定位为"群众刊物"，也因此而颇受指责③。1978 年刚复刊的《文艺报》就参与、组织了两次大规模的重要会议：一是 1978 年 10 月 20—25 日召开的《人民文学》、《诗刊》和《文艺报》三家刊物的编委会联席会议，在参与真理标准讨论的名义下继续深入揭批"文艺黑线专政"论；一是 1978 年 12 月 5 日《文艺报》编辑部联合《文学评论》编辑部主持召开的一次为作家作品落实政策的座谈会。特别是后者，"所以名为座谈会而不叫平反大

　　①　研究文联在新时期文学体制重建中所发挥的作用，这里主要依据的是由中国文联的机关报《文艺报》和《文艺报》编辑部主办的文联、作协内部交流资料《文艺情况》中所刊发的文章。
　　②　《文艺情况》于 1979 年 7 月 7 日正式创刊，《编者的话》中说明了办刊目的，"《文艺情况》是不定期的内部刊物。办这个刊物的目的，是要向文艺界的同志们，特别是文艺理论批评战线的同志们提供一些当前文艺动态和资料…有些甚至是尚未核实的材料（如读者来信），仅供参考"，后 1985 年底第 12 期出版后停刊，共出版 116 期。
　　③　其实对于《文艺报》的公开指责早在 1979 年的《电影工作简报》事件就已经开始了，并且导致第四次文代会延期召开。到 1980 年 9 月 5 日，冯牧传达了周扬和贺敬之对《文艺报》的批评，贺敬之提出"阳春白雪"与"为人民服务"的方针是背道而驰的。直到 1981 年由于在《苦恋》事件中的表现，更是被国家领导人严厉批评为软弱涣散。

会,是考虑到事情是由我们编辑部发难,自下而上地进行的,而没有按照惯例先向上级主管部门提出申请并得到批准,用座谈会的名义,规模小些,不易引起某些人的注意和非难"①。由于当时政治上的拨乱反正也还刚刚开始,文艺界的情况更为复杂,由《文艺报》编辑部出面落实政策,给作品平反,不仅推倒了林彪、"四人帮"加给文艺工作者的种种罪名,而且"十七年"间由于过"左"的政策和理论造成许多冤假错案,也在周扬的自我批评中得到了部分的解决,这其实是起到了团结文艺工作者的作用。这次会议体现出在新时期文学场域中,中国作协和《文艺报》所选择文艺工作者群众组织的立场,一直延续到1981年。尽管1980年国家领导人明确提出了"《文艺报》要有鲜明的态度,同党中央站在同一立场上,把文艺创作引导到正确的方向上来"②的要求,但随后从其在1981年上半年批判《苦恋》中的表现,可以看出《文艺报》的这一立场还并没有多大改变。

1981年5月14日上午,周扬召集贺敬之、张光年、陈荒煤、冯牧和孔罗荪召开专门会议,研究《文艺报》问题,会上周扬特别指出,"《文艺报》应看做是党在文艺战线上的主要刊物,所以要在刊物上看到党对文艺的声音",并表示"过去中宣部、作协党组抓得不够",总结《文艺报》之前的工作"在贯彻三中全会的方针政策、解放思想、扶植中青年作家、平反冤假错案方面,旗帜是鲜明的,而在对一些错误倾向的批评上,则旗帜不够鲜明",提出今后《文艺报》编辑部的主要任务是,"要把《文艺报》和党的关系搞密切,特别是和中宣部、文艺局的关系搞密切,同地方上文艺界的关系搞好,和军队老中青作家的关系搞好。要代表作家的全部,而不是代表一部分人。要消除隔阂",同时"要起来斗争,对'左'、右两种倾向,都要进行批判"。③ 这次会议或许可以被视为中国作协领导文化立场转变的一个标志。由支持文艺界摆脱政治干预而不自觉的、被有些人误解为有意与中共中央对立,转为为避免误解而自觉充当党与文艺界间的联系人,中国共产党文艺政策的执行者。1981年底由全国文联、作协组织开展了文艺界的批评与自我批评活动,自觉反思新时期以来的文学发

---

① 参见刘锡诚:《在文坛边缘上——编辑手记》,河南大学出版社2004年版,第155页。
② 参见刘锡诚:《在文坛边缘上——编辑手记》,河南大学出版社2004年版,第500页。
③ 参见刘锡诚:《在文坛边缘上——编辑手记》,河南大学出版社2004年版,第562页。

展情况,检查和改变软弱涣散状态,这一诚恳合作态度,使中共中央与中国作协领导的文学界终于达成和解,误会释然①。也最终明确了《文艺报》是文艺战线的指导性刊物,是党在文艺战线进行工作的重武器,党就是通过《文艺报》领导文艺界,促使、鼓励文艺界,沿着"双百"方针前进的性质和地位。正是从这个意义上说,《苦恋》风波起到了沟通作用,也因此在新时期文学体制变革中具有转折性意义。

1982年可以说是新时期文学体制重建中具有转折意义的一年。理由有三:一是因为这一年的机构改革把文联、作协变为平行单位;一是前面论过的关于《党的组织和党的出版物》中译文修改稿发表的意义;还有一个原因,就是1982年9月召开党的十二大提出社会主义物质文明和精神文明建设的要求②。特别是此后作为精神文明建设的重要内容——1983年、1984年兴起的"振兴中华"职工读书活动、全国青年读书活动,通过采取推荐阅读书目、在《工人日报》开展知识竞赛等形式,改变了很多农村青年和青年职工的知识结构。当共青团中央总结这些读书活动为"富民兴邦的伟大实践",并为"一年来,许多青年已经从过去光凭兴趣、盲目读书的状态中摆脱出来,开始根据改革的需求,根据自己工作的性质和实际,自觉地、有目的、有计划地读书。在农村,随着农村商品经济的进一步发展,农村青年越来越感到信息、技术和经营本领的重要。各级团组织在农村围绕学科学、用科学,开展读书活动"、"阅读经济、技术和管理方面的书籍,已经从过去的自发的、零星的、少数人的行为,发展到自觉的、群体的、众多青年参加的社会性阅读倾向"③而感到欣慰,同时

---

① 主要表现为,1981年年终时,中央决定召开三个大型会议:一个是全国理论工作会议,一个是全国新闻工作会议,一个是全国文艺工作会议。全国文艺工作会议的筹备组,由周扬任组长,赵守一和贺敬之任副组长,就是为了缓解《苦恋》事件带来的文艺界的紧张空气,继续繁荣文学创作。

② 早在1981年1月29日《中共中央关于当前报刊新闻广播宣传方针的决定》中,就提出"要大张旗鼓地宣传建设社会主义的高度精神文明",随后1981年2月28日《中共中央宣传部、教育部、文化部、卫生部、公安部关于开展文明礼貌活动的通知》明确"'五讲四美'文明礼貌活动是我国社会主义精神文明建设的一项重要工作和具体形式"。强调社会主义精神文明建设的重要性,是在邓小平1982年4月3日、4月7日、7月4日几次谈话、讲话中逐渐明朗化的。

③ 倪强华:《富民兴邦的伟大实践——1984年全国青年读书活动综述》,《中国出版年鉴1985》,第238、239页。

也意味着在这些专业知识、有实用性的社会科学知识日益走俏之时,有些文学作品就成了闲书。

1982 年的机构改革确证了文艺界自主改革权力的合法性①,1982 年底,时任中国作协书记处书记的作家王蒙应《北京日报》之约作《关于改革专业作家体制的一些探讨》一文,首先发表在内部交流刊物《文艺情况》1982 年第 20 期,后又刊登在 1983 年 1 月 4 日的《北京日报》。早被论及的文艺体制改革具体任务似乎更为明确了。

文中指出"专业作家体制改革"的原因,就是要解决作家队伍中存在的矛盾,如"当了专业作家就获得了'终身'的铁饭碗。这样,一时或相当长一个时期写不出作品的专业作家就很苦恼,感到压力,而想当专业作家又不可能的业余作家就会感到不公平,不服气,以至造成隔阂、矛盾。至于有些迫切想当专业作家的同志四处跑关系、找领导、托人情等,这里暂且不提"。同时,也提出四方面建议:1. 多设立"有限期"专业作家,少设立"无限期"专业作家;2. 每个专业作家除写作外,还应该担任一二项社会工作;3. 设立文学研究院等荣誉学术机构并建立专业作家的退休制度;4. 专业作家的物质待遇办法应有适当调整②。这四个方面成了 1983 年关于"体制改革"讨论的主要内容,而王蒙提出的"少设立",后来被有些人发挥成为"废除"终身制,可见,对当时的专业作家管理体制,很多人都有积重难返的感觉。

于是,在 1983 年 1 月份召开的中国文联工作会议上,与会同志对专业作家的体制改革问题进行了比较集中的讨论,中国作家协会创联部也于 1 月中下旬、2 月上旬,主要以召开小型座谈会的形式走访了湖南、湖北、天津、北京部分专业作家和业余作家,探讨关于专业作家体制改革的设想,后分别以《湖北、湖南部分作家对专业作家体制改革的意见》、《天津市部分作家谈专业作家体制改革》和《专业作家体制改革种种》为题集中刊登在《文艺情况》1983 年第 5 期。讨论中,专业作家的"终身制"问题成为一个讨论的焦点。在湖

---

① 参见中国文联组联部调研组:《政协、文化部、文联文艺改革座谈会综述》(《文艺情况》1983 年第 7 期)和《邓力群同志关于文化艺术改革问题的两次谈话》(《文艺情况》1983 年第 15 期)。

② 王蒙:《关于改革专业作家体制的一些探讨》,《文艺情况》1982 年第 20 期。

南、湖北部分作家调查①中,"不少同志热情支持王蒙提出的专业作家体制改革的建议,认为专业作家终身制的弊端很多,废除终身制,打破这个铁饭碗,是大势所趋",但也有些人不同意废除专业作家终身制。而被采访的天津部分专业作家和业余作家则大都同意废除终身制,包括专业作家:73 岁的梁斌、63岁的阿凤和 56 岁的闵人。② 在京作家在回顾了新中国成立以来的戏改工作和曾实行过的专业创作人员的"稿费自给制",认为专业作家体制改革"简单地套用物质生产部门的'承包责任制'是不行的,不能只追求经济效益"③。在如何改革的问题,意见有三:一是"基本保留现行专业作家体制",但"在工资和稿酬上可作相应的改革";二是破除专业制,采用流动制;三是招聘稿费自给制的专业创作员。主要的解决方案就是专业作家实行轮换制和离、退休制,张贤华《文学院——退休作家的归宿》一文则主要论证了设立以文学院退休制度为补充的好处。关于"专业作家体制改革"的讨论,同时引出了改革稿酬制度的要求和省市级文联、作协机构精简的要求,④有论者认为"专业作家体制改革和作协机构改革、克服机关化作风是密切相关的,作协应成为作家自己的团体,为大家谋福利"⑤,并且提出"党政分开"的要求,表明其改革的实质就是要重新调整作家队伍,同时也说明作家队伍改革的发展方向是专业化。但是,由于后来忙于响应中共中央开展清除精神污染的要求,这些建议在当时并没有得以实施。

　　从 1984 年 5 月,中国作协召开各种会议研究改革的具体措施。经过几个月各编辑部、各单位、机关各部门和党组的讨论酝酿,认为中国作协的体制改革是"围绕'搞活',解放思想,发挥优势,改革旧的体制,兴办新的事业,调动各方面的积极性,抓企业化,促社会化,开创文学工作生动活泼的新局面。同

---

　　①　中国作家协会创联部:《湖北、湖南部分作家对专业作家体制改革的意见》,《文艺情况》1983 年第 5 期。

　　②　中国作家协会创联部:《天津市部分作家谈专业作家体制改革》,《文艺情况》1983 年第 5 期。

　　③　中国作家协会创联部:《专业作家体制改革设想种种》,《文艺情况》1983 年第 5 期。

　　④　文群:《对文联体制改革的几点意见》,《文艺情况》1983 年第 9 期。

　　⑤　陈模:《关于改革专业作家体制的一些设想》,《文艺情况》1983 年第 7 期。周健明:《克服群众团体"衙门化"》,《文艺情况》1983 年第 6 期。

时,创造必要的物质条件,争取六年以后中国作协全部经费自给"①。具体措施有六条:1.《文艺报》编辑部准备增办周报,作为搞活作协和文艺界的一个重要措施;2. 积极改革刊物工作,《人民文学》、《诗刊》、《小说选刊》分别制定了相应的改革措施;3. 拟将文讲所改名为"鲁迅文学院",作为培养创作、评论、编辑人才的高等院校;4. 出版大型文学双月刊《中国文学》和《中国作家》;5. 在首都建立"中国文学会堂",作为我国经常开展各项文学活动、特别是开展国际性文学活动的场所,同时作为中国作协逐步实现经费自给的一项重要措施;6. 申请成立"中外文化出版公司",以编译出版中国文学艺术作品、著作为主。从中可以看出,1983 年探讨的关于专业作家体制问题,并没有形成统一可实施的具体意见,而"出版物"倒成了这些措施的焦点,六条措施中第 1、2、4 条都是关于文学期刊的改革。这六条措施,大都体现了经济效益和社会效益相结合的原则。经济效益的产生依靠的是更多群众的支持,经济效益的渗入在一定程度上表明中国作协今后要面临的不再仅是以往的"文学—政治"二元模式,而是要在"政治—文学—人民(此时主要是指读者群众)"三元文学体制中寻找平衡点。

与中国作协成鲜明对比的是,有些地方作协分会改革已经开始了。上海作协分会制定了《上海作协分会会员申请和使用创作假暂行办法》,青海作协分会也出台了《青海省作协分会关于专业创作人员的几项规定》②。特别是作协黑龙江分会,坚决实行了专业作家体制改革,一年后被作为较成功的范例在《文艺情况》上推出。他们采取的方式主要有:1. 人员精简:由原有的 23 名专业作家减为以中青年为主体的 9 人组成的作家队伍;2. 扣除 30% 工资,实行稿酬补贴;3. 奖励机制③等。1984 年 3 月,煤炭部举办的文学评奖中,黑龙江省有十八位作者获奖。作协黑龙江分会的大胆改革收到成效,令其他也支持文艺体制改革而未敢真正实施的省作协分会领导者感慨不已④。由此可见,中国作协体制内部:中国作协与地方分会、各省分会之间都存在制度差异。由

---

① 李平:《中国作家协会改革工作的情况》,《文艺情况》1984 年第 9 期。
② 参见《文艺情况》1983 年第 12 期。
③ 周嘉华、刘力:《黑龙江专业作家体制改革见闻》,《文艺情况》1984 年第 9 期。
④ 辽宁省作协分会领导之一于铁在《文艺改革断想》中深刻反省自己,《文艺情况》1984 年第 11 期。

于中国作协领导已看到,"《文艺报》、《人民文学》、《新观察》、《诗刊》这些原来较有权威性的刊物,其重要性和影响在文艺界和全国日益降低,竞争能力也日益缩小。这种状况如果不改变,中国作协就有可能人心涣散,人才外流"①,因此,把希望寄托在靠改革文学期刊来继续维护在新时期文学场域中的权威地位。

为维护对于地方的权威性,《文艺报》召开通讯员工作会议,重新强调通讯员制度的重要性。② 强调通讯员工作的目的,是因为"和《文艺报》所承担的任务和性质是分不开的"。它的性质"是文艺战线的一个思想阵地,是受作家协会委托办的一个文艺理论刊物。它的任务是在文艺战线贯彻党的决定、方针、政策,以推动和引导社会主义文学运动的健康发展",说明此时面对《文艺报》在发行量上很难取得更大的进展时,要确立并维护自己在文学场域中的权威地位也不得不借助国家政权的力量。因此,被认为是"党的坚强领导有着多方面的体现"③的中国作协,在新时期文学场域中所扮演的角色由最初"名副其实的作家自己的组织",在经济效益和地方文艺群众团体蓬勃发展的压力下,越来越向国家权力部门靠近,在"政治—文学—群众"三元体制中,更多地倾向于国家主流意识形态和文学知识分子的精英立场。1984 年底至1985 年初,对"通俗文学"的批评、指导可谓一力证。当国家主流意识形态许可了"通俗文学"存在的合法性,本为文艺评论期刊的《文艺报》,在 1985 年下半年被改为更密切关注群众文化的报纸④的命运也就很容易理解了。从某种程度上可以说,自复刊后到 1982 年以来的文学体制改革中,《文艺报》文学立场的转变,以及中国作协对于作家体制改革的探索,都是新时期文学场域中文学领导体制变革的表现。

---

① 李平:《中国作家协会改革工作的情况》,《文艺情况》1984 年第 9 期。

② 《当前文学创作情况和问题——唐达成同志在〈文艺报〉通讯工作会议上的讲话》,《文艺情况》1984 年第 1 期。后关于《文艺报》性质与任务的引言,皆出于此。

③ 参见何言宏:《中国书写——当代知识分子写作与现代性问题》,他认为,在新时期文联和作协的体制中,"党组"、"党的领导干部"发挥重要作用,"党对文学媒体实现了坚强有力的领导",以及"评奖制度的实施"都体现了党对文学领导权力的实现。中央编译出版社 2002 年版,第 29—36 页。

④ 参见编辑部撰写的《致读者》,《文艺报》1985 年第 6 期。

第三节　文学群体与新时期文学知识生产—传播体制

随着经济体制改革的开展,在新时期文学领导体制明确提出改革之前,新时期文学生产—传播体制就已经开始发生变化了。"文革"结束以前,原有的生产—传播体制主要是在"文学—政治"二元模式中进行,文学期刊为国家包养,文学生产的主流认识是要为政治服务;随着"人民"以强势话语的姿态在新时期之初凸现,以及"为人民服务、为社会主义服务"方向的提出,"人民"成为文学生产—传播体制中日益重要的一元。"人民"视角的加入,曾经被视为弥合文学知识分子与国家主流意识形态缝隙的重要一元①,而后因为与文学知识分子在审美趣味上存在差异而被分化出来,在文学评论中以"群众"的面目重新出现。特别是八亿农民是"人民"主体的认识,促使新时期文学生产—传播体制改变。

新时期文学场域里,可谓山头林立。且不说中央、地方各级文联、作协组织,以及他们所主办的各级刊物、文学讲习所、创作培训班等,还有高等院校的中文系、各社会科学研究院的文学研究所,以及成立的各类文学研究团体,如中国当代文学研究会、国际报告文学研究会、中国民间文艺研究会、红楼梦研究学会、中国俗文学学会等民间组织,名目繁多。这些文学团体所进行的文学活动相互作用,共同参与了新时期文学体制的形成。新时期文学场域中的知识形态,不仅包括创作和批评中所运用的文学知识,还包括同时期正进行着的外国文学、古代文学、现代文学研究,以及高等学校文科教学中所传授的文学知识,正是这些文学知识的合力决定了新时期文学创作中的基本知识形态。创办期刊、举办会议以及参与讨论,是他们影响新时期文学的主要方式。因此,文学期刊成为新时期文学体制变革中非常重要的文学群体。特别是1982年开始在实践中进行文学体制改革的探索以后,出版制度的改革(特别是稿

---

① 《文艺报》特约评论员:《"百花齐放、百家争鸣"方针和艺术民主——纪念毛主席诞辰八十五周年》中,就曾指出:"谁是文艺作品最权威的评定者。……说人民群众是文艺作品最权威的评定者,并不是贬低文艺领导机关的作用,相反,倒是为了加强这种作用。"《文艺报》1978年第6期。

酬制度改革、编辑制度改革等)通过影响文学期刊,进而改变了新时期文学场域中的文学知识的生产—传播体制。本节是以除中国作协、文联外其他文学群体主办的期刊为主要研究对象,来说明新时期文学场域中的生产—传播体制变革,以及这种变革对于新时期"政治—文学—人民"三元文学体制确立的意义。

　　这种改变首先表现在文学期刊的变革中。解放以前,尤其是在20世纪二三十年代,各家文学期刊曾经是不同政治倾向或不同艺术观点的知识分子的结集点。到了根据地时期,尤其在全国解放初期,为了贯彻执行文艺为政治服务、为工农兵服务这一根本方针,也考虑到加强文艺界团结的现实需要,文艺刊物的性质发生了根本变化,它们不再是不同倾向的知识分子们的工具了,而是变成了当地党委统一领导下的、面向广大人民群众的、以文艺作品为武器来为各项中心服务的战斗阵地。1956年,又在这个基础上作出调整,各省都在通俗化的、以发表演唱材料为主的、综合性的文艺期刊之外,另办一家体现"在普及基础上的提高"的、专门发表文学作品的综合性月刊,包括《雨花》在内的大部分省级文学月刊就是在那个时候定型的,许多地市文联也纷纷办出了自己的刊物。这些期刊唯一的区别就是地域不同,彼此之间基本上没有什么竞争,它们在各自的地域之内居于事实上的垄断地位,没有也不可能遇到来自同行之间的挑战。①

　　前文已经论及文学期刊在1980年左右有一个繁荣时期,即由于创办期刊的审批权下放而种数增长很多,同时出现了办刊方针专业化、多样化的趋势。其后在以"为人民服务"、活跃群众文化生活的名义下,很多由地、市、县级群众文化馆主办的通俗文艺期刊也大量出现。这些地方力量的加入,分得了原属于中央、省、直辖市级文学期刊一部分市场。仅以1983年为例:根据调查关于全国公开发行的152种文艺期刊②,在1983年第一季度与1982年第四季度发行情况相比较的统计数据,可以看出:一、大型文学期刊的地位比较稳固,《收获》、《当代》、《十月》均在40万份以上,15种大型文学期刊发行量基本稳

---

① 具体情况可参见陈椿年:《关于文学期刊的回顾和发展趋势的断想》,《文艺情况》1984年第12期。

② 参见闻婉:《关于部分文艺期刊发行量的统计》,《文艺情况》1983年第17期。

定(有 6 种小幅度下降),今年比去年平均增长 0.35%;二、省、直辖市文联或作协分会主办文学期刊则岌岌可危,与此形成对比的是,市属文学期刊发行量普遍高于省级文学期刊,且比较稳定。其中以 10 个省为例,对省级文学期刊《作品》、《雨花》、《四川文学》、《长江文艺》、《山花》、《山东文学》、《长春》、《北方文学》、《东海》、《边疆文艺》(以 1983 年发行量为序)和相应的市级期刊《青春》、《青年作家》、《小说林》、《广州文艺》、《滇池》、《春风》、《芳草》、《花溪》、《西湖》、《泉城》(以 1983 年发行量多少为序)的调查数据显示:1982年 10 个市级期刊总发行量 1119288 份,为上述省级期刊同期总发行量的230%;1983 年的总发行量是 1161011 份,为上述省级期刊同期总发行量的311%;这 10 种市级期刊已经两年都高于省级期刊;三、另有 4 种青年文学期刊《青年文学》、《青春》、《萌芽》、《青年作家》发行量"惹人注目",平均每种发行 28 万余份;四、在 16 种介绍外国文艺作品的期刊中,11 种文学期刊中只有3 种发行量下降,它们的发行量平均增长 8.52%。

这些地市级期刊之所以能有比某些省级期刊更大的发行量,主要有两种情况。以《青春》为例继续保持"纯文学"期刊特色而进行体制改革,是被文学界所推崇的方式。《青春》是南京市文联主办的青年文学月刊,自 1979 年 10月由《南京文学》改刊以来,不要国家补贴,实行全民所有、集体经营、独立经济核算的经营管理体制,三年共盈利近 50 万元。并在不增加编制、不要国家补贴、不要统拨纸张的情况下积极创办《〈青春〉大型文学丛刊》。从创刊之初的 3 万份发行量,扶摇直上,到 1981 年曾猛增到 523000 份,即使 1982 年以后在大部分期刊发行量较大幅度普遍下降的情况下,仍保持在 30 万至 40 万份之间。①《青春》编辑部采取经常召开各种类型的青年读者座谈会,在全国各地成立若干读者小组,认真对待读者来稿、来信②等方式,"以最大的热忱和努力,发现和培养文学新人"为办刊宗旨,并且落到实处。同某些编辑部把眼光盯在出了名的作家身上迥然不同,《青春》编辑部的座上客大都是正在开垦文

---

① 世杰:《〈青春〉体制改革经验值得提倡》,《文艺情况》1983 年第 2 期。
② 包括《青春》主编、南京市文联副主席斯群同志,"不论日常工作多忙,每天都要挤出时间亲自拆阅信稿。在正副主编的倡导和带动下,编辑部对不采用的来稿每件必退,退回时每件稿上都附有具体意见,这已经成为一条必须遵守的制度了"。沈佳乔:《〈青春〉——未来作家的摇篮》,《文艺情况》1982 年第 2 期。

学处女地的青年,并且规定了只发表35岁以下青年的作品。同时,还设立了"作家谈创作"和"怎样走上文学之路"专栏,还请文学界的前辈和卓有成效的中年作家做辅导报告,或办文学讲座,为文学青年与前辈作家间的沟通交流搭桥。允许编辑保留不同的艺术观点和爱好,三级审稿制和选定稿件不送上级领导机关终审的主编终审制,保证了刊物风格的统一和稳定。事实上,《青春》走的是以青年为对象"专业化"道路,保持了文学知识分子的精英立场。

另一种则主要是向通俗期刊靠拢,靠改变刊发稿件的内容,以娱乐性、消遣性、趣味性的作品为招徕读者的主要手段。比如在1984年底广西掀起"通俗文学热",根据调查可知,某些地市级期刊是这些通俗文学作品的主要载体之一①。在广西这种现象经历了三个阶段:最初阶段(约在1980—1981年),表现为外地(主要是广东)小报大量涌入;第二阶段,即1982—1983年初,《金城》《柳絮》等个别地市级文学期刊以一定篇幅(约占三分之一版面)刊发侦破、武林小说(包括译作);第三阶段,即1984年春夏以后,各界纷纷创办小报,地市级文学期刊普遍"转向",购销两旺,声势夺人。不仅广西如此,其他省市也有所表现②。逐渐开放的民间发行渠道为这些报刊寻求大量读者创造了条件。批评者认为这些报刊的编辑部和报贩们在对市场动向的掌握方面,抱有同样的热情,针对"编辑们首先在标题、插图上煞费苦心"的责难,地市级编辑也有自己的无奈,"既注意刊物的思想性、艺术性,也努力丰富知识性和趣味性,但就是因为少了侦破和爱情题材,加上发表的武侠小说比较严肃,结果出现滞销现象。读者指责我们:'你们这样办刊物,我们不会去买《人民文学》和《小说选刊》么?'","在送样征订时,各代销点纷纷来信,说如果封面不改成上述的'一目了然'式样,他们一本也不要;如果改了,可以按原来报的数

----

① "各式小报纷纷创办和某些地市级文学期刊相继增发武林、侦破类小说","主办这些期刊的,主要是各级文联、文化局、群众艺术馆、民会等。小报的情况复杂一些,上至自治区,下到县市,文化界以外,还有政法、卫生、科技等部门,以及各级党报。"王屏、绿雪:《广西"通俗文学热"调查记》,《文艺报》1985年第2期。

② 如《宝鸡文学》的增刊《法制文学特刊》(筱凯:《读部分小报札记》,《文艺情况》1985年第1期),抚顺市群众艺术馆主办的《故事报》等(《〈故事报〉进行全面清理和整顿》,《文艺情况》1984年第12期)。

目接受"①,表现出文学体制变革中两种观念的对立、冲突。

但不管如何评价,通俗文学的兴起,毕竟也促成了一支基本的作家队伍。比如广西的作者集中在南宁、柳州等地,有的有一定的创作经历,但自认为成就不大,愿意另辟蹊径;有的本来擅长描述故事,如今可以大显身手;有的文学青年,借以打开文坛大门。为保证稿源的数量和质量,这些报刊编辑部也要组织通俗文学的创作,《故事报》就多次举办故事创作学术讨论会、故事员培训班,声称只有"新、奇、巧",才能有可讲性、可传性,才能有群众性,因此被认为是"把文艺与政治对立起来",不顾作品的思想性。还有其他一些通俗文学期刊,如《故事会》等也都以培训班、函授班等形式培养"故事"创作人员。这些以武侠小说、侦破推理小说、科幻小说等为主要内容向"通俗化"转变的文学期刊,其实质是在走"综合化"的路线,比如科幻小说就是依据科学上的某些发现和成就,运用幻想把它发挥成可读性强的故事,是科学和小说艺术的结合;而侦破推理小说,则不能说不是普法宣传的衍生物,是侦破案件与小说艺术相结合的产物,等等。随着读者精神需求的多样化,通俗文学跳出了"纯文学"的圈子,向文学外部的生活中寻找更广阔的表现天地。

文学期刊按照读者对象或文学样式不同而进行"专业化"改革的方向,是为国家主流意识形态和文学界知识分子所积极提倡的,而"综合化"的趋势则受到抵制。这一点不仅表现在当时的评论文章中,在编辑制度改革和稿酬制度改革中也能体现出来。

对于加强编辑队伍建设,国务院于1980年11月13日发出通知,执行由国家出版事业管理局、国家人事局制订的《编辑干部业务职称暂行规定》,实行编辑业务职称评定工作。编辑业务职称分为:编审、副编审、编辑、助理编辑。除第二条为思想政治要求外,第三条规定:确定和晋升编辑干部的业务职称,应以学识水平、业务能力和工作成就为主要依据,并适当考虑学历和从事专业、编辑工作的经历。第四、五、六、七条则提出了三方面的具体要求:1. 某学科的基础理论和专业知识;2. 编辑业务能力;3. 掌握一门外语②,这些硬性

---

① 《湛江文艺》编辑部吴茂信:《地市级期刊编辑的苦恼》,《文艺情况》1984年第12期,第9页。

② 《编辑干部业务职称暂行规定》,《中国出版年鉴1981》,第385页。

规定体现出当时对于"知识"重要性的强调。

　　1982 年 11 月 8 日至 13 日，文化部出版局在北京召开全国评定编辑业务职称工作座谈会。各省、市、自治区出版局、出版社和文化部直属出版社以及中央有关部门的代表近 100 人参加了会议。会上指出"当前，评定编辑业务职称，是加强编辑队伍建设重要措施之一"，也是"出版编辑部门进一步落实党的知识分子政策"的表现，对"建设起一支革命化、年轻化、知识化、专业化，能够适应社会主义现代化建设需要的又红又专的编辑队伍"有重要意义。因此，会议针对《暂行规定》提出五条补充意见①，以便于更灵活地掌握评定标准，比如对著译和外语的要求，都有了针对具体情况采取具体分析的措施，这对于调动编辑努力提高业务水平的积极性自然是大有好处的。特别是 1986 年 3 月 30 日中央职称改革工作领导小组原则同意并转发给各地试行的文化部《出版专业人员职称试行条例》和《关于〈出版专业人员职务试行条例〉的实施意见》，其中对编辑的任职条件，已经不提政治条件，而作出起码学历要求为大学本科毕业的规定②。编辑业务职称评定对编辑队伍提出了知识化、专业化的要求，除了编辑业务职称评定规定改革外，对编辑出版学③研究的关注也从 1984 年被重视起来，这也是编辑队伍知识化、专业化的一个重要表现。文学编辑的知识化、专业化，同时也对新时期文学知识形态作出了规约，是新时期文学场域中文学知识分子的精英写作能占据优势地位的重要原因之一。

　　而稿酬制度变革的必要性，是在专业作家体制变革中反映出来的。我国在粉碎"四人帮"后，1979 年 9 月颁布《新闻出版稿酬及补贴试行办法》，1980 年 4 月又作了补充修改，由中宣部正式转发了国家出版局制订的《关于书籍稿酬的暂行规定》，在全国参照执行。应该说，在当时制定稿酬制度是一种尊重知识的表现，体现按劳分配的原则，对于保障著译者的正当权益和繁荣创作

---

　　①　参见《全国评定编辑业务工作座谈会纪要》，《中国出版年鉴 1984》，第 285 页。
　　②　参见《中央职称改革工作领导小组关于转发文化部〈出版专业人员职务试行条例〉以及〈实施意见〉的通知》，党政分开，要求编辑业务知识化、专业化的倾向更明显了。《中国出版年鉴 1986》，第 170—173 页。
　　③　在 1984 年以前的 30 多年中，除 50 年代初出版过少量翻译著作外，国内的撰述几乎是一片空白。1984—1987 年据不完全统计，国内共出版了 30 多种有关编辑、出版、校对和装帧设计的著述，而且一年比一年多。杨寿松：《编辑出版学著作出版综述》，《中国出版年鉴 1987》，第 135 页。

都起了积极的作用。但是随着出版事业的发展，原有的稿酬制度不足以应付出现的许多新情况，在 1982 年关于专业作家体制改革的讨论中，很多作者都提出了稿酬制度改革的要求。很多作家要求改革稿酬制度，焦点主要集中在：一、标准偏低，分类过于笼统；二、按字数计酬的方式，不利于诗歌、散文、小说等文学样式的均衡发展；三、对于抽取个人所得税有些意见和议论，把作者长期劳动所得的稿酬按照一个月的收入来抽取所得税的作法，似乎不利于调动广大知识分子的积极性①。1984 年 10 月 19 日，文化部转发了批准《文化部出版局关于试行〈书籍稿酬试行规定〉的报告》，自 1984 年 12 月 1 日开始在全国试行。修改后的《书籍稿酬试行规定》是针对著译者书稿制定的，"报刊稿酬可参照此规定结合各单位的实际情况具体拟定办法，经上级主管部门批准后试行"。《试行规定》主要是从六个方面对 1980 年《暂行规定》作了改进②，如：基本稿酬标准提高一倍；对印数稿酬做了调整，实行两种印数稿酬标准；增加了对已故作者稿酬继承办法的规定等，由于规定更为细致，便于执行者掌握。稿费标准的调整，为作者减少对工资的依赖、追求"创作自由"的心态提供了可能，为后来自由撰稿人的出现带来契机。

新时期文学场域中，在文学期刊以及出版界编辑、稿酬制度以"专业化"为目标的改革中，逐步确立了文学知识分子相对于政治干预的独立地位，同时，发行体制改革也给通俗文学入场开辟了通道，而外国文学研究活动的开展和大学文科教学则为西方"现代派"文学知识进入新时期文学生产—传播体制搭建起桥梁。大学文科教学主要任务是传播文学知识，相对普通读者而言，中文系、艺术系的大学生能较早接触到西方"现代派"作品，因此，明确运用"现代派"手法进行创作的大都是文化水平较高的知识分子。特别是大专院校及科研单位对"怎样改革文学理论教学和研究"问题③的探讨与实行，调

---

①　关于作家、翻译家对改革稿酬制度的要求，除两篇专门谈稿酬改革的文章《河北、上海部分作家、翻译家谈稿酬、出版问题》（《文艺情况》1983 年第 17 期），毛剑《现行稿酬制度有待修改》（《文艺情况》1983 年第 11 期）外，《光明日报》1983 年 5 月 18 日报道了叶圣陶、费孝通等政协委员关于改革稿酬制度的建议，还可以参见王蒙等作家关于专业作家体制改革建议，其中谈到稿费偏低的问题。

②　参见《文化部出版局关于试行〈书籍稿酬试行规定〉的报告》，《中国出版年鉴1985》，第358—361 页。

③　参见《怎样改革文学理论教学和研究》，《光明日报》1984 年 11 月 15 日报道。

整了文学理论知识结构,为新时期"现代派"文学创作的出现与被接受提供了可能。这从一篇关于长春、沈阳等地工人、学生文艺欣赏情况的调查报告中也能得到证明,"对外国文学的兴趣普遍比较强烈。辽宁大学中文系参加座谈会的同学一致说,在他们阅读的作品的数量和时间上,翻译作品占优势。最受欢迎的刊物是《译林》、《外国文艺》","一些大学生对批评现代派表示反感,认为我们总是过急地否定自己还不真正了解的东西。但实际上,座谈者很少有人认真读过那些评论文章",①可见他们对现代派的偏爱之一斑了。

新时期文学知识生产—传播体制的变革,还表现在文学不再只是知识分子的专利,农民业余作者也大量出现。据不完全统计,1980年至1984年底,山西省在《山西文学》上发表作品的农民作者有150余人;山东省烟台市的农民业余作者达600余人,每年在地市级刊物上发表作品的有百人以上;福建省惠安县崇武公社有农民作者20余人。全国文艺期刊不下千余种,各地报纸也有几百种,在这些园地发表作品的农民作者,真不知还有多少!② 这些农民作者还自筹资金创办文学刊物,如福建省惠安县崇武公社文化站于1983年元月创办的铅印刊物《崇武文艺》,河北省交河县文庙公社尹圈大队河邻村的14个平均年龄21岁的文学青年组织了"朝花青年文学小组",自费油印诗刊《朝花》,一年多共写诗作400余首,小说散文40余篇,在全国、省、地级刊物发表了80余篇。还有富裕了的农民企业家个人出资设立文学奖的现象屡见不鲜。四川广汉县农民企业家张人士,个人出资设立"奋飞"文学奖③,湖北大冶县农民胡汉华、左宏向分别设立"春笋"民间文学奖和"春雨"剧本创作奖④。"评奖"是一种为文学设立等级的评价方式,同时也是确定界线、控制进入的方式之一,因此为了保证评价标准的权威性,通常都是由领导者委托文学期刊以组织名义进行的。农民以个人名义设立文学奖项,以及企业家出资召开文学恳

①　马力黎:《长春、沈阳等地工人、学生文艺欣赏情况调查》,《文艺情况》1983年第13期。

②　王屏:《来自农村的文学新声——农民业余作者文学创作情况调查》,《文艺情况》1984年第8期。

③　参见《四川作家、企业家举行文学恳谈会》,《文艺报》1985年第1期。

④　《中国农村史河文学史上的一个新事物》,《文艺情况》1984年第11期。

谈会①等,也是"群众"力量介入文学体制的一个标志。

在"政治—文学—人民"(或者也可以表示为社会效益—文学—经济效益)三元模式的新时期文学生产—传播体制中,"人民"的含蕴越来越丰富,由最初为一个包括文学生产者、传播者和消费者在内的极具兼容性的话语,而随着人们对文学发展规律的探索逐渐深入,更多地被置换为"群众",用来指代被认为审美趣味较低的文学消费者,并且成为新时期文学场域中虽被国家主流意识形态和文学知识分子蔑视却也不容忽视的一个群体,潜在地影响着新时期文学体制的变革。

从天安门诗歌运动开始,到文联、作协体制的恢复,各种文学期刊的纷现,是新时期文学场域重新生成的阶段,也是"政治"与文学界妥协的结果。"人民"在"文学—政治"二元体制中的凸现,孕育了新时期三元文学体制形成的可能。1982年以后,文学体制在各种力量的制约下也发生相应改变。文学体制的变革影响着新时期文学知识生产与传播方式,也影响到文学场域中各种文学知识类型的力量对比,对新时期文学形态有制约作用。

---

①　"1984年11月27—29日,《现代作家》编辑部召开了一次别开生面的"城乡集体、个体企业家文学恳谈会"。这次座谈会由五十多位省内企业家自费集资举办,邀请了三十多位作家、记者、编辑进行恳谈。……十一届三中全会以来,四川省集体、个体企业蓬勃发展,涌现了一大批搞农工商企业的能人,他们不仅积极发展生产,搞活流通,而且热情关心精神文明建设。"《四川作家、企业家举行文学恳谈会》,《文艺报》1985年第1期。

第三章　文化身份与文学界之分化

如果把文学视为"知识"，是人类某种经验、认识的传承和个人化表达，那么也就意味着文学同时也是某种"文化"的载体。因此，以知识社会学为视点，来研究新时期文学场域中文学知识形态与文学体制间的关系，文化身份是一个绕不开的问题。新时期文学场域中的文化身份问题，不单指文学知识生产者作家创作时所选择的文化立场，也包括整个新时期文学知识生产过程中的领导者、传播者、批评者、接受者所选择的文化立场，他们会影响到作家文化身份①的转变。

从新时期文学场域重新生成时起，就开始出现文学知识分子的分化现象，以及1980年代兴起的"文化热"，可以说是新时期以来两个不争的事实，其余响至今不绝如缕。其实质在于新时期文学知识分子对于进入场中的不同"文化"类型的态度存在差异，也就是说，新时期文学工作者所选择的文化身份存在差异。1980年代的这场"文化热"曾被有的论者分为两个阶段：其一是从1981—1984年，为"文化热"的酝酿阶段；其二是1984—1989年上半年，为"文化热"的高潮阶段，这场戏在高潮中结束了，并且认为，1987年是这场"文化热"的高潮点。② 新时期这场"文化热"讨论，与文学界出现的分化现象息息相关，同时，此二者也与新时期文学场域中形成并确立的"政治—文学—人民"三元文学体制关联紧密。因此，剖析新时期文学场域中存在的文化身份差异，对于深入透视自1980年以来文学界的分化现象必有裨益。

---

① 参见［英］斯图亚特·霍尔：《文化身份与族裔散居》，罗钢、刘象愚主编：《文化研究读本》，中国社会科学出版社2000年版，第209—211页。

② 参见宗胜利：《80年代"文化热"研究综述》，文中还把这场"文化热"中的主要思潮归为"儒学复兴"论、"全盘西化"论、"西体中用"论、"综合创造"论，还有"反传统主义"、"中西文化平衡论"等。《理论前沿》1996年第16期。

在新时期种类众多的文艺期刊中,《时代的报告》颇具戏剧性的命运,正暗合了文学界分化过程,是倾向于"阶级革命"认同的激进文化立场与自由主义知识分子身份认同者在新时期文学场域中分歧不断扩大的结果。创刊于1980年的《时代的报告》,从季刊始,到1982年变为月刊,到1983年更换主编改版、又在1984年接受读者和文艺界同志的建议"为的是使刊物的名称更能体现刊物的内容"①而最终更名为《报告文学》,则表明极"左"的阶级革命认同,在当时文学场域多种"文化"身份可能的选择中,已经成为众矢之的,从中也可窥见新时期之初文学场域的复杂性和体制重建的依据、过程。

第一节　新时期文学场域中的文化身份差异

要剖析新时期文学场域中的文化身份问题,首先要考察其中存在哪些"文化"类型,这就涉及对何为"文化"的理解。关于"文化"的定义,历来是众说纷纭,在A. L. 克罗伯和C. 克拉克洪《文化:一个概念定义的考评》一书中,共收集了166条文化的定义。雷蒙·威廉斯在《文化分析》中指出,文化一般有三种定义,即"理想的"、"文献式"和文化的"社会"定义。"理想的"文化定义,是就某些绝对或普遍价值而言,文化是人类完善的一种状态或过程;"文献式"文化定义,则意味着文化是知性和想象作品的整体,这些作品以不同的方式详细记录了人类的思想和经验;根据"社会"定义,文化是对一种特殊生活方式的描述,这种描述不仅表现艺术和学问中的某些价值和意义,而且也表现制度和日常行为中的某些意义和价值。② 以不同层面的定义为标准,"文化"就有不同区分类型,而这三个层面的定义,同时构成社会中被人民称为"文化"的统一体。因此,在关于新时期文学场域"文化身份"问题的研究中,为了避免把不同层面的文化身份混为一谈,廓清其中的"文化"身份类型,是极为重要的。

---

① 《致读者》,《报告文学》1984年第1期。
② 罗钢、刘象愚主编:《文化研究读本》,中国社会科学出版社2000年版,第125—126页。

一、新时期文学场域中的"文化"身份类型

如果按照第一种"理想的"文化定义,新时期文学场域中表达了人们对于终极价值追求和社会秩序的想象,这一具有宗教意义的文化形态,主要包括儒家文化、道家文化、佛教文化、基督教文化、伊斯兰文化等,其中,儒家文化、道家文化和佛教文化等"文化"类型是从传统文化中继承而来,无论是对其否定,或是认同①,这种封建社会流传下来的认识经验,都成为世代承继的"文化"形态。而佛教文化,特别是藏传佛教文化,构成了西藏的区域文化的主体,与民族文化(也就是第三个层面意义上的,作为一种特殊生活方式的"文化")、民族身份也关联紧密,藏族作家扎西达娃就表现出藏传佛教文化认同。伊斯兰文化也是如此,由于回族是信仰伊斯兰教的,因此在新时期文学场域中,对于伊斯兰文化的认同也大多体现在回族作者身上,比如张承志②等。基督教文化则主要是一种舶来品,随着基督教、天主教等传教士到中国发展教民而传入中国,民间成立了教会组织,同时也借"西学东渐"之风得以在知识分子中间广泛传播,基督教文化中的"平等、博爱"得到了中国知识分子的强烈认同。特别是在"文革"刚刚结束后,基督教文化中的人道主义思潮成为新时期文学场域中最为流行的哲学观。

其次,如果按照第二种"文献式"的知性和想象的整体这一定义,新时期文学场域中的"文化"知识、经验,也就是指文学创作、批评和研究中所表现出的知识、经验,大体有三种分类方法。其一,为内容、形式两分法:一是内容上包括不同门类的生活经验;一是有关文学语言表达的专门知识,中国古典文论中的"文"、"质"之分,现代文学批评中称为主题思想和创作方法,也就是"题

---

① 儒家文化由于其强势地位,从"五四"到"新时期"一直被作为封建糟粕而为文学知识分子所批判,极少有人会明确表示出认同,尽管儒家文化在他们身上又是根深蒂固的;道家文化则被作为弥补儒家文化缺憾的手段,刘小平《论新时期文学中的道家话语发生问题——以寻根文学为发生中介物》(《暨南学报》2005 年第 5 期)中,就是研究韩少功、阿城小说中的道家文化认同现象;由于佛教文化在古代就已经依靠说唱故事来传播,通过故事来讲经说法,与通俗文学关系密切,如武侠小说中的因果报应就反映出作者的佛教文化认同。

② 虽然新时期张承志得以成名的作品中这种伊斯兰文化的认同感还并不清晰,到 1990 年代出版的长篇小说《心灵史》,才强烈显现出这种伊斯兰文化认同感,但是,在新时期文学场域中,其他生活在少数民族地区并不出名的回族作者,应该会有人表现出这种伊斯兰文化认同。

材"与"体裁"的区别。其二,是单从文学样式上可以有如下区分:中国古典文学中的唐诗、宋词、元曲、明清小说等文学知识样式,中国现当代文学中借鉴了苏联分类法的小说、诗歌、散文、戏剧四分法,西方文学的抒情文学、叙事文学和戏剧三分法。其三,就是把两者合而为一的分类方法,主要是"五四"时期就已经引入的西方文学理论中现实主义、浪漫主义、"现代派"文学①三大类的知识类型,通常被称为文学流派。因此,如果按照这种"文化"定义,那么新时期文学场域中的"文化"身份问题,也就是指对"题材"和"体裁"的不同侧重("文胜于质"或是"质胜于文"),或是对于不同文学样式的选择(如诗人、剧作家、小说家等),或是从整体上表现出不同风格倾向(常常被定性为"现实主义"、"浪漫主义"或是"现代派")等。

再次,按照"社会"的来区分,是一种特殊生活方式"文化"定义,即社会中某一群体的生活方式。区分这个意义上的"文化"类型,其划分标准也就是结成社会群体的依据,主要包括地域、民族、阶级阶层等。按照地域来划分,新时期文学场域中的"文化"可以分为:齐鲁文化、楚文化、吴越文化、三秦文化、三晋文化、燕赵文化等地域文化,生活在不同文化区域的作者常常会表现出特定的文化认同;按照民族来划分,则主要是指除汉族以外,如白族、回族、藏族、傣族、纳西族、鄂温克族等其他五十五个少数民族,他们有自己的语言文化,用自己民族语言进行文学创作本身就是一种民族文化身份的体现;按照阶级标准,在当时的批评话语中主要被分为两种,即"革命"文化和资产阶级文化身份,也常常被等同于革命现实主义和"现代派"的文化认同。但在创作中则表现出丰富的阶层特性,即官僚干部、知识分子、农民、市民、大学生、工人、少年儿童等不同社会群体,他们表现出不同的意识形态特征。把创作中如此丰富的社会阶层文化,仅仅用现实主义(革命现实主义)和"现代派"来标识,反映出新时期文学场域中"以阶级斗争为纲"的"文革"批评思维模式的遗响。

这些不同层面的"文化"定义,都对应着不同的文化身份,但是由于大部

---

① 现实主义包括古典现实主义、批判现实主义、革命现实主义、社会主义现实主义等不完全相同的类型;浪漫主义则又有积极浪漫主义(革命浪漫主义)和消极浪漫主义(感伤主义)的区别;这里所用的"现代派"文学,是新时期文学场域中对于具有"现代性"文学的统称,包括现代主义和后现代主义。

分中国文学知识分子在使用某一概念时,向来都缺乏对其所使用概念的内涵、外延进行细致剖析的兴趣和能力,知识结构也很少成体系,更主要的是,要在全球化背景下振兴中华民族具有强烈的"现代性"焦虑,因此,在新时期文学场域中,绝大部分文学知识分子是从自身的时空感出发,把"文化身份"问题简单归结为传统与现代、中国与西方、乡村与城市、落后与先进等二元对立的文化冲突模式。

二、社会权力场与新时期文学场域中的文化身份

　　新时期文学场域的重建是以社会权力场的大变革为背景,以对"文革"中文化专制主义的全面否定为基本参照系。在这种政治权力重新分配的时代环境中,不同群体的文化身份也会发生转型。首先是知识分子,从被改造者,到普通劳动者中的一员,再到现代化建设的主力军这一精英政治身份的确立,是新时期社会场域中重新进行权力分配的一个重要转变。知识分子是文化资本的主要持有者,知识分子政治地位的崛起为新时期文学场域自主性的增强提供了可能。其次,以经济建设为中心,而不再以阶级斗争为纲来展开的国家政治、经济体制改革,使经济领域在社会权力场中的地位得到突出,在一段时间里对物质文明建设的极度强调,也给经济资本带来分享以往政治资本在文学场域中无往不胜的部分权力的机会。经济资本运行要遵循的是市场逻辑,形成的是以"消费者"为价值判断基本依据的消费文化,是通俗文学得以流行的潜在条件。尽管如此,在新时期的社会权力场中,让渡出部分权力给文化资本、经济资本,政治资本仍然掌控着主流意识形态的基本方向。依据不同的资本运作方式,在社会权力场中形成了三种不同的"文化"类型:政治资本为基本逻辑的政治文化①、文化资本为依据的知识分子精英文化和"商品拜物教"为核心的消费文化,因此,从知识社会学角度来看,社会权力场中的三种"文化"类型,都会影响到新时期文学知识生产过程。

　　因此,根据对这些文化的认同程度不同,新时期文学知识生产、传播、消费全过程中的主体们,包括编辑、作家、批评家和读者等,其文化身份大体可分为

---

　　① [美]阿尔蒙德 Almond 将政治文化解释为政治系统成员的行为取向或心理因素,参见王乐理:《政治文化导论》,中国人民大学出版社 2000 年版,第 19 页。

政治文化认同、知识分子精英文化认同和大众通俗文化认同。政治文化认同，指的是新时期文学场域中的作者、批评者等主体，以捞取政治资本、获得更多的政治地位和政治权力为目的，把文学创作、批评作为宣传某种主流政治文化的工具，这些作品所表征的就是其政治文化身份。消费文化认同，则是指那些以获得更多经济利益为目的，把文学作品视为一种消费性商品，更关注于创造出能够满足消费者需要的使用价值的文学创作和批评，其中反映出的是，消费文化在文学领域的影响和作用。

但以往关于新时期文学的文化身份研究中，或以代际为标准，或以中西文化的交融、冲突为背景，主要着眼于作家文化身份所作的分析，则大都属于知识分子精英文化身份的研究范畴。

所谓的知识分子精英文化认同，是指对于知识分子社会精英身份的确证。"知识分子"，也是一个释义颇多的概念，西方学者分别从社会地位、作用等方面，根据现实情况对全体知识分子的特征作出如下描述："自由漂浮的"（曼海姆）、"有机的"（葛兰西）、"新阶级"（古德纳）、"业余者"（萨义德）、"专家"（福柯）、"阐释者"（鲍曼）、"统治者中的被统治者"（布尔迪厄）、"追逐名声的动物"（德布雷）等①。本文所论及新时期文学场域中的"知识分子"，是指掌握文化资本并以"知识创新"为目的的社会群体。其中"知识创新"，也就是对于"现代性"的追寻②，主要包括两个纬度：一是以国家"现代性"为目标的"社会批判"；一是以文学"现代性"为目标的"专业知识更新"，正是"知识创新"这一点，把知识分子精英文化认同与政治文化认同、消费文化认同区别开来。同时，根据文学知识分子所持有的"文化"资本以及文学理论资源不同，又可再作细分。

"文革"结束后，解除了文化专制的束缚，书籍的出版力度加大。曾经被当做"四旧"焚毁、承载着中国传统文化的古籍，中国"五四"新文学中的自由主义文学传统和曾被视为传播资产阶级腐朽思想的西方现当代文学作品，也

---

① 周宪：《知识分子如何想象自己的身份》，陶东风主编：《知识分子与社会转型》，河南大学出版社 2004 年版，第 1—24 页。

② 马泰·卡尔内斯库"现代性广义地意味着成为现代（being modern），也就是适应现时及其无可置疑的'新颖性'（newness）"。参见[美]马泰·卡尔内斯库：《现代性的五副面孔》，商务印书馆 2003 年版，第 337 页。

都在出版界整理出版,以鲁迅研究为主的中国现代文学研究和外国文学译介重新进入新时期文学场域。在深入揭批"文艺黑线专政论"的过程中,前面也已经提到过,在文学界自己给作家作品落实政策的过程中,对"十七年"文学、30年代文艺论争也开始进行反思。因此,新时期文学所承载的思想"文化"传统,主要包括20世纪30年代以来的革命激进主义,以及同时被"文革"所压制的以民族文化为基点的文化保守主义思想和尊崇西方现代文明的自由主义思想等。随着对历史反思的不断深入,新时期之初鲁迅研究蔚然成风,"五四"新文学传统中的人道主义启蒙话语,成为新时期文学场域中知识分子精英文化的主要思想武器①。但由于新时期文学知识分子对民族国家的"现代性"想象不同,大体又可细分为以强调国家的民族主义文化认同、强调个人的自由主义文化认同和突出社群的民主主义文化认同;同时根据对待传统文化(包括农业文明、市民文化)与西方现代城市文明态度不同,又有乡土文化认同和市民文化认同的区别,等等②。正是这种文化认同上的差异,造成新时期文学场域中实为复杂,却被简单描述为"现实主义"、"现代派"二分天下的分化现象。这种二元化描述,其实质是把创作方法等同于阶级立场的表现。

三、文学界分化与动态的"文化身份"

新时期文学界存在分化现象,这是无可怀疑的,但在对于分化的理解上,一直以来大都将其简化为两种力量的较量。"新时期的'新'似乎仅具有拨乱反正的意义,是严格字面意义上的'文艺复兴'。它远承'五四'精神,……而且,'左'、'右'对垒,阵线分明。'右'者坚信只要冲破'左'的禁锢,前景就是一片光明;而'左'者则认定,'右'将毫无疑问地导致动乱、无序和资本主义复

---

① 而颇为悖谬的是,当时很多知识分子在反思、批判"文革"、"十七年"的"左"倾激进主义思想时,选择回到了"五四"新文学传统中的启蒙话语,却极少对"五四"新文学中的激进主义思想进行反思。从李泽厚的"双重变奏"论、"救亡压倒了启蒙"说,到刘晓波的"全盘西化"论,仍然延续了其中否定传统文化、全盘西化的激进主义姿态。

② 由于新时期少数民族地区教育文化水平还很落后,能用汉语写作的少数民族作家大多是生活在远离民族文化氛围的城市中,而受到"文革"期间"阶级斗争为纲"强烈政治文化认同的影响,民族文化身份大多还处于隐匿状态。比如达斡尔族的李陀、回族张承志等,以及曾获1981年全国优秀短篇小说奖的鄂温克族作家乌热尔图的小说《一个猎人的请求》,就表现出政治文化认同压倒了民族文化身份,尽管他们主观是否定"文革"期间的政治文化。

辟。那时的'思想解放'其实只有两条路好走:要么解放,要么仍然禁锢着"①,这可谓是其中有代表性的观点,它反映的是当时人们的认识。但是应该说,把如此复杂的文化认同上的差异,全都纳入"左"和"右"的对峙中来理解,还是文学研究中二元对立思维模式的反映。

前文已经分析了"文化身份"类型的复杂性,具体到新时期文学场域中的每个主体,其文化身份多呈现交融趋势。因为"更多的时候,文化身份是通过性别、血统、种族、地理、家庭、伦理、语言、宗教、民族,国家等这样一系列要素和纽带获得认同的","实际上一个人的文化身份往往是一个复合体,它由一系列的文化认同圈构成","各种认同圈之间发生冲突的时候,有可能导致自我认同的危机和文化人格的分裂",②而中国现当代文学知识分子恰恰就是在没有清楚认识到不同文化认同圈之间有何差异的情况下,把自由主义与民主主义、国家民族主义同时接受下来,从而产生了文化身份认同上的危机。

每个主体的文化认同并不总是凝固不变的,会受到社会历史和意识形态的影响。埃里克森认为:"同一性和意识形态乃是同一过程的两个方面。二者都为年轻个人的进一步成熟提供了必要的条件","一种意识形态体系乃是参与其中的各种意象、观念和理想的集合体,这个集合所依据的,不论是一种系统阐述的教义,一种含蓄的世界观,一种有高度结构的世界意象,一种政治信条,或者的确是一种科学观念,或者是一种'生活方式',都为参与者提供了如果不是系统简化了的,也是在时间和空间中,在手段和方法上表现出前后一贯的全面倾向性"③,新时期文学场域中,贾平凹和王蒙两人的创作经历可谓是意识形态对于个人文化认同有重要影响之例证。

新时期之初以《春之声》、《布礼》等意识流小说引领文学潮流的王蒙,在1983年以后发生文化认同的转变,1983年3月23日胡乔木《致胡耀邦并中共中央书记处》信中写道:"至于中宣部的文艺会议,建议即由贺敬之(时任中宣部副部长)、王蒙(时任中国作协书记处书记)两位新人同志主持,王前不久表

---

① 金惠敏:《总序》,陶东风主编:《知识分子与社会转型》,河南大学出版社2004年版,第1页。

② 参见李文堂:《全球化语境中的文化身份与文化冲突》,《江苏行政学院学报》2002年第3期。

③ [美]埃里克森:《同一性:青少年与危机》,浙江教育出版社1998年版,第175、176页。

示以后专写革命题材,也不再纠缠于意识流等的尝试,对较年轻作家的说服力要比老同志强",特别是 1986 年创作的《活动变人形》更是明确批评"全盘西化"说,与他在 1981 年为朦胧诗"不懂"所作辩解大相径庭,可见社会历史因素,特别是意识形态对于明确个人文化身份的重要影响。

应该说,在中国当代文学史上,如贾平凹这样能从新时期之初"伤痕文学"兴盛时就已经成名,而且创作力保持到今天的作家,为数不多。今天对他的评论研究大都定位在传统文化的继承者和发扬者,特别是他的笔记体小说对于形式的变革,以及对于传统文学观念的反思,都是备受瞩目的。而对于 1982 年召开过一次他的作品讨论会,今天已经很少有人提及了。1982 年《笔耕》文学研究组举行了贾平凹近作讨论会,并且邀请了作协西安分会、西安市文联、省市各文艺报刊的出版单位,以及西安、宝鸡等地的文艺评论工作者。这次会议的级别看来并不很高,但在全国范围内的影响却不小,除《延河》1982 年第 4 期刊登了《记〈笔耕〉组贾平凹近作讨论会》外,《当代文艺思潮》1982 年第 1 期、《当代文学研究参考资料》1982 年第 6 期及《文学研究动态》1982 年第 7 期分别发表了肖云儒整理的专题报道。在笔者访谈贾平凹先生时,从谈话中可以感受到他自己认为这次讨论会对他后来的创作影响深远。那时的贾平凹凭《满月儿》获得 1978 年全国短篇小说奖,在 1980 年 1 月就已经出版短篇小说集《山地笔记》,1981 年又出版了《贾平凹小说新作集》,虽然没有后来《商州初录》系列小说反响那么大,却也可以说在文学界已小有名气。

1980、1981 年间,贾平凹在报刊上又发表了 60 余篇作品,主要是其中出现了不同于 1980 年以前农村题材创作的新特点,才引发了这次讨论会的召开。1979 年之前以《山地笔记》为代表的创作,多是以他自己的童年为素材,写农村各行各业、特别是男女青年的心灵美,从平常生活中发现美,作品中的环境也是为了渲染一种纯净美的氛围。而在 1981 年的作品中流露出对人生的悲剧关注,塑造的人物由幸运儿转为生活的不幸者、畸形儿,鳏寡孤独、流浪女、艺人、残废人等成为经常出现的主角,透露出文化立场转变的苗头,这引起了评论者的注意。1981 年发表的《好了歌》、《二月杏》、《病人》、《晚唱》、《镜子》以及《亡妇》等,被认为是"重于主观感受,艺术变形失之过甚的作品"、"是作者艺术探索的试验品","丑是完整的,美则是零散的,甚至消失在丑之中"①。从 1977 年到 1981 年创作的变化呈现出其开始重视对社会病态的揭示，这既是知识分子文化身份自觉的一种表征，同时也可以看出当时文学界以借鉴西方"现代派"技巧为时髦，这些流行观念(西方"现代派"文学和美学论争)影响的印痕。会上分析了他创作中的传统文化优势，会后，贾平凹坚持深入"生活"去寻找创作根据地，并挖出"商州"这口活井来，最终坚定了传统民族文化身份立场，不能说不是从善如流的结果。但是，曾经有过的文化身份犹疑构成其创作中的内在张力，形成以传统文化为基础、传统与现代互补的文化身份特征，这是其创作能享有盛誉的重要因素之一。

1982 年，拉美作家马尔克斯以《百年孤独》获得诺贝尔文学奖，此事对于中国文学界影响极大，使得一部分文学知识分子，在对待中西文化的继承和借鉴问题上，开始重视中国传统文化因素对于文学"现代性"的意义，这也是 1985 年文坛"寻根"热出现的原因之一。由此可见，新时期文学场域中知识分子文化认同问题的复杂性，并不是凝固不变的，而是一个外因与内因相互作用的动态调整过程。新时期文学场域中，文化身份的差异是文学界分化最重要的原因之一，它不仅表现在作家作品中，而且在文学批评和文学期刊中也有所体现。《时代的报告》与《文艺报》间的较量，可为一案例。

第二节　聚焦《在社会的档案里》

1980 年 3 月，由黄钢、安岗等主编的以发表报告文学为主的综合性季刊《时代的报告》在北京创刊，并被 1980 年 4 月由国际政治学院、中国人民大学、北京大学中文系等十三个高等学校共同发起组织的、在北京成立的"国际报告文学研究会"定为会刊。如果对那个时代有心存偏见的人，今天很难相信，如《时代的报告》这样一种具有如此明确国家意识形态性特征②的文艺期刊，那时竟会如此命运多舛。在仅存的 4 年里，也不过才出版了 1980 年 4 期、

---

① 肖云儒整理:《贾平凹同志创作讨论会简介》,《文学动态研究》1982 年第 7 期。
② 它的国家意识形态特征在其创刊号发刊词《我们连一秒钟都不会迟疑——〈时代的报告〉发刊词》中表露无遗表示要坚持"阶级"的观点，把"反映时代的强音，作为作家的宗旨和毫不隐讳的职责！"，而且坚信"英特纳雄耐尔，一定会实现！"后来刊发的一系列批评文章，以及与《文艺报》的论争都表明了该刊物投合国家主流意识形态的办刊宗旨。

1981 年 4 期、1982 年 12 期、1983 年 12 期,共 32 期,却因为三个事件而连续前
三年都处于新时期文学大潮的风口浪尖:1980 年关于《在社会的档案里》评价
的争论;1981 年对剧本《苦恋》的批评;1982 年则因为所谓"十六年"问题而被
批判,几乎成为众矢之的,最终落得个承认错误被迫改版、更换主编的结局。
这三个论争事件,同时也划出三个时期,期间与《时代的报告》针锋相对者,可
首推以反映文艺界心声为己任的《文艺报》。

剧本《在社会的档案里》可以说是 1980 年引起轩然大波的一部文学作
品,据《电影创作》的同志介绍,《在社会的档案里》发表之后,该期刊物严重脱
销;收到几百封读者来信,其中有百分之九十对作品采取肯定态度,并且往往
是最热烈的颂扬①,也因此引起文艺界及领导者的极大关注。这些年轻人创
作的剧本在四次文代会上就曾引起争论,后由中国剧协、中国作协、中国影协
联合从 1 月 23 日一直开到 2 月 13 日的剧本创作座谈会,专门探讨有争议的
剧本《假如我是真的》、《女贼》、《在社会的档案里》等。这次为期 20 天的会
议,一度被文艺界盛赞为开了国家领导人与界内人士平等讨论文艺问题的先
河。《文艺报》所刊文章大多是按照有利于繁荣文艺创作的意义理解,落脚在
这次会议创造出的"民主"氛围上。而《时代的报告》的立场则截然不同,颇有
针尖对麦芒的味道。

《时代的报告》在创刊号上发表的该刊评论员文章《"在社会的档案里"向
我们提出了什么问题?》和一封群众来信《这是一份什么样的"社会档案"?》,
直言对剧本《在社会的档案里》的批评态度,遭到了《文艺报》上连续几期都发
表文章:周介人《它在哪里失足?——关于"本质论"的商讨》、杜高、陈刚《我
们需要怎样的文艺批评?——读〈时代的报告〉评论员文章有感》、马德波《矛
头、焦点和倾向——关于〈在社会的档案里〉及其评论》、王若望《不要虚张声
势》等进行声讨,"除了《文艺报》接二连三的文章纷纷赠与《时代的报告》这
一很重的政治罪名以外,《人民日报》文艺部在一九八〇年八月二十七日第五
版发表的某篇署名文章,也赠与了《时代的报告》同样的罪名!"②可见,批评

① 艺军:《〈在社会的档案里〉四题》提到此事,《文艺报》1980 年第 5 期。
② 徐延春:《社会主义的光明本质与格瓦拉道路——评〈文艺报〉所载〈它在哪里失足?〉》,
《时代的报告》1981 年第 1 期。

此时被认为是"打棍子",是如何不得人心!

相比起《时代的报告》坚持从政治立场出发批评《在社会的档案里》,《文艺报》表面上采取中庸态度,即同时坚持了艺术和政治的双重标准,实则为达到繁荣社会主义文艺目的,更多地是站在文艺界的立场上以艺术标准为主,鼓励支持的意见居多,特别是曲六乙《艺术是真善美的结晶》认为"这些作者对生活与艺术的思考,具有思想解放、破除迷信和勇闯禁区的特征。他们为了'揭示病苦,引起疗救的注意',力排虚假而以赤裸裸的真实描写来干预生活,揭示令人触目惊心的社会阴暗面"①,基本上是肯定。《时代的报告》与《文艺报》分歧的产生离不开当时的文学语境:文学与政治关系的探讨,这不仅是文艺界关心的话题,而且得到了社会各界的普遍关注。也可以说,《时代的报告》与《文艺报》在如何评价剧本《在社会的档案里》上产生的分歧,很大程度上是根源于对文艺与政治关系问题的不同理解。尽管争论的起因在于对该剧本的不同评价,为了获得政治保证和理论依据,这些论争文章的落脚点大都在"双百"方针和艺术民主上,遵循的主要还是政治话语为主要评价标准的文学批评方式。

由于经历过"文革"禁锢,在"双百"方针的旗号下复出的文艺界人士,大都变得极为宽容,当时文艺报刊上所发表的评论文章对新出现的文学创作大多是鼓励、颂扬之词,并且要求文艺体制改革的呼声如日中天。正是在这种背景下,1980 年 7 月 26 日《人民日报》发表社论《文艺为人民服务、为社会主义服务》,用"文艺为人民服务、为社会主义服务"的口号取代"文艺从属于政治"的提法。文艺期刊竟然敢于大张旗鼓地对政策发言,并能最终赢得国家主流意识形态的支持,这是新时期相对独立的文学场域正在生成的标志,也是当时重视知识、提倡专业化正逐渐成为社会主流意识形态的反映②。

在文艺界追求独立的这种大气候下,甚至在《人民日报》已经发表了社论

---

①　曲六乙:《艺术是真善美的结晶——对〈假如我是真的〉、〈在社会的档案里〉等作品的感想》,《文艺报》1980 年第 4 期。

②　这种大气候能够得以形成,最早可以上溯到 1978 年 5 月 27 日中国文学艺术界联合会第三届全国委员会第三次扩大会议的召开和中宣部副部长、文化部部长黄镇同志在会上所作的讲话:《在毛泽东革命文艺路线指引下,为繁荣社会主义文艺创作而奋斗》,《文艺报》1978 年第 1 期。

《文艺为人民服务、为社会主义服务》,不再提"文艺为政治服务"的口号以后,仍然固守文艺为政治服务立场的《时代的报告》一创刊就饱受攻击,也不难理解了。如此不合时宜,就难怪它在3月出版了创刊号后,原本该在6月出版的第二期,竟难产到9、10月份,甚至有的被拖到12月份才到读者手中,以至遭到读者来信批评①。虽然《时代的报告》自创刊之日起就举步维艰,应该说《时代的报告》在1980年创刊也有其顺应时代潮流的一面,某种程度上也反映出当时文学场域中,存在着多声部而不是单一的文学观念。

在1979、1980年间,"文艺为政治服务"的口号被"文艺为人民服务、为社会主义服务"所取代,可以说是文学实践——关于"文艺与政治"关系如火如荼般讨论——迫使文艺政策作出的一次调整。虽然如前面提过的文艺界内人士曾把黄安思《向前看呵! 文艺》和李剑《"歌德"与"缺德"》两篇短论批驳得几乎体无完肤,一时成为众矢之的,暴露"伤痕"成为时髦。但对于文学作品中出现的一批用自然主义的方法,在追求"真实"、"暴露"伤痕的幌子下,编造离奇情节、趣味庸俗低下,专为投合群众喜好的俗文学作品的现象,也已经引起时人的警惕。很多文章评论的关注点已经由对"题材"突破的颂扬,转到对作家艺术风格、创作技巧、社会职责的评价。这在1979年还不太明显,只是一小部分,从读者来信和有些作家、批评家的评论文章中都可以看出。特别是到了1980年,引起越来越多文艺界人士的重视,提出作家的社会职责和作品的社会效果问题。比如,在《文艺报》组织召开的,有在京的文学评论家、作家、文艺编辑、大学文科教师一百余人参加的座谈会上,王蒙、公刘、白桦、从维熙都对现在创作中出现的某种倾向进行了质疑。从维熙认为"作家要对自己的作品负责,一经问世,就不再是个人的私产,而是整个社会的财富。我接触过三教九流的人,一个小偷告诉我某些作品出来后,有的人就把自己的错误完全归罪于社会根源。这种反应不值得作家深思吗? 现在许多刊物很忌讳提理想化和浪漫主义。但是如果不塑造一些带领群众向四化进军的人物,像蒋子龙的乔厂长,而把一些没能很好研究过的人物放在舞台上、书本里,发展下去对

---

① 丹东绢绸厂读者刘至全在信中写道:"订了第二期,就天天盼。盼到九、十月才见到第二期";而湖南省新化县水泥厂工人罗建国在其写于1980年12月18日的信中,写到"贵刊《时代的报告》竟印行如此之慢(迄今为止才收到第二期)",《时代的报告》1981年第1期。

我们的文学很不利"①，严家炎也指出，有些作品存在着为了达到某种效果而随意编故事的倾向。不仅是文艺界内人士如此，很多读者也曾来信表示不满，《时代的报告》就生于此时。

而且，此时的主流意识形态出于对文艺界的信赖，仍主要站在同情与鼓励文艺繁荣的立场上。应该说，这一阶段国家主流意识形态对文艺界的态度是比较暧昧的，主要体现在召开的有国家领导人出席的几次文艺工作会议及他们在会议上的讲话，尽管邓小平在1979年强调要坚持"四项基本原则"，但在四次文代会的祝词中认为"回顾三年来的工作，文艺界是很有成绩的部门。文艺工作者理应受到党和人民信赖、爱护和尊敬"，并且指出"党对文艺工作的领导，不是发号施令，不是要求文学艺术从属于临时的、具体的、直接的政治任务"，"写什么和怎样写，只能由文艺家在艺术实践中去探索和逐步求得解决。在这方面，不要横加干涉"，这成为1980年召开的全国剧本创作座谈会、全国文化局长会议、全国文学期刊编辑工作会议以及文艺论争自觉遵守的潜在原则。此时文艺政策虽然时紧时松，绝大多数时候，还是落在了"放"的上面，1980年7月26日《人民日报》发表社论《文艺为人民服务、为社会主义服务》，正式声明废除"文艺为政治服务"的口号，可谓一个有力明证：在"文艺与政治"关系问题上，国家主流意识形态摆出的是一副与文艺界结成同盟的姿态。因此，"打着共产主义大旗"新创刊的《时代的报告》所表现出的文学观和价值观，虽然是有些社会基础，但这基础却很薄弱，所以到1981年的《时代的报告》也只能艰难地维持在一年只出版四期的季刊水平。

第三节　"苦恋"风波

《苦恋》是白桦发表在1979年9月出版的《十月》第3期上的剧本，后被长春电影制片厂导演彭宁于1980年底拍摄完成电影《太阳和人》，由于电影并未在全国范围内公开放映，1979年9月到1981年底间争论的依据大多为已经公开发表的剧本《苦恋》。

---

① 　向川：《关于反映社会生活中新问题的探讨——记本刊召开的部分在京作家评论家座谈会》，《文艺报》1980年第1期。

　　电影剧本《苦恋》的发表之初,文艺界就存在不同意见的声音,但并未产生多大影响。引起中宣部特别关注是由于长影厂准备拍摄成电影《太阳和人》,时任中宣部部长的王任重要求文化部电影局调查具体情况。5 月 21 日,王任重与书记处的同志一起看了样片后,要求"修改不好电影剧本,就不要拍",文化部电影局开始组织修改该片,中宣部同意按照长影报请的修改意见拍摄,但在该片送审时,发现基本并未按照修改意见修改。

　　1981 年初在内部放映征求观众意见时,对于由《苦恋》拍成的电影《太阳和人》的态度可分为反对和赞成两种意见。中宣部持反对意见居多,但认为还可以修改;根据陈播的回忆,文化部由代部长周巍峙同志接手处理这件事,他认为,这部片子是有错误的,我们电影局的意见是对的。另一方面,根据王任重同志的意见,他强调,对这部片子要民主,要修改;军队其时正逢全军政工会议,与会者大都看了片子,基本持反对意见;中央党校方面的意见,在陈登科 1981 年 2 月 8 日的日记中透露了一点,听李广涛同志讲,"中央党校看了《太阳和人》电影,意见很不一致,有的说这是毒草,也有人说好,还有人说白桦本来就是右派。看来搞文学工作的人太危险了"①。而文艺界意见也分歧极大。在 1981 年 1 月由《电影艺术》、《大众电影》两家杂志出面联合召开,实际由电影家协会主持的"电影创作和理论座谈会"上,按惯例在电影局审检后,为中国电影家协会放映了一场,后来应白、彭要求又加映了一场,他们还邀请了一些外国人来观看。放映后,《大众电影》编辑部应白、彭的要求,召开了一次座谈会,根据罗艺军的回忆,"会议上确有一些对影片持批判态度的人,可一发表意见就被赞扬派的人打断,形成一边倒的趋向。这里的原因有会议的气氛问题,但更主要的是白桦和彭宁的态度","经做工作,才有一位珠影的同志发言,基本否定影片",②可见,此时文艺界主流意见还是支持者占上风。但在此期间,黄钢把《太阳和人》产生的过程写成报告,送给中央纪律检查委员会,要求中纪委介入,中纪委讨论后,对此事的处理也很慎重,询问中宣部是否要中纪委出面处理,在征求周扬意见后,王任重根据周扬

---

① 《陈登科文集》第 8 卷,燕山出版社 2003 年版,第 527 页。
② 参见徐庆全:《〈苦恋〉风波的前前后后》,《风雨送春归:新时期文坛思想解放运动记事》,河南大学出版社 2005 年版。

等人的意见①回复中纪委：电影正在修改，还是由文艺工作的领导部门来处理，不然会使文艺界更紧张了。

　　至此，关于《苦恋》的论争都还在文艺界内部进行。与文艺界采取息事宁人的态度截然相对的是，军队正酝酿着一场大规模的"批评"。既然军队在1月份就曾表示反对意见，为什么《解放军报》到四月份才开始呢？应该说这与国家领导人的一次讲话有极大关联。1981年3月27日上午，邓小平在听取解放军总政治部负责人韦国清、梁必业、华楠汇报解放军学习贯彻1980年12月中央工作会议精神的情况时，着重就反对错误思想倾向问题发表谈话。在谈到第八个问题时，提到《苦恋》："对电影文学剧本《苦恋》要批判，这是有关坚持四项基本原则的问题。当然，批判的时候要摆事实，讲道理，防止片面性"②，尽管他也特别强调，"对'左'的错误思想不能忽略，它的根子很深，重点是纠正指导思想上'左'的倾向，但只是这样还不能完全解决问题，同时也要纠正右的倾向。对'左'对右，都要做具体分析。纠正'左'的倾向和右的倾向，都不要随意上'纲'，不要人人过关，不要搞运动"③，但还是成为有偏"左"倾向之嫌者批判《苦恋》的依据。

　　1981年对《苦恋》的批判，可以1981年6月8日《人民日报》顾言《开展健全的文艺批评》为界分为前后两期，前期主要集中在四、五月份，还是以期刊为主要阵地、以文艺论争的形式进行；后期则是从7月中下旬开始，召开思想战线座谈会在全国范围开展反对资产阶级自由化，以批评和自我批评为主要方式来检讨之前的文艺工作。4月20日《解放军报》以近整版的篇幅，发表署名为"本报特约评论员"的文章《四项基本原则不容违反——评电影文学剧本

---

　　①　张光年：《文坛回春纪事（上）》："3月2日，上午到周扬处参加核心组例会，……黄钢借《太阳和人》电影事件向中纪委写报告，要求调查出笼经过，追查支持者。周扬在会上征求意见，默涵支持黄钢，贺赞成调查，陈荒煤和我表示反对，夏衍、赵寻、陆石等也不赞成作为违纪事件处理。我第一次同默涵公开争执。"虽然有林默涵、贺敬之的支持，会议还是认为，中纪委不应介入此事。

　　②　邓小平：《关于反对错误思想倾向问题》，《邓小平文选》第2卷，人民出版社1994年版，第382页。

　　③　中共中央文献研究室编：《邓小平年谱 1975—1997》（下），中央文献出版社2004年版，第727页。

〈苦恋〉》，掀开批判的帷幕①。《解放军报》"特约评论员"的文章发表后，《北京日报》在 4 月 23 日发表了何洛的《我观〈苦恋〉》（稍后被《解放军报》转载）。随后，《时代的报告》、《文学报》、《红旗》杂志、《长江日报》、《湖北日报》（后两份报纸均为白桦武汉军区所在地的党的机关报），也发表了对《苦恋》的批评文章。与此同时，刘白羽主持的解放军总政治部文化部，编印了系列材料：《关于批判〈苦恋〉的部分情况汇报》，上报中央军委和邓小平，邓小平阅后"批示印发中央政治局、书记处各同志"②。在前期的批判中，黄钢所主编《时代的报告》被认为是与《解放军报》发起的批判配合最好、影响最大的报刊。在 4 月 23 日出刊的《时代的报告》增刊上，不但发表了黄钢以"电影文艺评论员"的身份写的《这是一部什么样的"电影诗"？》、该刊观察员写的《〈苦恋〉的是非，请与评说》，而且还再次发表了《苦恋》的剧本，以供批判用。并且就在同一天黄钢应邀在《中国青年报》第十四次记者会上就"文艺问题"发表演讲时，不仅为带到会场的《时代的报告》增刊做广告，而且还较多地谈到对《苦恋》的批判问题，把矛头对准周扬，引起文艺界人士的普遍反感。

　　1981 年 2 月由中宣部召集的、历时三个月的、在京的文艺界党员领导骨干会议上，"围绕着《太阳和人》该不该批、如何批以及对文艺和自由化怎样看的问题，展开了热烈的讨论。会上的交锋很尖锐。除了在中南海开大会外，还分别开小组会。我被分配在沙滩大院那个组，同韦君宜、艾青、陈企霞等在一起。小组会上，发言人无一例外地反对以黄钢为代表的《时代的报告》和《北京日报》无限上纲地对《苦恋》的讨伐"③，表明此时的文艺界，相比起作品的倾向性更关注文学批评的方式问题。这样的立场在文联所主办刊物《文艺

---

　　①　在此之前，就已经开始用"社论"造势和"读者来信"的响应为批判《苦恋》作铺垫了。4 月 17 日，《解放军报》在头版头条发表题为《坚持和维护四项基本原则》的"社论"，其中有近三分之一的篇幅专门批评了文艺界的"违反四项基本原则的现象"和"资产阶级化自由化的倾向"。4 月 18 日，《解放军报》第三版以半个版的篇幅发表部队读者批评《苦恋》的 3 封"来信"。其中来自白桦当时所在的"武汉部队"的信——《一部违反四项基本原则的作品》提出这样的吁请，"我们看了电影文学剧本《苦恋》，深深感到这个剧本和党中央一再提出的四项基本原则的精神背道而驰。对这样有严重错误的作品，我们希望报刊展开批评，使人们具体生动地看到：什么样叫违反四项基本原则，怎么样才能更好地坚持和维护四项基本原则。"

　　②　分别于 4 月 30 日、5 月 12 日批示。中央文献研究室编：《邓小平年谱 1975—1997》（下），中央文献出版社 2004 年版，第 736、742 页。

　　③　牧惠：《知识无罪》，香港天地图书公司 2001 年版，第 82—83 页。

报》、《新观察》中也有所体现。中国文联的机关报《文艺报》最早对批判《苦恋》作出反应的是于 1981 年 5 月 22 日出版的第 10 期，该期刊登了钟枚《对〈苦恋〉的批判及反映》，以综述的形式表明自己的立场，"目前本刊收到的来稿及来信共十二件，除对《苦恋》提出自己的看法外，其中十件对上述对《苦恋》进行批判的做法提出了不同意见，认为特约评论员文章，对文艺创作的批评'采取了不够慎重的方法'，'使得社会效果适得其反'"、"此外两件来信对军报特约评论员的文章表示赞同"①，看似不偏不倚，但从文中所谈"读者来信"赞同与反对的比例或可窥其态度。在第 11 期上刊发了巴金、张光年在全国优秀中篇小说、报告文学、新诗评选发奖大会上的讲话，并配发了社论《文学艺术的新局面》，强调"文学艺术的新局面来之不易，……我们要巩固这个新局面，发展这个新局面"，而对于中央发出"坚持四项基本原则"的要求、批判《苦恋》只字未提。不仅如此，在 7 月初出刊的《文艺报》第 11 期上还转载了《北京科技报》的"读者来信"——《〈时代的报告〉的提法值得商榷》（李景芳）、《在〈时代的报告〉的提法背后》（华正茂），点名批评《时代的报告》的粗暴文风②。而《新观察》则邀约白桦作《春天对我如此厚爱》一文，发表在第 14 期。

《人民日报》也分别于 6 月 8 日、6 月 24 日发表署名为"顾言"的文章《开展健全的文艺评论》，对《苦恋》事件中种种过"左"的做法，从正面做出批评，还有文章《周扬在全国优秀中篇小说、报告文学、新诗评选发奖大会上的讲话》，文中重申"双百"方针不变，力求平息"苦恋"风波，而拒不转载《解放军报》的文章。至此，前期对《苦恋》的批判以文艺界反对"左"态度的胜利告一段落。《苦恋》风波也牵动着国际舆论从合众国际社、美联社、法新社、路透社的北京 6 月 8 日、6 月 24 日电中可知，他们也对《人民日报》的姿态作出积极反映，把这看做是中共中央的立场③。1981 年 8 月 3 日胡耀邦在思想问题座

---

① 钟枚：《对〈苦恋〉的批判及反映》，《文艺报》1981 年第 10 期。
② 《文艺报》还发表了一些批评粗暴批评方式的文章：陈思：《从"惊恐症"谈起》（第 12 期）；白桦《对于文艺批评中某些现象的看法》、王蒙《把文艺评论的文体解放一下》（第 15 期）。
③ 参见《外电评〈人民日报〉发表顾言文章〈开展健全的文艺评论〉》、《外国记者评周扬在优秀文学作品评选会的讲话》，新华通讯社编：《参考要闻》1981 年 6 月 9 日（下午版）第 350 期、1981 年 6 月 25 日（下午版）第 352 期。

谈会上的讲话中指出"为什么对《苦恋》批评还要补上一课呢?"一是《苦恋》不是孤立现象;二是国内外有人大肆歪曲。

所谓后期对《苦恋》的批评,大都以1981年7月17日《关于思想战线上的问题的讲话》为起点,主要包括随后于8月3日召开为期一周的中央、地方、军队三方面共三百人的"思想战线座谈会"和8月20日召开的"首都部分文艺家学习小平同志、耀邦同志关于思想战线问题重要指示的座谈会"。尽管在全国从中央到地方各级关于思想战线问题的座谈会上,仍是以《苦恋》为主要批评对象,但从报刊所发表批评《苦恋》的文章来看,只局限在文艺界内。邓小平在1981年7月17日与周扬、王任重、朱穆之、曾涛、胡绩伟的谈话中指出,"《解放军报》现在可以不必再批了,《文艺报》要写出质量高的好文章,对《苦恋》进行批评。你们写好了,在《文艺报》上发表,并且由《人民日报》转载。"①邓小平的谈话传达后,《解放军报》对《苦恋》的批判终止,取而代之的是根据邓小平谈话的精神,畅谈对文艺界形势的认识和党对文艺的领导等问题。《文艺报》也围绕同一问题刊登了许多文章,实现了有关文艺问题在舆论上的统一。《文艺报》1981年第19期发表唐因、唐达成《论〈苦恋〉的错误倾向》,并被《人民日报》1981年10月7日予以全文转载,既坚持了文艺问题由文艺界自己解决,也表明文艺在单独与政治权力抗衡时的软弱性。《苦恋》事件的结束,对内是以白桦写于11月份发表在《文艺报》1982年第1期《关于〈苦恋〉的通信——致〈解放军报〉、〈文艺报〉编辑部》作出自我批评,对外则是靠发表于1981年12月30日中国香港《新晚报》的访谈《白桦说事情过去了》②来消除负面影响,表明个人与国家舆论统一的民族立场。

就其本质而言,《苦恋》事件是新时期之初文学场域体制重建过程中的一块试金石,是政治与文艺在文学场域中的一次不动声色的较量,是政治试图拉回踏着"创作自由"步子越走越远的文艺的一次有效尝试。无论批判的支持者,还是反对者都认为剧本《苦恋》在倾向性上是有问题的,二者的分歧主要在于采取何种方式进行批评。《解放军报》及《时代的报告》所运用的偏"左"

① 《关于思想战线上的问题的谈话》,《邓小平文选》第2卷,人民出版社1994年版,第393—396页。

② 《香港〈新晚报〉文章:〈白桦说事情过去了〉》,《文艺情况》1982年第4期。

的批评方式,不仅令大部分文艺界人士极为反感,也并没有得到领导机构的完全认同,中宣部文艺局局长李英敏在 1981 年 5 月 24 日中国电影家协会召开的电影百花奖、金鸡奖获奖人员座谈会上的讲话中在谈《苦恋》问题时,强调"批评也要采取稳妥、适当的方式,要注意效果。不能搞得剑拔弩张,张牙舞爪,好像要再抓一次右派了"①。在"反左"问题上的一致性,是文艺界与国家领导决策层在《苦恋》事件中能够得到沟通的基础,增强了相互之间的信任,并达成妥协:"双百"方针坚持不变,"四项基本原则"也绝对不可以动摇。如果说《苦恋》事件之前,在文学场域中用"双百"方针反"左",同时用"坚持四项基本原则"反"右",还是文艺政策的一厢情愿,此后,坚持四项基本原则也成为文艺界开始自觉运用的评价标准,坚持两分法②成为新时期分析文艺问题的重要思维模式。

　　国际舆论的介入,是《苦恋》风波中不可忽视的另一重要因素。胡乔木1980 年 7 月 30 日"致胡耀邦"的信中谈到,"现在党内围绕反对宣传毛泽东思想问题逐渐形成一股思潮,这是与党内政治生活准则第一条的规定不相容的。这股思潮可能传到党外或与某种党外的思潮相结合,中国香港的《七十年代》等刊物和国内地下刊物都可能成为传播的媒介。这种动向值得注意"③,正是基于这样的认识,才会有《苦恋》事件中他不依不饶地要求坚持批评立场。《苦恋》事件的发生,说明阶级斗争仍然是此时国家领导阶层对国际形势认识的重要内容,同时也表明新时期之初中国知识分子对如何建设现代民族国家的认识正处在由"阶级民族主义"向"经济民族主义"过渡的阶段,二者的矛盾可见一斑。

　　基于上述对国内、国际形势的认识,抵制国内顽固僵化的"左"倾思想和防范国际上"右"倾资产阶级自由化思想,成为新时期文学体制改革长期面临的首要任务。而"双百"方针与坚持四项基本原则的坚决执行,就是对"左"、"右"两种错误思潮抵制的有效方式。

---

①　《对当前文艺形势的一些看法》,《文艺情况》1981 年第 12 期。
②　胡耀邦在 1981 年 12 月 27 日接见全国故事片创作会议代表时的讲话中,明确提出对待文艺问题,要"采取两分法的科学态度和方法,加以分析"(胡耀邦:《坚持两分法更上一层楼》,《红旗》1982 年第 21 期)。
③　《胡乔木书信集》,人民出版社 2002 年版,第 282 页。

第四节　所谓“十六年”

　　但是到了1981年下半年,形势就有所不同了。《时代的报告》能得以维持到1982年并改为月刊,应该说很大原因是受益于它在1981年的《苦恋》风波中的表现,更确切点说,是得到政治援手。应该说,自中国文联和作协恢复活动以后,到1980年之前的文学场域内,主要是通过中国文联和作协来组织、管理整个社会的文学知识再生产活动,也极少出台专门管理期刊、书籍出版的法规,文艺问题的论争大多是由界内人士自己讨论解决。在文艺领域坚决贯彻“双百”方针已经基本成为整个社会的共识,特别是邓小平在四次文代会祝词中提出的“三不主义”(不打棍子、不戴帽子、不抓辫子)和“不要横加干涉”,被文艺界奉为抵御政治压力、突破题材禁区的法宝。

　　国家文艺政策一再顺应文艺界要求:题材禁区已突破,创作手法几乎可以无所不用,但要求作家注意社会效果。不过,这也遭到文学创作僭越和有些评论文章不留情面、不遗余力地攻击。评论文章可以谢云《“社会效果”漫笔》为代表,他在文章中直言不讳地跟要作家注意“社会效果”的论调叫板,提出“也许有人会说,难道党的政策不能作为判定作品社会效果的依据吗? 我要说,正是这样。判定作品社会效果,只能看它是否有助于人们正确地认识社会生活,是否有助于提高人们的精神境界,是否有助于推动历史的前进,而不能是其他。因为党的政策本身,也还要经受社会实践的检验呢”,要求“考虑自己行动的社会效果,其实不应该只是作家们的专利品,而是所有社会成员、特别是那些处于各级领导岗位上的干部们,都必须承担的社会责任”。①

　　原本以为只要用“双百”方针在社会场域中给文学划出界线就可以高枕无忧了,这片“百花齐放”的文学园地,通过“百家争鸣”,良莠自见分晓。却不料文艺背离政治的身影越走越远,出现了诗歌《将军,请你洗一洗》(叶永福)、剧本《苦恋》等这样一些思想倾向上似乎要对国民的爱国主义精神提出挑战的文艺作品,再联系起一段时间以来的较为混乱的社会治安状况,引起了国家领导人对《苦恋》的高度重视。《苦恋》事件的具体过程在前文已有详细论述,

---

　　① 谢云:《“社会效果”漫笔》,《文艺报》1980年第12期。

此处重点分析以《文艺报》为代表的文艺界与《时代的报告》矛盾所在。

在《苦恋》风波中《时代的报告》与《文艺报》短兵相接,形成对垒的阵势。《文艺报》除了转载《北京科技报》的"读者来信"——《〈时代的报告〉的提法值得商榷》(李景芳)和《在〈时代的报告〉的提法的背后》(华正茂),直接表明自己的对立姿态之外,还在第 15 期发表白烨的《对于文艺批评中某些现象的看法》和王蒙的《把文艺评论的文体解放一下》,用影射的方式间接表达自己的立场。虽然《苦恋》事件后来是以《文艺报》也刊登批评文章并在其中作了自我批评而告终,但在 1981 年 8 月 20 日举行的"首都部分文艺家学习小平同志、耀邦同志关于思想战线问题重要指示的座谈会"上,大家基本上有了默契,就是不再指责《解放军报》而对黄钢提出了指责,这说明此时大部分文艺界人士还是支持《文艺报》的立场,而《时代的报告》则是如此不得人心。

《时代的报告》在文艺界开展批评后,面临着逐渐失宠的命运。以《文艺报》为代表开展自我批评,并且在后来的批评过程中《文艺报》为清除《苦恋》事件的负面影响,除在 1981 年 19 期上发表唐因、唐挚的批《苦恋》文章,于 1981 年第 22 期发表孙静轩进行了深刻的自我批评的文章《危险的倾向深刻的教训》外,还特别在 1982 年第 1 期上发表基凯《文艺的春天常在》,论证加强马克思主义文艺批评的合理性,认为高水平的文艺批评是文艺春天常在的重要保证。还有各地思想问题座谈会的召开,以及当事人的诚恳反省态度①,使《苦恋》事件成为沟通文艺界和领导者的桥梁。在坚持四项基本原则的大前提下,政治与文艺重新结盟继续深批"左"倾思想,《时代的报告》在此后的命运就可想而知了。《时代的报告》在批《苦恋》中越权出风头的表现,使之更成为众矢之的。

1982 年的论争,无疑是由《文艺报》挑起的,起因则是当《文艺报》的第一、二期正忙于为"繁荣和发展散文创作"时,《时代的报告》于 2 月号首先

---

① 孙静轩:《危险的倾向深刻的教训》中检讨自己曾有过的错误看法,"有人说,白桦同志的《苦恋》是这种错误思潮的代表,我想,岂止《苦恋》这一部作品,也还有其他一些消极的、不健康的、有害的作品。我的《一个幽灵在中国大地上游荡》这首诗,尽管同《苦恋》有不同之处,但也有相似之点,也可以说是资产阶级自由化思潮的产物,代表了当时的一股错误的社会思潮"。《文艺报》1981 年第 22 期。

推出"重新学习《在延安文艺座谈会上的讲话》"专栏,引起全国范围内对《讲话》的讨论。由于中宣部发出就《在延安文艺座谈会上的讲话》发表四十周年开展学习和研究活动的通知,而当时文艺界对于如何看待"毛泽东文艺思想"还存在很大分歧,在《文艺报》还没有反应之前,《时代的报告》开辟"重新学习《在延安文艺座谈会上的讲话》"专栏后,主要在一些高校学报上得到响应,在1982年8月前,全国文艺报刊共发表纪念《讲话》文章88篇。

最早是安徽省文联于1982年3月19日组织了《安徽文学》、《清明》、《戏剧界》三个刊物编辑部的负责人和评论编辑人员重新学习《讲话》精神,并研究讨论和落实各个刊物准备发表的专题纪念文章,在座谈会讨论过程中,大家除着重谈了重新学习《讲话》的重要意义外,一些同志质疑《时代的报告》二月号以重新学习《讲话》为题所刊载的一组文章,特别是该刊的"本刊说明"中的若干提法。被《文艺报》编辑部的同志获悉后,以《一个值得注意的原则问题》为题刊在4月21日出版的内部资料《文艺情况》(1982第7期)上,同时还刊发了读者来信《这究竟说明了什么》,并在《文艺报》1982年5月号发表雨东《一个值得注意的原则问题》,开始对期刊《时代的报告》进行批评。

其后在《文艺情况》第12期刊载了《关于〈时代的报告〉"本刊说明"引起的论争》一文,对论争的起因做了这样的描述:"这个'本刊说明'引起了许多文艺工作者的强烈反映。一些报刊相继发表文章,对'说明'所阐述的观点提出异议,其中有:《文汇报》四月二十三日狄英的《对一个提法的质疑》,《上海文学》五月号郑伯农的《科学对待毛泽东同志的文艺思想》,《安徽文学》六月号的座谈会发言摘要《对'十六年'提法的异议》,《芒种》六月号东子今的《关于克服'自由化'倾向的思考》",最后才提《文艺报》五月号雨东《一个值得注意的原则问题》和六月号辛旭《"十六年"无差别吗?》,而对于最早是由4月21日出版《文艺情况》刊载《一个值得注意的原则问题》,在各地方文联内部通报的事实避而不谈,可见其在尽力回避挑起事端的责任。《时代的报告》七月号又重新刊登了"本刊说明",加了编者的话,并以"读者来信来论"为栏发表《也和〈文艺报〉争鸣》等四篇文章,除对《文艺报》五月号的《一个值得注意的原则问题》提出反批评外,还对《文艺报》做了毫无根据的指责。"在这种情况下,《文艺报》八月号发表了关林的《分清是非,辨明真相》一文,对《时代的报告》七月号提出的一些错误论点和表现出的不严肃的态度进行了批评。"①

二者争斗的白热化是在 1982 年 7、8 月份。针对《文艺报》掀起的批"左"声势,《时代的报告》在 7、8 月号连续发表 9 篇与《文艺报》针锋相对的反批评文章:7 月号 4 篇:薛亮、方含英《一篇玩弄诡辩术的奇文》;彭泽、严汝《应当研究新情况新问题》;郑显国、文正《实事求是地正视问题是新时期的优良作风——与雨东同志商榷》;梁军《也和文艺报争鸣》。8 月号 5 篇:余一卒《兴师动众为何来?——初评〈文艺报〉的署名文章〈一个值得注意的原则问题〉》;徐夕明《对〈文艺报〉批评〈本刊说明〉的异议》;高洁《为什么要在"十六年"上大做文章?》;邓斌《也谈十六年的差别问题——评〈文艺报〉今年六期辛旭文章》;豫林《〈文艺报〉批"十六年"的文章不能自圆其说》。但在策略上明显略逊一筹。

与《时代的报告》所发表的犀利反驳态度相比,《文艺报》和《文艺情况》都以看似客观论争的姿态,在发表大量批评意见的同时,总要加上一篇赞同《时代的报告》的文章作为点缀,例如在 9 月 11 日出版的《文艺情况》上,刊发了一组文章《对〈时代的报告〉"本刊说明"的争鸣》,由于此时大势已定,在发表了黎晖《应该正确评估近几年的文艺工作》、汪宗元《文艺批评要实事求是》、何满子《这样的提法是错误的》、李贻贵《讲一点语法知识》、胡秉之《不要移转论争的焦点》、谭必久《对待批评应采取虚心的态度》,对《时代的报告》从不同角度进行批评之后,又加上文丁《"本刊说明"何罪之有》表明其批评的客观性,也因此赢得了更多的同情者。正是凭借内外配合的方式,《文艺报》最后取得了这场"论争"的胜利。中宣部 7 月 21 日发出通知,希望各地宣传、文化、艺术部门关心和支持办好《文艺报》,通知中指出"《文艺报》是党在文艺工作方面具有指导性的刊物"。"通知说,《文艺报》是中国文联委托中国作家协会主办的全国性综合文艺评论刊物。《文艺报》的宗旨,是宣传、贯彻党的文艺方针、政策,对文艺运动中存在的一些重要问题,进行研究、讨论和批评,

---

① 《关于〈时代的报告〉"本刊说明"引起的论争》,《文艺情况》1982 年第 12 期。

对全国文艺工作、文艺创作和理论批评具有指导意义"①,并提出对各地宣传、文化、艺术部门的三点希望。中共中央正是看到文艺界主流意见对《讲话》中"左"的思想的抵制,无意恢复《讲话》作为解决文艺问题的纲领性文件,因此,于1982年8月重新修改了列宁《党的组织和党的出版物》中译文,关于这一点在前文已有叙述。

恰逢文艺体制改革,"由文化部、文联、作协等有关方面共同组成一个文艺体制改革的联合小组研究和提出方案,报中央批准"②,并进行报刊整顿,《时代的报告》编辑部首当其冲成为被整顿的对象了。经有关领导部门批准,由原人民日报记者部主任田流接任主编,程光锐和林里为副主编,陆石为顾问,且暂不设编委会,原从各地借调的同志都回原单位。在1982年11月17日《文艺报》记者对田流的访谈中,明确"刊物在内容方面,与过去略有不同",主要不同之处就在于"至于文艺方针政策方面的问题均不再发表文章了",并认为过去的编辑部有错误,"有的还是原则性的错误,在党的文艺方针政策问题上,发表过同中央的重要决定不一致的言论",表示"要办好这个刊物,非常需要得到文艺界各方面同志的支持。过去刊物的团结面太小了,今后要团结广大作家和青年文学爱好者"③。改版后的《时代的报告》配发了《致读者》,对编辑部的调整作出说明同时也检讨了以前编辑部的做法,"例如文艺同政治的关系问题和所谓'十六年'的提法发表一些错误的论点"④,并在封底刊载了中国文联、作协主办《文艺报》、《人民文学》、《新观察》期刊的广告,同时还发表了夏衍、陈荒煤、冯牧等文联官员的赞助文章,表明二者的对立已经打破,就此《时代的报告》与《文艺报》间的争斗落下帷幕。

事实上,《文艺报》抓住所谓"十六年"的新提法不放,确实如有些文章已经指出的那样,"在反复阅读了《时代的报告》二月号的《本刊说明》后,却得不

---

① 参见《中宣部发出通知希望加强对〈文艺报〉的关心、协助和支持》,《文艺情况》1982年第12期。

② 《关于下半年的几件工作——贺敬之同志在中国文联四届二次全委会党员会上的讲话摘要》,《文艺情况》第12期。

③ 钟枚、况理:《"我们一定努力把〈时代的报告〉办好!"——访田流同志》,《文艺情况》1982年第19期,第5页。

④ 《致读者》,《时代的报告》1983年第1期。

出《文艺报》上述的结论,只感到《文艺报》在乱扣帽子"①,那么一直坚持文艺问题要自由论争,坚持"三不主义"的《文艺报》,为何会"对《本刊说明》中对《讲话》的正确评价只字不提,对《时代的报告》重新学习《讲话》的倡议不置一词,对整个《本刊说明》的基本精神不作全面的理解,却腰斩全文,抓住个别词句加以曲解,采取攻其一点不及其余的手法,制造耸人听闻的罪行"②呢?在这场论争中,明明是《时代的报告》所作的辩护文章更有理有据,特别是有几篇文章都涉及对辛旭拿"十六年"做文章并联系到《时代的报告》创刊号上的文章要与《决议》相对照的分析,说明《文艺报》刊发的批评文章明显是在故意抓辫子。而《文艺报》的批评文章确实是在"上纲""上线",缘何结果却是《文艺报》胜出呢?

其实也不难理解,当时的很多读者也已经看到并指出这场论争的实质,例如"我们认为,《时代的报告》和《文艺报》的分歧并不是在所谓'十六年的提法'上,而是在文艺界存在不存在资产阶级自由化,要不要反对资产阶级自由化,以及针对这个新问题,要不要重新学习《讲话》等"(《应当研究新情况新问题》);"问题的症结在于双方对文艺上若干重大问题存在着分歧。别的暂且不谈,仅就《原则问题》的若干论点来看,他们对于《时代的报告》的做法,至少有三个不满意:其一,对于提出重新学习《讲话》不满;其二,对于强调反对资产阶级自由化不满;其三,对于认为文艺工作者还需要进行思想改造不满"(《兴师动众为何来?》),主要在于对文艺战线应该主要反"左"还是反"右"、如何对待毛泽东文艺思想等文艺若干重大问题的认识存在分歧。

在论争中,《文艺报》能够获胜主要依靠的是政治力量的介入③,1982年7月17—24日,由中宣部组织召开新中国成立以来的第一次文艺评论工作座谈会在河北省涿县举行,中央直属文艺部门、研究单位、文艺报刊、部队和部分省市的评论工作者、编辑人员共七十余人参加了会议。在为期七天的座谈中,首先学习中央领导同志有关文艺工作的讲话,以及不久前结束的全国文联委员会有关文件,而后就发展文艺评论工作的重要性和紧迫性、文艺评论工作的历

---

① 彭泽、严汝:《应当研究新情况新问题》,《时代的报告》1982年第7期。

② 余一卒:《兴师动众所为何来?——初评〈文艺报〉的署名文章〈一个值得注意的原则问题〉》,《时代的报告》1982年第8期。

③ 《文艺评论工作座谈会》,《人民日报》1982年7月26日。

史经验、近年不可低估的成就和当前存在的问题、缺陷,以及如何进一步组织马克思主义文艺评论队伍等议题,作了深入研究,同时提出新时期文艺评论的任务、方法、措施和当前应着手做的几项工作。讨论是围绕着重大理论、政策、方针等问题进行的。会上还对《关于文艺工作的若干意见》的进一步修改,提出了建议。7 月 21 日会议进行期间,中宣部发出希望加强对《文艺报》的关心、协助和支持的通知,可见中宣部对其支持程度。

　　为《文艺报》作为党的文艺政策代言人的地位正名,这同时也说明:尽管中共中央通过批评《苦恋》事件提出要坚持既反"左"又反"右"的文艺政策,而此时文艺界对于新时期文艺战线主要任务反"左"的认识,也是得到了中共中央(至少是主管文艺工作的中央宣传部)的支持。文艺界与中共中央在反"左"认识上的一致性是他们能够相互妥协的基础,事实上,与中共中央稍有不同的是,作为文学界的主流观念,无论在任何时候都应以反"左"为主的认识一直贯穿新时期文学始终。从《文艺报》与《时代的报告》之间这场持续近三年的对垒和上文已论及的列宁《党的组织和党的出版物》中译文的修改,也可以看出新时期文学体制并不能简单地用霸权理论概括,此时还是以文艺工作者代言人自居的文联和作协在新时期文学体制的重建中起着相当重要的作用,对于如何进行新时期文艺体制改革具有一定发言权。

下篇　新时期文学场域中的知识谱系

　　尽管步履维艰,在文学界人士的积极努力下,新时期文学场域相对独立的轮廓毕竟算是清晰起来了。如前所述,从"四五"天安门诗歌运动到文学期刊已经蔚为大观的 1980 年间,是新时期文学场域重新生成的时期。在此期间,首先引起世人瞩目的文学创作就是"伤痕文学",它为"现实主义"文学知识较早占据新时期文学场域中最佳位置立下了汗马功劳。1979 年,以蒋子龙的《乔厂长上任记》和王蒙的《布礼》、《夜的眼》以及舒婷等朦胧诗群诗人在《诗刊》的出现,标志着新时期文学实现了对"伤痕文学"的超越和创作队伍的分化。

　　对于新时期文学存在的分化现象,很多研究者(特别是当时的研究者)都有所提及,但大部分仅把其归为"现实主义"与"现代主义"二分天下,从文学"现代性"出发,很多学者都持有此种观念,如认为"这种分化,表明中国文学队伍开始形成两支:一支是以蒋子龙、刘心武、白桦等为代表的现实主义文学力量。他们以真实反映现实生活本质、'干预生活'为其追求,以再现生活为艺术手段,以后形成为'改革文学'和'反思文学'。另一支是以王蒙、宗璞等小说家以及朦胧诗群诗人为代表的新潮艺术追求者。他们以表现内心感觉和创造新的艺术样式为追求,以新的艺术感知方式和西方现代艺术技巧为手段,以后发展为被称为'中国式现代派'的新潮文学"①。或是简化为"左"与"右",这主要是由于"文革"期间把"创作方法"、"文学观念"等同于阶级立场的文学批评思维模式在新时期延续的结果。也有学者认为是"三种文学":

　　① 李建平:《新潮:中国文坛奇异景观》,广西人民出版社 1989 年版,第 4 页。还有钱中文《现实主义与现代主义》等研究专著。

一、以经世致用改良社会为崇高使命的"教化型"的"社会文学";二、以娱乐性趣味为审美追求的"宣泄型"的"现代通俗文学";三、以文学自身为目的的"实验探索型"的"纯文学"。[①] 这是以作者创作目的的不同,或者说是创作者的文学观念差异为依据所作的划分。

从谱系的角度来探讨新时期文学场域内的知识类型,我选择了现实主义文学、浪漫主义文学、现代主义文学、国家意识形态文学和通俗文学的分类方法。严格来讲,这五大谱系的分类并不属于同一层面的。如果根据文学知识生产中不同身份、角色来划分文学场域内的知识形态,则大体可以分为三类:以"革命"的名义体现文学知识生产管理者——国家主流意识形态——意志的国家意识形态文学,以市场、读者的审美标准、文学观念为价值取向的大众通俗文学和文学知识分子以知识更新、知识批判为目的的知识分子写作,这是在积累了一定新时期文学场内的资料后根据阅读感受而作出的区分。而选择现实主义、浪漫主义、现代主义、国家意识形态文学、大众文学的概念来进行更细密的划分,首要的前提是,这五种概念都是内涵丰富且有一个纵向流变过程的概念。其次,国家意识形态文学、大众通俗文学的指向都比较鲜明,但知识分子写作则还存在知识谱系上的差别,因此还应作出更细致的区分。由于知识形态有理论型和经验型的区别,某一类型的文学知识在文学理论批评研究和文学创作中的形态也有成体系的理论探讨和创作经验的差异,因此,下面各章关于各种类型的文学知识在新时期文学场域中演变谱系的梳理,主要是从两个方面进行的,在兼顾文学批评与创作之间联系的同时,也会考虑各种类型文学知识间的相互关系。

---

① 许子东:《当代文学印象》,上海三联书店 1987 年版,第 1 页。

第四章　尽显风流的现实主义文学

"现实主义"作为一种批评术语,同时也是一种文学思潮,对于中国现当代文学可算是影响深远、意义重大的舶来品。据波兰现代美学家符·塔达基维奇考证:最先出现在 1821 年一篇题为《19 世纪的墨丘利》的佚名文章中,文章称"忠实地模仿现实提供的原型"的原则"可以称作是现实主义"。① 这是作为创作方法提出的,基本保留在古希腊"模仿说"范畴。马恩文艺理论文献中对"现实主义"的经典论述是在恩格斯《致拉萨尔》的信中,定义为"除细节真实外,还要真实地再现典型环境中的典型人物"②。练暑生在《现实主义》一文对"现实主义"概念进行了粗线条的谱系梳理。他谈及在 20 世纪西方的"现实主义"概念内涵曾发生过泛化趋势以及在中国接受者的不同认识。但是对于在"文革"后文学实践中"现实主义"的表现疏于分析。仅用"八十年代以后,'现实主义'在中国也发生过泛化,提出过'无边的现实主义'概念"③一笔带过,倒是给本文留下了值得填充的论述空间。

第一节　新时期文学批评中"真实性"原则的演变

随着"五四"文学革命进入中国文学场域中的"现实主义",在西方也是文学批评术语中一个非常有弹性的概念,格兰特在《现实主义》中写道:"现实主义"这个术语,由于明显不能以内容、形式或者质的方面的任何描述加以限

---

① [波]符·塔达基维奇:《西方美学概念史》,褚朔维译,学苑出版社 1990 年版,第 385 页。

② 江苏五院校编:《马克思恩格斯列宁斯大林文艺论著选读》,江西人民出版社 1983 年版,第 266 页。

③ 南帆主编:《二十世纪中国文学批评 99 个词》,浙江文艺出版社 2003 年版,第 239 页。

制,又具有难以控制的弹性,当然也是使多数人觉得缺它无妨的奇物。这个术语长期以来变动不居,格兰特对它那难以遏止的吸收修饰语以提供辅助语意的倾向,作出了极其清楚的说明,并列出了一长串名称:批判现实主义、持续现实主义、动态现实主义、外在现实主义、怪诞现实主义、规范现实主义、理想现实主义、下层现实主义、反讽现实主义、战争现实主义、朴素现实主义、民族现实主义、自然主义现实主义、客观现实主义、乐观现实主义……甚至还有于勒·罗曼的"大都会现实主义"①等等。在文学话语实践中,它不仅可以指代一种创作方法,同时也被用于指代一种文学思潮或风格、流派。

因此,本文用"现实主义文学"来指代一种文学知识类型。它具备以下基本特征:1. 在对待现实的态度上,要求作家按照客观世界固有的样式,按照生活本身的逻辑真实地、逼真地反映客观世界。无论是故事情节的发展变化,还是人物形象的形貌和心态,都要客观地、严肃地按生活的固有样式加以描绘,如实表现,使这种描写具有高度的真实感,让读者产生真实可信、身临其境般的感受。2. 对于叙事作品要求运用典型化手法,对生活现象进行概括集中,选择那些最能反映真相,最能揭示生活本质的人和事进行加工,与只注重细节真实的自然主义相区别。3. 艺术表现手法上,往往要求细腻的描绘、客观的叙述、冷静的刻画、朴素的语言。② 在历史上它有古典现实主义、批判现实主义、社会主义现实主义、革命现实主义等不同具体表现。

一、"革命现实主义"对"两结合"的胜利

新时期文学场域重建之初,虽然革命现实主义与革命浪漫主义两结合的创作方法是为国家主流意识形态所提倡的,被定位在"最好的创作方法",但有了执行"双百"方针的保证,"对于各种文艺作品,不应该求全责备,只要政治上有利于工农兵,有利于党的领导和社会主义道路,艺术上有一定的水平,

① 参见[英]达米安·格兰特:《现实主义》,周发祥译,昆仑出版社 1989 年版,第 2—3 页。
② 此处的标准参见胡敬署等主编:《文学百科大辞典》,华龄出版社 1991 年版,第 112 页。在现实主义文学知识体系中,"典型"是一个重要概念,新时期文学批评中关于"典型"问题讨论的阶段性,在陆学明的《建国以来我国典型理论研究述评》(《当代文艺思潮》1984 年第 5 期)文中已经有所涉及,分为 1977—1980 年、1981—1983 年两个阶段。尽管不是十分精确,本文暂不做探讨。

就应该给予发表和上演的机会,以便听取群众意见,不断加工,逐步提高。各种艺术品种都要发展。各种艺术风格可以互相竞争"①,也为其他类型文学知识的进场提供了可能。"革命浪漫主义与革命现实主义相结合"的创作方法最早见于1958年郭沫若就《蝶恋花》一词答复《文艺报》编辑部问的信②,同年6月,《红旗》创刊号上发表周扬文章《新民歌开拓了诗歌的新道路》,正式肯定了"两结合"的创作方法并对其进行了理论上的论证,"毛泽东同志提倡我们的文学应该是革命的现实主义和革命的浪漫主义的结合,这是对全部文学历史的经验的科学概括,是根据当前时代的特点和需要而提出的一项十分正确的主张,应当成为我们全体文艺工作者共同奋斗的方向"。这样,"两结合"的创作方法不再仅仅作为一个理论问题、学术问题进行探讨,而是被作为一种权威性指令、一种必须遵循的最高创作原则予以推行③。作为1958年开始的新民歌运动的成果被整理出版的《红旗歌谣》和话剧《十三陵畅想曲》被视为"两结合"创作方法的典范。其后,革命浪漫主义被理解为随意抒发超越历史的狂热和幻想,自由的想象和夸张达到离奇和荒唐的程度。特别是"文革"时期,"四人帮"炮制了"文艺黑线专政论",提倡"三突出"、"高、大、全",作品充斥着盲目的、虚假的浪漫主义和廉价的乐观主义,粉饰现实,掩盖生活中的矛盾和冲突,而真正的现实主义受压抑、被冷落,被《纪要》诬蔑为"黑八论",如"写真实"、"现实主义深化"、"现实主义——广阔的道路"、"中间人物论"等。因此,"文革"结束后,在深入揭批"四人帮""文艺黑线专政论"的文学批评中,现实主义文学知识备受青睐也就是自然而然的了。

　　现实主义首先以"革命现实主义"的名义突破了"两结合"的规训,而这种"革命现实主义"本身也包含了多种认识,如批判现实主义、社会主义现实主义等。1976年发表的7篇关于创作方法的文章:即陈应鸾《革命现实主义和

---

　　①　参见中宣部副部长、文化部部长黄镇同志在中国文学艺术界联合会第三届全国委员会第三次扩大会议上的讲话《在毛泽东革命文艺路线指引下,为繁荣社会主义文艺创作而奋斗》,《文艺报》1978年第1期。其中指出,"革命的现实主义和革命的浪漫主义相结合是我们努力要掌握的最好的创作方法"。

　　②　在信中,他首次用"革命浪漫主义与革命现实主义的典型的结合"来评价毛泽东诗词的创作成就。《文艺报》1958年第7期。

　　③　参见张学正:《现实主义文学在当代中国(1976—1996)》,南开大学出版社1997年版,第22页。

革命浪漫主义相结合的光辉典范》(《四川大学学报·哲社版》1976 年第 1
期)、北京人民机器厂工人理论组《革命的现实主义和革命的浪漫主义相结合
的卓越范例——学习革命样板戏的创作经验》(《北京大学学报·哲社版》
1976 年第 2 期)、周溶泉《革命现实主义和革命浪漫主义相结合的艺术形象》
(《河南文艺》1976 年第 2 期)、吴士余《钢水稻花谱新歌——谈新民歌中革命
现实主义和革命浪漫主义相结合的运用》(《河北文艺》1976 年第 3 期)、成都
无缝钢管厂工人理论组《〈水浒〉是"现实主义悲剧"作品吗?》(《四川日报》
1976 年 2 月 5 日)、涂宗涛《革命现实主义和革命浪漫主义相结合的光辉典
范》(《天津文艺》1976 年第 3 期)、范文瑚《革命现实主义与革命浪漫主义相
结合的光辉诗篇》(《四川文艺》1976 年第 4 期),大都还是以"两结合"为唯一
评价标准。1977 年就有论者如蒋培坤《坚持革命现实主义原则,反对"四人
帮"主观唯心主义的创作论——读恩格斯致玛·哈克奈斯信的札记》(《北京
师院学报》1977 年第 5、6 期)、谭兴国《砸烂"骗子文艺"——斥"四人帮"掀起
的一股反现实主义的反动文艺思潮》(《四川文艺》1977 年第 6 期)和国基《战
斗的现实主义的艺术——喜看〈罗马尼亚十九、二十世纪绘画展览〉》(《解放
日报》1977 年 11 月 4 日)等,或借用革命导师恩格斯名义,或以评价外国绘画
艺术做掩护,或直接向"四人帮"阴谋文艺开火来为革命现实主义开路。

　　到 1978 年,现实主义原则构成了对"两结合"权威地位的挑战之势。龚
济民《"四人帮"为什么否定现实主义》(《徐州师范学院学报》1978 年第 2
期)、刘建军《为什么必须重视现实主义传统》(《西北大学学报(哲社版)》
1978 年第 4 期)明确提出要提倡现实主义原则,刘梦溪《革命现实主义是两结
合创作方法的基础——评"四人帮"对"现实主义深化"论的批判》(《文学评
论》1978 年第 6 期),就是在深入揭批"四人帮"的思想解放运动中,重新找回
现实主义原则的尝试。

　　外国文学研究和中国古典文学研究领域的研究者对"批判现实主义"的
重新评介,为新时期之初现实主义文学知识的张扬推波助澜。如杜宗义《批
判现实主义文学的基本特征——兼批揭"四人帮"在文化遗产问题上假左真
右的谬论》(《内蒙古大学学报·哲社版》1978 年第 3、4 期)、柳鸣久《十九世
纪批判现实主义的历史地位与"四人帮"文化专制主义的破产》(《世界文学》
1978 年第 2 期),以及两篇评介法国批判现实主义作家巴尔扎克、莫泊桑的小

说的文章：彭端智《一幅反映时代趋势的现实主义图画——论巴尔扎克的〈农民〉》（《外国文学研究》1978 年第 1 期）和彭启华《现实主义短篇艺术的光辉——学习莫泊桑〈项链〉札记》）（《外国文学研究》1978 年第 2 期）。同时，一些古典、批判现实主义的经典作品也被重新翻译出版印刷，如巴尔扎克《幻灭》（傅雷译，人民文学出版社 1978 年版）、《高老头》（傅雷译，人民文学出版社 1978 年第 2 次印刷）、大仲马《三个火枪手》（李青崖译，上海译文出版社 1978 年版，安徽人民出版社 1979 年租型出版）、《基督山伯爵》（蒋学模译，人民文学出版社 1978 年版，1979 年第 2 次印刷，广东人民出版社 1979 年租型出版）、英国《莎士比亚全集》（共 11 册，朱生豪等译，人民文学出版社 1978 年版）、华特·司各特《艾凡赫》（刘尊棋、章益译，人民文学出版社 1978 年版）狄更斯《艰难时世》（全增嘏译，江苏人民出版社 1978 年租型出版，上海译文出版社 1978 年新 1 版）、俄国列夫·托尔斯泰《安娜·卡列尼娜》（周扬、谢素台译，陕西人民出版社 1978 年租型出版）、《战争与和平》（董秋斯译，人民文学出版社 1978 年第 3 次印刷）等等①。

　　这些作品的翻译出版，作为一种知识运用样本，无疑起到了传播批判现实主义文学知识的作用。因此，在随后的 1979 年，更多的批判现实主义作品和理论书籍被译介进来，如司汤达《红与黑》（罗玉君译，上海译文出版社 1979 年版）、《拉辛与莎士比亚》（王道乾译，上海译文出版社 1979 年译）、《巴拿马修道院》（郝运译，上海译文出版社 1979 年版）等。而在当时的文学批评中，洁泯《革命的现实主义力量——读近来的若干短篇小说》率先提出文学的现实主义原则问题，并且用"显示了我们的文学艺术和革命现实主义的思想力量和艺术力量"②来评价这些揭露社会黑暗面的短篇小说。《人民戏剧》1978 年第 4 期发表凤子评《他们特别能战斗》的文章《有深刻现实主义的主题》，也提到现实主义创作原则。

　　新时期之初革命现实主义在文学批评与创作中权威地位的确立与《文艺报》的大力支持是分不开的。1978 年 9 月 2—6 日，《文艺报》编辑部在北京召

---

　　① 　此处数据均是根据国家出版事业管理局版本图书馆编《1949—1979 翻译出版外国古典文学著作目录》中整理，中华书局 1980 年版，第 205、217、160—162、168、176、79—80 页。
　　② 　洁泯：《革命的现实主义力量——读近来的若干短篇小说》，《文艺报》1978 年第 2 期。

开了有作家,文学评论家,报刊、出版社、电台的编辑和记者,大学文科教师四十余人参加的座谈会,对近来出现的一些思想艺术水平参差不齐、各具特点,但引起读者争论的短篇小说进行了讨论。这些作品是:《班主任》、《顶凌下种》、《高洁的青松》、《命运》、《献身》、《灵魂的搏斗》、《复婚》、《最宝贵的》、《丝瓜累累的时节》、《"不称心"的姐夫》、《姻缘》、《伤痕》、《爱情的位置》等。"参加座谈会的同志一致指出,这一批短篇小说可贵的地方,在于力求从生活出发,恢复了革命现实主义的传统",陈荒煤在发言中指出:"革命现实主义本身包含着浪漫主义的因素,否则就不是真正的革命现实主义。光明的尾巴的写法,不能再继续了",甚至为了使这些小说更符合"两结合"标准,认为"《伤痕》、《班主任》中都有浪漫主义的成份"①。其后,在《上海文艺》编辑部的协助下,1978 年 9 月上旬,《文艺报》编辑部在上海邀请部分专家、业余作家和文艺理论工作者举行了三次座谈,就有关揭批"四人帮"的短篇小说创作问题进行了讨论。参加会议者共有 60 多人,《上海文艺》编辑部负责人钟望阳、肖岱、张军,《光明日报》、《解放日报》、《文汇报》、上海文艺出版社等新闻出版单位的有关编辑、记者也参加了座谈。会上明确提出了恢复现实主义传统与坚持革命现实主义与革命浪漫主义相结合的创作方法的问题,会上提出"我们现在可以更多地采用革命现实主义的创作方法,更符合生活真实。不少同志认为,现在迫切的问题是要恢复革命现实主义的传统",连上海染料化工五厂青年工人业余作者程德培同志都认为:有的作品可以革命浪漫主义为主,有的可以革命现实主义为主。现在这些小说大都是以革命现实主义为主的。但现在有的评论文章肯定一个作品,就说它是"二革"相结合的,这是不符合事实的,明确提出要把革命现实主义与"两结合"的创作方法区分开来。② 1979年 1 月,张光年在《诗刊》诗歌创作座谈会上的表态发言,"关于创作方法,革命的现实主义同革命的浪漫主义相结合的问题,我赞成大家的意见,当前更应该强调革命的现实主义。同时允许各种不同的风格、流派健康地发展"③,这

---

① 参见《短篇小说的新气象、新突破——记本刊在北京召开的短篇小说座谈会》,《文艺报》1978 年第 4 期。

② 《解放思想,冲破禁区,繁荣短篇小说创作——记本刊在上海召开的短篇小说座谈会》,《文艺报》1978 年第 4 期。

③ 张光年:《从诗歌问题说开去》,《惜春文谈》,上海文艺出版社 1993 年版,第 17 页。

或许也可以从一个侧面反映出新时期文学场域中,"革命现实主义"作为一种更为优越的创作方法地位已经确立。

二、从"生活真实"到"艺术真实"——"真实性"讨论的阶段性特征

在新时期之初,革命现实主义以与"两结合"相对的姿态,之所以能赢得更多作者和批评者的支持,与文学"真实性"原则的回归是分不开的。如果真如某位研究者所言,"文学理论已同文学创作一起一步步跌落为政治倾向的空洞说教和虚假叫喊,而最终跌入'阴谋文艺'之歧途",是源于"从 1955 年胡风文艺思想批判中对'写真实'观点的诘难,到 1957 年'反右'之后政治倾向性对文学真实性的取代,直至后来的所谓反映'本质真实'的主观臆断对活生生的真实生活的阉割"①,那么,1977 年包恒新《坚持倾向性和真实性的统一——学习恩格斯致敏·考茨基的信》(《福建文艺》1977 年第 6 期)的发表,对文学"真实性"的重要性重新强调,其意义可谓大矣。

提到"真实性"讨论,很多论者都以 1978 年 12 月 3 日《辽宁日报》首先开辟"关于文艺真实性的讨论"专栏为起点,如张德祥认为,"1978 年 12 月《辽宁日报》等报刊首先开辟了'关于文艺真实性的讨论'专栏,因为这个问题直接关系到如何评价'伤痕文学'、'反思文学'的问题,所以,到 1979 年下半年,关于'真实性'问题的讨论不可遏制地、如火如荼地在全国文艺报刊上全面展开,到 1980 年,《人民日报》也开辟了'关于文艺真实性问题的讨论'专栏"②;张婷婷则做如下叙述,"1978 年 12 月,《辽宁日报》首先开辟的'关于文艺真实性的讨论'专栏,以'伤痕文学'、'反思文学'的评价为议题,以'真实'为武器,挑战教条主义、形而上学文艺观念,揭开了新时期'真实性'问题大讨论的序幕。此后,全国各文艺刊物纷纷发表讨论文章"③;还有论者认为"最主要的也还根源于一个导火线,那就是 1979 年 9 月刘宾雁在《人民文学》第 9 期上发表的《人妖之间》。这部作品一发表,即引起了学术界对

---

①　张婷婷:《中国 20 世纪文艺学学术史》第四部,上海文艺出版社 2001 年版,第 27 页。
②　张德祥:《现实主义当代流变史》,社会科学文献出版社 1997 年版,第 210—211 页。
③　张婷婷:《中国 20 世纪文艺学学术史》第四部,上海文艺出版社 2001 年版,第 28 页。

于'真实性'问题的争鸣"①,他看到了创作对理论探讨的重要性,但在某种程度上,却忽略了批评为创作开路的重要意义。其实,这个专栏的意义主要在于对热点问题的关注。

包括《辽宁日报》所发表的四篇讨论文章在内,1978 年共有 21 篇谈真实性的文章,其中除 2 篇以谈摄影艺术的真实性为主外,其他 19 篇都是为文学的真实性正名,早在 1978 年 2 月《甘肃文艺》发表了牟豪戎《文艺的政治性与真实性》,就再次为"真实性"张目。1978 年 10 月《雨花》刊发庞瑞垠《恢复党的文学的真实性原则》等,都是强调以文学的"真实性"为标准。1978 年关于"真实性"讨论,有两次重要的会议:安徽由省文联召开文艺理论、短篇小说座谈会,辽宁省则是由辽宁大学和辽宁社科院文学研究所主办文艺理论学术讨论会,讨论文艺的真实性和典型性问题。而 1978 年 11 月 7 日《文汇报》刊发《文艺评论:"王晓华的形象缺乏真实性"——对〈伤痕〉的一些不同意见(信稿综述)》,用"真实性"做标准来否定《伤痕》,可谓是引起《辽宁日报》开辟专栏讨论"真实性"的起因。这不仅是个时间问题,更是关涉对"真实性"论争的认识。此前发表的大都是肯定文学"真实性"原则的文章,不可能引起争论,引起讨论的是"生活真实"与"艺术真实",其实质是质疑"本质"论。而 1980年《人民日报》再次开辟"关于文艺真实性问题的讨论"专栏,主要是为纠正文学创作中出现的"自然主义"倾向,同时也有为"写心理"辩护的意图。这也说明,由于新时期之初文学批评与创作的紧密关系,在研究新时期文学场域中的知识谱系时,如果不把知识的理论建构与文学创作实绩结合起来考察,是很难透彻理解其论争的历史意义。

新时期之初文学场域中关于"写本质"、"艺术真实"与"写真实"、"干预生活"、"歌颂"与"暴露",以及由"典型"引出的对"个性"等问题的论争,其实质都是在文学"真实性"范畴内的探讨,因此,对"真实性"认识的阶段性特征也就是在新时期文学批评中现实主义文学知识谱系的主要内容之一。新时期之初,对"真实性"原则的认识经历了从"生活真实"到"艺术真实"发展过程。或许可以第四次文代会为界,把新时期之初对于"真实性"问题的讨论划为前

---

① 吴义勤:《写真实·真实性》,《当代文学关键词》,广西师范大学出版社 2002 年版,第271 页。

后两个阶段。邓小平在第四次文代会的大会祝词中提出"写什么和怎么写只能由文艺家在艺术实践中去探索和逐步求得解决。在这方面，不要横加干涉"，但同时从作品"社会效果"出发对作家提出"责任"要求。于是，1979年8、9月份批判李剑《"歌德"与"缺德"》文中提倡"歌德"一面倒的情况，在1980年戏剧性地发生了相反的变化：《戏剧界》1980年第2期发表了方萍《社会效果及歌德与缺德》，首先为"歌德"正名；随后《工人创作》1980年第3、4期发表了豆功亚《要当人民的歌德派》，《文汇增刊》1980年第4期发表了秦兆阳《我们是真正的歌德派——在全国文学期刊编辑工作会议上的讲话》，改变了1979年文学界人士以"歌德"为耻的心态。

　　第一个阶段，主要包括1978—1979年发表以评价"伤痕文学"为核心的探讨文章，在这段时间里，文学的"真实性"被等同于对生活的真实描写。《伤痕》在《文汇报》1978年8月11日一发表，赞扬之声一片①，其中绝大多数人都是从"真实性"原则出发论证小说《伤痕》及所谓"伤痕"文学（包括小说、话剧等）的合法地位，认为它们真实地表现了现实生活，体现了革命现实主义原则。尽管也有如徐早《文艺反映时代本质问题浅议——从小说〈伤痕〉谈起》、艾菲《一定要站在革命现实主义的立场上》等文章，严厉地批评了"伤痕文学"作品没有反映社会主义革命和建设的本质和主流，是"拂逆了无产阶级的战斗使命"、"陷入了自然主义的泥潭，至少也是重蹈了批判现实主义的旧辙，使无产阶级文艺倒退了"，甚至还警告说"伤痕"写多了"量变就会引起质变"，其结果"就连马克思主义、社会主义、无产阶级专政都否定了"②，把"写本质"作为革命现实主义的基本原则重新提出，用文学要反映时代本质来批评"伤痕

---

　　① 　《评小说〈伤痕〉——来稿摘登（十篇）》，《文汇报》1978年8月22日；吴强：《谈短篇小说〈伤痕〉：可喜的新花》，《文汇报》1978年8月29日；王涵《〈伤痕〉为何深受欢迎》，《文汇报》1978年9月3日；荒煤：《（小说〈伤痕〉讨论）：〈伤痕〉也触动了文艺创作的伤痕！》等四篇，《文汇报》1978年9月19日；肖地：《一篇值得重视的好作品——谈〈伤痕〉》，《光明日报》1978年9月29日；《百家争鸣方针重现光辉——记复旦园内由小说〈伤痕〉引起的一场讨论》，《文汇报》1978年10月9日等等。1978年11月7日，《文汇报》发表《文艺评论："王晓华的形象缺乏真实性"——对〈伤痕〉的一些不同意见（信稿综述）》，才开始由《伤痕》引发出对"真实性"、"悲剧"等问题的探讨。

　　② 　徐早：《文艺反映时代本质问题浅议——从小说〈伤痕〉谈起》，《吉林大学学报（社科版）》1979年第1期；参见艾菲：《一定要站在革命现实主义的立场上》，《延河》1979年9月刊。

文学"。

　　特别是刊发于《河北文艺》1979年第6期李剑《"歌德"与"缺德"》一文，引起全国范围内主要以"文学要忠实于生活"为由对"歌德派"的围攻，首先是《解放日报》1979年7月22日发表《必须坚持实践是检验真理的唯一标准，上海作家座谈〈"歌德"与"缺德"〉》，《河北日报》1979年7月22日发表崔承运《要鼓励作者大胆创作——驳〈"歌德"与"缺德"〉》，首开批评之先河。《天津日报》1979年7月29日发表《市文联与本报编辑部邀请部分作家举行座谈会，严正评论〈"歌德"与"缺德"〉》后，《人民日报》随后于1979年7月31日转载，同时配发"编者按"和王若望《春天里的一股冷风——评〈"歌德"与"缺德"〉》进行批评，掀起全国范围内声讨的热潮，把该文定为极左代表，仅8、9、10短短三个月时间里共发表了73篇讨伐文章，可见其声势之浩大。可以看出此时文学界对于文学的"真实性"原则在认识上虽有分歧，但还是以"生活真实"，即要像"伤痕"文学这样对现实生活，特别是现实生活中的悲剧和社会阴暗面进行真实描写占据优势。"写本质"、"歌德"派，则由于被认为是对文学创作的重新规约和说"假话"、是极左思潮的表现而广受排斥。第一阶段对"生活真实"的强调，实质是以作品题材为主要视点来认识文学"真实性"原则。

　　第二阶段主要是由于与作家的责任和"社会效果"相联系，而强调写本质、艺术真实、干预生活。胡风张扬主体性的"写真实论"或可视为第二阶段的核心。早在1978、1979年，就有论者对胡风的"写真实论"重新评价，1978年就发表了四篇：楼栖《"四人帮"的反"写真实"论和阴谋文艺——批判"文艺黑线专政"论》（《学术研究》1978年第1期）、傅冰《批判，还是奉行——揭露"四人帮"所谓批"写真实论"的政治骗局》（《山东文艺》1978年第3期）、企侯《胡风的"写真实"和"四人帮"的"高于生活"》（《徐州师范学院学报》1978年第3期）、李伯钊《〈于无声处〉好在敢于写真实》（《文汇报》1978年11月25日），1979年则发表了7篇关于"写真实"的文章。由于新时期之初对胡风"反革命集团"案件的平反有保留性结论，其文艺思想的彻底平反直到1988年中央下文件才彻底实现，因此尽管文学界人士大都开始接受他的观点，但"写真实论"还不能被作为理论依据明确提出。颇为悖谬的是，理论研究文章中的"写真实"，与批评中作为评价标准的"写真实"，其含义并不相同。由于当时只有从客观真实（生活真实）入手才能证明"伤痕文学"的合法性，而胡风强调主观性的"写真实"论对于肯定"伤痕文学"的创作不仅没一点用处，甚至还可能得出否定的结论，因此也很难得到批评界的重视。

1979 年底，作家王蒙在《作家的责任》中开始强调"我们要有更大胆、更奇突奔放的艺术想象，不应该把真实地反映生活与大胆想象对立起来"①。同期刊发的《文学创作中的艺术和政治》中更是直接表示文学创作应该高于生活，认为"过去我们有些作品，由于把生活的事实和艺术的真实等同起来，缺乏丰富的想象、虚构和夸张，缺乏对生活的概括、提炼和典型化，不敢越生活细节事实的雷池半步。因此，所反映的生活，不是比生活更高、更美、更真实、更典型、更集中、更普遍，往往是比生活还低，使人感到不美、不高、不典型、苍白无力、索然无味"②，强调艺术真实的重要性，强调典型，这些主要是针对"伤痕文学"创作中出现的一些自然主义倾向而言。1980 年《红旗》杂志第 4 期发表李玉铭、韩志君《对"写真实"说的质疑》，认为文学的真实性应该有更为丰富的内涵，它包括形象地艺术地反映生活，塑造典型，实现现象与本质的统一、偶然与必然的统一、理想与现实的统一、真实性与典型性的统一，而这些都是"写真实"的口号无法正确表达的③。《红旗》杂志同期还刊发了金汉《论典型》，这或许可以看做是对邓小平在四次文代会中提出的"作家的责任"、要注意"社会效果"要求的回应。其实质就是对作家主体性提出要求，与胡风认为只有"在对象底具体的活的感性表现里面捕捉它底社会意义，在对象底具体的活的感性表现里面溶注着作家底同情的肯定精神或反感的否定精神"，才能"创造出包含有比个别的对象更高的真实性的艺术世界"；"任何内容只有深入了作家底感受以后才能成为生活的真实，只有深入了作者的感受以后才能进行一种考验"④的论述，没什么本质区别。

①　王蒙：《作家的责任》，《文艺报》1979 年第 11—12 期。
②　韶华、思基：《文学创作中的艺术和政治》，《文艺报》1979 年第 11—12 期。
③　参见李玉铭、韩志君：《对"写真实"说的质疑》，《红旗》1980 年第 2 期。
④　参见《胡风评论集》（下册），人民文学出版社 1985 年版，第 19、200 页。

　　随后《红旗》杂志连续发表文章组织讨论①,也引起全国范围内的响应,如畅广元《否定"写真实"是错误的——与〈对"写真实"说的质疑〉》(《陕西师大学报·哲社版》1980 年第 3 期)等文章多篇,一时间"真实性"又成为热门话题。为了澄清关于文学"真实性"原则的认识,《人民日报》1980 年 8 月 27 日特开辟"关于真实性问题的讨论"专栏,发表丹晨《"写本质"与"写光明"不能画等号》、李准《对"本质真实"的一点理解》、王蒙《是一个扯不清的问题吗?》三篇文章,随后又组织了七篇讨论文章②,特别是由于澄清了新时期文学的方向是以"为社会主义服务、为人民服务"来取代"文学为政治服务"的口号,使文学"真实性"原则的讨论基本褪掉了借之与政治对抗的色彩,而作为学术问题,其争论的焦点就由题材是否真实,转向怎么写更真实上来。比如对李剑《醉人花丛》、《竞折腰》,李克灵《日全食》,张敏《天池泪》、《生之恋》等③一些青年作者作品的批评,尽管也以"不真实"为基本理由:苌江、小禾《庸俗、荒诞的编造》文中用"既不真实也不典型"来批评《醉人花丛》,冯健男《创作的正路和歧路》则认为《竞折腰》"连自然主义的描写也说不上,因为太离奇了",但其着眼点大都是作品中作者运用的表现手法。此时在文学真实性讨论中,还有一个重要组成部分就是报告文学,也是针对报告文学是否可以有虚构和想象,从创作方式上来进行探讨。

　　关于文学"真实性"原则的探讨,是现实主义文学知识重新回归新时期文学场域的重要标志,并且烙有鲜明的时代印记。正是由于关于文学"真实性"的探讨是在质疑"文学为政治服务"观念、重申"文学是'人'学"观的背景中进行的,所以对文学"真实性"原则的认识,也才会经历一个从"生活真实"到

----

　　①　《红旗》1980 年第 9 期发表陆贵山《怎样理解"写真实"——谈革命现实主义与自然主义的界限》表示赞同,随后第 12 期发表的周忠厚《马克思主义经典作家是主张"写真实"的》和陈辽《为"写真实"张目》(《红旗》1980 年第 17 期)的商榷文章,以及随后全国范围内的再次讨论,说明当时文学学术问题的探讨染有政治色彩。

　　②　《人民日报》1980 年 10 月 8 日三篇:陆贵山:《不能只强调"怎么写"而忽视"写什么"》、许永佑:《要注重写我们的光明》、郑伯农:《也谈"写真实"这个口号》;1980 年 11 月 26 日两篇:陈望衡:《文艺的"真实性"就是合情合理》、钱中文:《一个曲解文学真实性的公式——评"难道……是这样的吗?"》;1980 年 12 月 31 日两篇:杨柄:《文艺创作如何掌握歌颂和暴露的关系》、周介人:《艺术的真实与真实的艺术》,共七篇。

　　③　参见《对李剑、李克灵、张敏的几个短篇小说的批评》,《文艺情况》1981 年第 10 期。

"艺术真实"、"本质真实"的过程。事实上,当摆脱了"政治"的纷扰,作为一个纯学术问题,"生活真实"与"艺术真实"是文学"真实性"原则的两个方面,也是一个关于文学该如何处理"真实"与"虚构"、"典型"和"个性"关系,值得一直探讨下去的基本问题,不同时期、不同知识结构的人总会有不同的理解。坚持"生活真实"者,继续从题材上深入挖掘,而坚持"艺术真实"者,则开始了创作方式上的探险历程,这也预示了新时期文学必将走向分化。

第二节　知识分子的身份确证:新时期
创作与现实的暧昧关系

　　新时期之初的现实主义文学创作本质上是一种知识分子写作,也就是作家知识分子身份的觉醒,作品则大都是以明确的知识分子精英意识为指导的写作。这主要表现在两个方面:一是作家理性精神的自觉。这种自觉也主要表现在两方面,即对社会问题的批判意识(如重提"干预生活"的口号等)和对"创作个性、创作风格和作家自我意识等方面的充分强调和自觉追求",后者被有的研究者称为"作家的个性自觉",被认为是"启蒙自觉的一个重要前提和表征"①,我更倾向于把它看做是知识分子的"知识批判",也就是说,无论是倾向于"社会批判"或是"知识批判"的文学创作者,都表明其有明确的知识分子身份意识;二是通过文学作品重塑知识分子形象,确证知识分子的精英地位。因此,"知识分子"系列形象成为新时期现实主义文学知识谱系中的重要组成部分。

　　在很多文学史对新时期文学的叙述中,大多是以刘心武《班主任》为起点,这大概可以追溯到何西来等所作评述:"近期短篇小说创作的繁荣,应当大致从一九七七年十一月刘心武的《班主任》发表算起。这篇作品的出现,在短篇小说创作的发展中带有标志性。在这之前的一年多的时间里,短篇小说的创作刚刚复苏过来,只能算是后来获得长足进展和重大突破的酝酿时期,内容上虽然紧密配合了批判'四人帮'的斗争,但创作思想还处在蜕变之中,各

---

　　①　参见何言宏:《中国书写——当代知识分子写作与现代性问题》,中央编译出版社 2002 年版,第 111 页。

种禁区和理论枷锁还严重束缚着创作者的头脑。"①这篇文章能在1977年11月号《人民文学》上出现并不是偶然的。由于"文革"结束后一年多的时间里,"两个凡是"的"左倾"教条主义观点仍然处于支配地位,短篇小说的创作成了"改换文学","意即由原来的批'走资派'换成批'四人帮'。在短篇小说占据着各种文学刊物主要篇幅的情况下,这种'改换文学'给人的印象就尤为突出"②。针对这种情况,1977年10月《人民文学》编辑部召开短篇小说创作问题座谈会,到会的新老作家表达了要彻底挣脱"四人帮"的帮规、帮法,把创作搞上去的愿望。《班主任》能够出现,同时也与时任《人民文学》小说编辑涂光群的约稿分不开。

《班主任》的发表,在当时读者中引起极大反响,编辑部和作者本人收到全国各地读者表示祝贺和支持的来信数百封。当时评论界和后来的评论者大都从展示了"文革"所造成的精神创伤这一角度来评价这篇小说的主要价值,因此把它作为"伤痕文学"的序幕。事实上,《刘心武》的短篇小说与其他"伤痕文学"存有一个重要区别,就是"张老师"形象的塑造和小说所指明解决问题的途径。正如他自己所说:"就我自己来说,提笔写《班主任》时,并没有把自己的写作人物仅仅规定为提出'救救被四人帮坑害了的孩子'的问题,我是力图来回答问题并展示前景的,因而我刻画的主要人物既不是宋宝琦、谢惠敏,也不是石红,而是张俊石老师。"③也有论者曾经指出,"刘心武在张俊石的眼光中注入了独立思考、重新辨别是非的理性精神,才有了对谢惠敏所体现的'应当如此'的价值观的怀疑,才有了对她的心灵'内伤'的审视。因此,'伤痕'的发现,首先在于理性的自觉。"④特别是大都被作者、论者所忽视小说末尾提到的解决方式:石红用小说《表》解决了几个女生不去上课的问题,这启发了张老师决定要把开展一次"有指导性的阅读"作为解决尹老师、宋宝琦、谢慧敏等人思想问题的有效方式,说明展示精神"伤痕"只是为了突出"知识"

① 何西来、田中木:《革命变革时期的文学——谈一九七八年的短篇小说创作》,《文艺报》1979年第2期。

② 参见中国社会科学院文学研究所当代文学研究室编著:《新时期文学六年(1976.10—1982.9)》,中国社会科学出版社1985年1月版,第144页。

③ 刘心武:《生活的创造者说:走这条路》,《文学评论》1978年第5期。

④ 张德祥:《现实主义当代流变史》,社会科学文献出版社1997年12月版,第229页。

的重要地位。更确切地讲,短篇小说《班主任》的意义,不仅在于开启了"伤痕"描写的先河,同时它也为用文学重塑知识分子作为启蒙者的合法身份提供了可能。

事实上,新时期一个重要特征就是以"尊重知识、尊重人才"为核心的知识分子政策的调整,这是短篇小说《班主任》得以出现的一个潜在认识基础。提到新时期知识分子政策调整,文学史论者大都是以 1978 年 3 月 18 日邓小平在全国科学大会开幕式上的讲话为起点,而早在 1975 年 7 月 14 日邓小平就曾指出:"一定要在党内造成一种空气:尊重知识,尊重人才。要反对不尊重知识分子的错误思想。不论脑力劳动,体力劳动,都是劳动。""要重视知识,重视从事脑力劳动的人,要承认这些人是劳动者。"①又于 1977 年 5 月 24 日、8 月 8 日分别作了《尊重知识,尊重人才》和《关于科学和教育工作的几点意见》②的讲话,说明此时党的政策中关于知识分子身份地位的认识已经开始发生转变。这是对"文革"极左思潮泛滥时期盛行的"知识越多越反动"、"知识分子是臭老九"等谬论的有力批驳。它为当时教育、科技战线的拨乱反正指明了方向,也为文学创作者知识分子身份的觉醒作了理论上的准备。

新时期之初的现实主义文学创作反映出在知识分子与人民关系的问题上,经历了一个由知识分子要接受劳动人民的改造——〈知识分子是人民中的普通一员——〉知识分子高于人民的认识过程。知识分子政策的转变,可以说是新时期区别于"文革"前的重要特征之一,新时期之初尽管落实知识分子政策在全国范围内热火朝天地展开,但知识分子合法身份真正被接受,更多的则是依靠文学作品中知识分子形象来完成的。

发表在《人民戏剧》1978 年第 5 期苏叔阳创作的、北京人民艺术剧院上演的五幕话剧《丹心谱》广受文学界好评,尽管早在 1979 年就有论者提出,"在敢于把社会主义的知识分子作为英雄人物加以刻画这一点上,《丹心谱》虽然

---

① 邓小平《:军队整顿的任务》,《邓小平文选》第 2 卷,第 23 页。但在 1976 年被诬蔑为挑拨知识分子与党的关系,遭到《光明日报》、《北京日报》、《长春日报》、《甘肃日报》、《广西日报》、《河北日报》等媒体发表文章批判。

② 参见《邓小平文选》第 2 卷,第 41、50 页。1977 年批驳"四人帮"对知识分子状况的估计,以后"尊重知识、尊重人才"口号为代表的新时期知识分子政策日益深入人心。

不是最早的一个,但应该说是做得最好的一个,"①但从当时的评论来看大都
是侧重于借周总理的威望来确立赞赏《丹心谱》的基调,甚至连作者自己也宣
称"想用它歌颂一片丹心为人民的周总理"②。该剧作客观上塑造出了具有知
识分子身份(搞"03"新药的研制)的两位老中医方凌轩、丁文中耿直不屈的英
雄形象,对此前文学作品中知识分子形象总摆脱不了"小资产阶级"情趣等落
后面貌的认识形成一次冲击。在 1978、1979 年间被统称为"伤痕文学"的创
作中,《献身》、《阳台》等以知识分子为题材的小说,几乎被淹没在对"文革"
带给社会各阶层的整体展示中,这些小说的意义不仅在于塑造出一副无怨无
悔富有献身精神、甘作人民中普通一员的知识分子形象,来表现对党、对人民
的忠诚③,更重要的是,重新确证了文学作家以知识分子启蒙者身份发言的合
法性。

　　或许可以把宗璞 1979 年发表的、表达出对知识分子"虫"或"雁"身份惶
惑的《我是谁》,看做是作家关于知识分子身份意识转变的一个过渡性标志。
如果说此前的某些"伤痕文学"创作(包括被称为"反思文学"中知识分子题材
的作品),还只是希望通过展示极左思潮对知识分子迫害的惨痛经历作为赢
得政治地位的资本,不敢流露出任何精英意识,只把自己视为人民中的普通一
员,借此证明知识分子地位的合法性④。到 1980 年这个证明过程已经基本完
成,特别是中篇小说《人到中年》的出现,表明此时作家对于知识分子高于人
民的精英意识已经非常明确了。小说、电影所塑造的陆文婷形象向来为文学
评论者所钟爱,《文艺报》1980 年第 9 期开辟专栏"怎样反映新时期社会矛
盾——《人到中年》笔谈",发表的三篇文章都表达了肯定意见。被改编为电
影公映以后,电影《人到中年》获得 1982 年文化部优秀影片奖、中国电影家协
会金鸡奖及《大众电影》百花奖,甚至还得到了国家领导人的肯定。1983 年 3

---

　　① 陈默:《敢做群众代言人——赞三年来的话剧创作》,《文艺报》1979 年第 10 期。

　　② 苏叔阳:《从实际生活出发塑造人物——创作〈丹心谱〉的几点体会》,《人民戏剧》1978
年第 5 期。

　　③ 如陆文夫的《献身》(《人民文学》1978 年第 4 期)就是突出了知识分子在历次运动中受
到摧残但仍然富有献身精神;林斤澜《阳台》(《北京文艺》1979 第 4 期)中历史教授在"牛棚"中
还在写入党申请书。或者还应该包括徐迟所作以陈景润为主人公的报告文学《歌德巴赫猜想》。

　　④ 正是在这一点上,剧本《苦恋》没有把握好,因而遭到批判,也使得后来关于知识分子题
材的创作都很谨慎。

月2日,邓小平同胡耀邦、赵紫阳、万里、姚依林等谈话时,指出"落实知识分子政策时,包括改善他们的生活待遇问题,要下决心解决。《人到中年》这部电影值得一看,主要是教育我们这些老同志的"①。之所以产生如此大影响,原因是多方面的,该文通过陆文婷、傅家杰夫妇的默默奉献与刘学尧、姜亚芬夫妇的无奈离开对比,把生活中存在的科技知识分子政治待遇、生活待遇等问题激化处理,引起社会各界对知识分子更为广泛的重视,正如有评论者所言,"谌容同志并不打算塑造直接'同命运抗争'的英雄形象。她根据自己的生活发现,要塑造出她认为更富有艺术感染力的知识分子形象——忍与韧的崇高形象,以此唤起人们的同情和敬仰,引起社会对中年知识分子状况的密切关注"②,表明作者已经开始有意识地从人物性格等方面塑造并丰富"高于人民"的知识分子精英形象。

当然,仅靠《人到中年》中对于知识分子形象的塑造,是不足以证明1980年可以被视为绝大部分作家心目中都明确了知识分子精英身份的标志性年份。1980年作家知识分子精英身份的觉醒还表现在以下两方面:一是1980年6月25日、7月14日《文艺报》分别在北京、石家庄召开座谈会,文学界对于文学创作知识的探讨,表明作家"专业知识分子"身份的觉醒。会议着重漫谈文学表现手法探索问题,并以笔谈和会议纪要的形式发表,希望引起讨论,特别是王蒙针对"不懂"的批评而提出"也要照顾少数人的喜闻乐见"及"每一篇作品的读者,都不会是全民,而只能是人民的一部分"的说法,李陀认为文艺界争论的焦点集中在"艺术形式"上,包括张洁、宗璞等人的发言,更不用说当时创作中对于所谓"现代派"表现手法的吸收,都表明此时的创作者大都是以致力于文学艺术表现形式的探索,以对现有文学知识更新为己任。

另一方面,作家也表现出"公共知识分子"身份的觉醒,其中高晓声可谓是代表。通常研究者大都是从农民形象塑造角度,把陈奂生与李顺大归为一

① 《邓小平年谱一九七五——一九九七》(下),中央文献出版社2004年版,第892页。

② 文中也特别提到"知识分子政策三令五申,但在全国范围内仍感执行不力、落实不快,而且很不平衡,这难道不是铁的事实,不是社会本质,不是典型环境吗?"阎纲:《为电影〈人到中年〉辩——对〈一部有严重缺陷的影片〉的反批评》,《文艺报》1983年第7期。

类来评价①，如果把 1980 年《陈奂生上城》中"陈奂生"形象的塑造，与之前发表的《李顺大造屋》中"李顺大"作一比较，就可以看出作者对"农民"认识的深化。《李顺大造屋》从三次造屋的不同经历、不同结果中，展现出以往"左"倾教条主义给农民生活造成的严重损害和新政策带来的转机，李顺大今天要造屋，还得学学"关系学"，买两条"最好的香烟"开开路，否则材料就到不了手，作者把造屋失败的原因归结为政策问题和社会问题，李顺大的形象是值得同情的。而《陈奂生上城》中"陈奂生"则不然，作者此时更为关注农民身上的劣根性，被认为是继续了五四新文学中对"国民性"的探讨。当时很多论者引用他的自述中，"回顾这些年来，我完全不是作为一个作家去体验农民的生活，而是我自己早已是生活着的农民了"，论者证明了他的人民性，而大都忽略了另外表明作者知识分子精英意识的言论，"一个作家总应该比陈奂生们站得高一点，看得远一点，想得准一点"②，他对于农民认识的转变在《生活·思考·创作》（后记）中也曾明确表达出来，"实际上，农民除了许多优点以外，还有许多弱点。比如农民是否理解和需要文化呢？……农民是否感觉到文化的重要性？我认为没有"③，这说明他是站在知识分子精英立场以一种批判的态度来塑造陈奂生的形象。

　　应该说，从 1979、1980 年就已经用文学创作的形式来开展科普教育，特别是 1983 年作为精神文明建设的一个重要组成部分在全国范围内轰轰烈烈开展的读书活动，对在群众中普及对知识分子精英身份的认识起到重要作用。刊于《青年作家》1984 年第 2 期魏曙光创作的《啊，碧青的橄榄》，表现出此时知识分子精英意识已经深入人心的程度。小说中米佳是个责任心强、甘于本职工作、有能力的装配组组长，她的男朋友橄榄是计算机系的大学生，竟然用假分手的方法来激励她考大学，小说中田莹莹和只在旧社会读过两年私塾的老主任也都认为"能做学问"是"有出息"的表现，小说写到，"老主任感叹地讲

---

　　①　"《李顺大造屋》和由《'漏斗户'主》、《陈奂生上城》、《陈奂生转业》、《陈奂生包产》、《陈奂生出国》等所组成的'陈奂生系列'小说，是其创作中最有影响的作品。在这些作品中，高晓声以深刻的'探求者'的眼光，塑造了一大批被称为'中国农民的灵魂'的人物形象"。吴秀明主编：《中国当代文学史写真》（中），浙江大学出版社 2002 年版，第 715 页。

　　②　参见高晓声：《且说陈奂生》，《人民文学》1980 年第 6 期。

　　③　高晓声：《生活·思考·创作》（后记），《高晓声 1984 年小说集》，中国文联出版公司1986 年版，第 228 页。

出了一番令她感动不已的话，使她坚定了信念：'茄子秧只能结茄子，是冬瓜秧就应该结出大冬瓜来。当一个普通工人、普通干部，谁都能干下；可当个专家、教授，能干下的人就不多。我家三个小子，就都不是做学问的料，打死骂死都是枉然。你能有出息，是我们全车间、全厂的光荣啊！'"小说以米佳直接考取科大高能物理研究生后爱情事业双丰收的喜剧为结局，如此明确地表现出对知识分子地位的尊崇，就难怪有读者要提出异议了。

　　尽管知识分子的精英身份如此深入人心，但也不可能垄断新时期小说中所有认识和想象知识分子与人民关系的可能，张贤亮可谓一佐证，这也说明认识的复杂性。就在文学界知识分子精英意识强烈表达出来的1980年，在西方意味着"现代"、"先进"的1980年，《朔方》第9期发表了《灵与肉》这样一篇不甚合时宜的短篇小说，引起怎样的论争都是可以理解的。尽管《灵与肉》中也写到人民对知识分子的尊重，"他在他们眼里，在学生们眼里，在和他一起工作的同志们眼里看到了自己的价值"。但从许灵均认为落实知识分子政策成为教师的意义在于可以获得"政治新生"，"和别人一样了"，特别是文末指出回乡途中许灵均思索得出人生体验中最宝贵的是"劳动者的情感"，可以看出作者此时是把知识分子身份仍定位在"劳动者"中的普通一员。

　　1984年《绿化树》发表，小说中对于知识分子与劳动人民间关系的描写在当时引起强烈反响，该小说发表以后，"据不完全统计，截至8月底，《人民日报》、《文艺报》、《光明日报》、《中国青年报》、《文汇报》、《解放日报》、《文学报》、《宁夏日报》、《黑龙江日报》、《北京晚报》、《小说选刊》、《作品与争鸣》、《朔方》等十几家报刊，已先后发表评介文章三十余篇。北京《十月》杂志社和中国作家协会宁夏分会于4月分别召开座谈会，专题讨论了《绿化树》"①，《文艺报》连续几期刊发评论文章并对来稿摘编处理，同时报道《绿化树》的讨论情况，也可见其在当时的影响。这场论争一直延续到1985年初。批评者自然是以"对知识分子过分的贬低"为着眼点，同时还提出小说中"多多少少流露出一种对苦难的病态崇拜"，甚至还给《绿化树》扣上"'左'的影响和痕迹"的政治帽子②，与新时期以来才得到确证的知识分子精英观相悖谬，遭到批评

①　《对〈绿化树〉的种种看法》，《文艺报》1984年第10期。
②　参见胡畔：《〈绿化树〉的严重缺陷》，《文艺报》1984年第9期。

理所当然。而赞赏者则大多着眼于小说艺术上的成就,从人物形象塑造的典型性、真实性以及美学价值等方面加以肯定,但是对于小说中提出的知识分子与工农的关系问题、知识分子的改造道路等问题,则谈了不少意见①。尽管如此,张炯《关于〈绿化树〉评价的思考》、严家炎《读〈绿化树〉随笔》等文中对"《绿化树》写知识分子从普通的劳动人民中汲取精神力量"②的支持,说明在当时的文学知识分子中,支持知识分子应该与人民互相学习的"结合"者,也不乏其人。这也是新时期"政治—文学—人民"的三元文学体制中,"人民"这一元砝码在逐渐加重的必然反映。

在以知识分子与人民关系为主要想象内容的新时期现实主义文学创作中,高晓声的《跌跤姻缘》③,提供了一个落魄知识分子的新型经验。小说以看客的视角、戏谑的笔调描写了原本属于"值得尊敬、值得爱戴"名牌大学的工科毕业生魏建钢,如何被单位集体"抢救",最终还是情感占了上风,与资本家遗弃的小老婆赵娟娟在动荡年代结合、生活的颇具戏剧性过程。小说着重渲染的是集体革命意识与个人情感的对立,这从文中写到赵娟娟在孩子出生后每晚在魏建钢单位附近徘徊,两人终于得见时,作者忍不住地评述:"原则、立场、前途、思想改造的计划和向组织上递的保证全部丢光,赤条条现出一个人的形状来"中明确显露出来。而且那单位里的同事也逐渐被赵娟娟的执著所感动,原本以"革命者"正义的象征形象出现的黄卓正,也在与赵娟娟旷日持久的对抗中放弃了继续拯救魏建钢的想法,给他一个"右派"的帽子,扫地出门。虽然小说中写到"旧的忘记了,新的学不会"的魏建钢最终沦为一小摊贩的悲剧,"好像和各项运动没有什么关系",他自己也只能归罪为"当年要是不出那桩意外事故,我也不会弄成现在这种样子",但是作者明明已经指出了悲剧的根源在于他自身的软弱性和这种软弱性源于"革命意志"和个人情感的对立,表明此时作者已经不再是单纯以知识分子精英意识去批判国民劣根性,

---

① 1984 年 9 月 26 日《文艺报》召开《绿化树》讨论会,参见《本刊召开〈绿化树〉讨论会》,《文艺报》1984 年第 11 期。

② 参见张炯:《关于〈绿化树〉评价的思考》,《文艺报》1984 年第 11 期。在严家炎《读〈绿化树〉随笔》中,也指出"我们决不能走向另一极端:好像知识分子根本无需乎同工农结合,好像知识分子与劳动大众结合本身就是一种'左'的思想。"《文艺报》1984 年第 12 期。

③ 《花城》1984 年第 5 期。

而是更加注重从心理、文化层面反思知识分子的命运和知识分子与人民间的关系。

如果说 1980 年代初,《人到中年》等文学创作还更多地关注于要确证知识分子精英身份的社会地位,那么《绿化树》和《跌跤姻缘》的出现则表明文学知识分子已经开始从文化心理层面深入反思中国知识分子身份、命运问题,不再简单地把知识分子视为"启蒙"大众的精英。特别是 1986 年王蒙发表在人民文学出版社《当代长篇小说》上的《活动变人形》中对"五四"时代留洋知识分子、自称为"人道主义者"的倪吾诚所作的漫画式描写,或许可以视为对 1980 年代初以来要求继承"五四"新文学传统、主张"全盘西化"的人道主义者的一种讽刺,也是对新时期思想文化界知识分子关于"民族化"与"洋化"之争的一个回应。遗憾的是,当时很多论者过分执著于对五四文学传统的继承,对人道主义启蒙思想的偏爱,而大都把小说理解为,"倪吾诚的悲剧命运是百年以来中国知识分子世代的命运",甚至还有人用精神分析、存在主义哲学来理解该作品,有的同志在会上提出了一个新的概念:文学中的'审父'意识,认为'审判父辈'是现在全人类的非常可贵的一种素质,还有的认为"小说描绘了一座可怕的精神地狱,人们的灵魂在这座封建文化的精神地狱里不断被扭曲,被变形,被摧残,被撕裂。他们一方面'被吃',一方面'吃人',一方面又'自食'。无论是倪吾诚,静珍、静宜,还是姜赵氏,都具有这样的特征:自己的存在,成为他人的魔鬼"①等,甚至把倪吾诚美化为"革命者"。尽管王蒙在会上已经声明,"我宣布了封建文化的死刑,宣布了全盘西化的死刑,宣布了资本主义在中国的失败",他对倪吾诚的批判仍被个别论者指责为"这显露了作者社会改造思想不完整、不彻底的弱点,也使得小说中出现了矛盾和不统一",而作者所指出知识分子的理想出路——赵尚同,却被误认为是"他的笔始终没有饶恕那个赵尚同"、"虽用的是几个细节但却异常有力地揭开了这个道德君子极其阴暗的内心",以此来对比出"倪吾诚的生存危机正表现了他不

---

① 参见《当代长篇小说创作的一大收获——人民文学出版社召开〈活动变人形〉讨论会》,《文艺报》1986 年 6 月 7 日。

退让、不苟且的可贵而可爱的一面”，①真是让人啼笑皆非。

今天重新来看这部小说，就会发现作者对倪吾诚和对静珍、静宜的批判是并不对等的，对倪吾诚的批判更为彻底、不遗余力。倪吾诚的文明是不切实际的“穷讲究”，而把静宜的不讲究只归因于“没有钱”则得到作者更多的理解和同情。小说塑造了一个寄寓着作者理想的知识分子形象——赵尚同，他是一个中西合璧的成功典范，“圣人”②式的人物，他不仅是姜氏母女真正崇拜的现实对象，而且他也让倪吾诚起敬畏之心，因为“倪吾诚本来是一个极喜爱极崇拜科学与外文的人”，“单是赵硕士用拉丁语讲的一串一串的药名就使倪吾诚敬畏入迷”，而最最可怕的是赵尚同的那种道学和正统，“这样做的时候你硬是看不出他的做状、他的虚伪来”。小说让赵尚同犀利地指出倪吾诚“勉强和静宜过下去是不人道的”的说法，本质上是极端个人主义，是对中华文化、传统道德的悖离。从这些细节中，我实在看不出作者对赵尚同有丁点儿的“没有饶恕”。小说同时还通过狂热地迷上了中国文明的外国人史福岗来肯定传统文化对于现代国家的重要性，他认为“未来的中国肯定会回到自己的民族文化本位上来”，“有了中国式的伦理观念与义务感，才能有家庭的幸福”，而“欧洲文明已经崩溃了，瓦解了，失败了！”这些观点让倪吾诚无话可说。可见在小说中所设置的传统文化、生活方式与不切实际地崇尚西洋文明间的冲突中，很明显，作者对“全盘西化”的批判更强烈。况且小说中的倪吾诚也绝不是个“革命者”形象，说他是革命“投机者”还差不多。

当时把倪吾诚视为“革命者”、忽视作者对于全盘西化的否定和批判的评价，一方面是由于王蒙在新时期之初的小说创作《夜的眼》、《布礼》、《蝴蝶》等，富有强烈的创作技巧探索色彩，以及他认为外来文化可以为我所用、并不排斥的态度，容易被一部分探索“现代派”艺术的文学知识分子引为同道，更重要的原因则在于李泽厚提出的“启蒙—救亡”说被当时的文学研究者普遍接受，因此，以人道主义、启蒙主义为思想资源，继承“五四”启蒙文学精神来

① 参见李书磊：《双重视点与双重感悟——也评〈活动变人形〉》，《光明日报》1987年9月25日。
② 参见王蒙：《活动变人形》，人民文学出版社2004年版，第273—277页。

批判传统文化成为当时文学界较为流行的观念。由此也可见当时现代文学研究成果对于文学创作中知识形态的影响之一斑。

新时期现实主义文学创作，表面上是一个个"题材"的禁区被突破，但对其意义评价大都集中在人物形象的塑造方面。或许可以说重视通过心理描写、精神分析来塑造典型人物，是新时期现实主义文学创作的重要收获，这固然与主流意识形态倡导塑造"社会主义新人"有所关联，但更为重要的是此时文学是"人"学的观念已经深入人心，这也是盛行一时的人道主义哲学思潮①在文学上的反映。因此，如果说被设置了种种禁区的"题材"是"文革"文学关注的焦点，塑造"典型"人物则是新时期文学场域中现实主义文学创作的一个重要方面。同时，新时期现实主义文学创作（特别是小说）也提供了一些"典型环境"的知识经验。这些"典型环境"不再是以阶级斗争为主题，而是加入更多心理的、历史的、文化的内涵，呈现出新的美学特征。

这些作品的大量出现，应该说与1980年刘绍棠独具慧眼提倡"乡土文学"不无关系。与高晓声的农村题材小说中所选择以知识分子精英身份批判农民劣根性的创作视角不同，刘绍棠则是以一种欣赏的眼光来品味运河农村的乡土风味，所以他把自己的身份定位于一个"土著"②，也就是说在对文学知识分子与人民（特别是与农民）关系的认识上，他与张贤亮有相同点，都认为知识分子应该与人民相结合，他认为"知识分子不与工农相结合，则将一事无成；作家更必须与工农结合在一起，这是永远不会过时的真理，是社会主义文学创作的根本原理之一"③。但二者的小说创作又呈现出不同风格，刘绍棠小说中被描绘的"环境"（融为一体的风土人情）就是他创作的目的，而张贤亮小说中的环境则大都是突出"典型人物"的手段。

虽然公开倡导创作"乡土文学"的文章《对于创作的希望：建立北京的乡

---

① 对于人道主义哲学思潮对新时期文学创作的影响，已经有太多论述，本文不再赘述。

② 在1981年与孟伟哉的通信中，刘绍棠特别解释到尽管自己曾在北京大学肄业，"自称土著"并非耸人听闻，而是"相当准确的自我定性"。因为"我对知识分子远不如对农民那么熟悉"，"我对高级干部还远不如对知识分子熟悉"。参见刘绍棠《关于〈瓜棚柳巷〉的通信》，《乡土文学四十年》，文化艺术出版社1990年版，第96页。

③ 刘绍棠：《走在乡土文学的创作道路上》，《一个农家子弟的创作道路》，四川人民出版社1985年版，第237页。

土文学》是发表于在《北京文学》1981 年第 1 期,但在 1980 年夏秋两季,刘绍棠应邀到吉林、河北、湖北参观访问,以文会友,广泛接触省、地、县的专业作家、业余作家、文学爱好者和读者,在与他们的谈话中,就已经开始宣传倡导"乡土文学"创作的思想了①。或许由于这一主张似乎有与当时主流意识形态所提倡的作家应该"深入生活"合谋的嫌疑,所以他写信给孙犁希望得到老师的支持,却等到了《关于"乡土文学"》断然否定"乡土文学"存在的结果②。但全国范围内开展的古籍整理、民间文学搜集等活动逐渐掀起的"文化热"还是提供了"乡土文学"创作得以繁荣的有利条件。除刘绍棠身体力行创作了《蒲柳人家》、《渔火》、《瓜棚柳巷》、《花街》、《草莽》、《荇水荷风》等中篇小说外,汪曾祺的《受戒》、《大淖记事》,贾平凹"商州系列"小说《商州》、《小月前本》、《商州初录》、《鸡窝洼人家》、《腊月·正月》等,大都可以归入刘绍棠所倡导的"乡土文学"一类。正如刘绍棠所言,"'乡土文学'应该写农村和农民,却并不把所有写农村和农民的作品都算作乡土文学",因为"大量写农村和农民的作品,重点不在于描写风土人情,而着重于反映人事和社会问题。它不一定具有强烈的中国气派和浓郁的地方特色,甚至没有多少民族风格,但是它揭示了农村和农民生活中的尖锐矛盾和重大斗争,很有政治价值,这是乡土文学所不能比拟的",所以"'乡土文学'只是反映农村和农民生活题材的创作领域中的一个区域"。③

应该说刘绍棠所倡导的"乡土文学"主要着眼于文学的美学价值④,这就决定了他的中国气派表现为多情重义、浓郁的地方特色,特别是对风俗习惯和

---

① "其中一大话题,就是对世界,我们要建立中国的国土文学;在国内,我们要建立各地的乡土文学。我们必须在文学创作中,保持和发扬我们的中国气派和地方特色。"刘绍棠:《建立北京的乡土文学》,《一个农家子弟的创作道路》,四川人民出版社 1985 年版,第 192 页。

② "就我个人的认识来说,我认为绍棠其实可以不要这样说,也可以不必这样标榜的。因为,就文学艺术来说,微观言之,则所有文学作品,皆可称为'乡土文学';而宏观言之,则所谓'乡土文学',实不存在。文学形态,包括内容和形式,不能长久不变,历史流传的文学作品,并没有一种可以永远称之为'乡土文学'。"孙犁:《关于"乡土文学"》,《北京文学》1981 年第 5 期。

③ 刘绍棠:《关于乡土文学的通信》,《一个农家子弟的创作道路》,四川人民出版社 1985 年版,第 208 页。

④ 刘绍棠:《〈蒲柳人家〉二三事》,《一个农家子弟的创作道路》,四川人民出版社 1985 年版,第 194 页。

自然风光的赞叹与抒写,描绘出一幅能达到"雅俗共赏"、情景交融的社会风俗画,就是他小说创作所追求的目标。而他对中国小说民族风格的理解:传奇性与真实性相结合,通俗性与艺术性相结合,说明"通俗文学"知识在新时期之初的文学知识分子中仍然不乏接受者。当然,即使是刘绍棠自己在1981年以后的创作中,也不可能总是把小说的重心放在"典型环境"上,"典型人物"在"典型环境"中越来越凸显出来。

以"典型环境"为主要表现对象的抒写大体可分为两类:农村题材和市民文化。新时期现实主义文学创作中的"典型环境",剔除了阶级斗争的社会背景后,用来填补所留下空白的主要是社会文化心理和风俗习惯,这也是新时期哲学、美学、心理学达到的认识水平影响到文学创作的必然结果。农村题材的创作主要表现为"乡土文学",有论者把新时期"乡土文学"小说创作中的文化传统分为:齐鲁文化、楚文化、吴越文化、三秦文化、三晋文化、燕赵文化等,各文化区都有代表作家①,可作参考。同时还有以市民文化为主要内容的"民俗小说",如邓友梅《寻访"画儿韩"》、《那五》、《烟壶》,陆文夫《小贩世家》、《围墙》、《唐巧娣翻身》、《美食家》中的"小巷人物"等,民俗文化在这些小说中大多以"典型环境"存在,塑造出有个性的"典型人物"还是作家的主要目的,这也是表现市民的民俗小说与"乡土文学"的差别之所在。

事实上,新时期文学场域中的现实主义文学创作是一个开放的体系,它在新时期之初借鉴浪漫主义及现代主义的某些表现手法来更好地完成塑造"典型人物",描绘出作者想象中的"现实世界"之后,随着对浪漫主义文学、现代主义文学认识的逐渐深入,现实主义文学也越来越注重撇除其中的主观性因素,出现了"纪实文学"热。就在文学界为真正意义上的现代主义文学作品出现而欢呼的1985年,张辛欣在《上海文学》、《收获》、《文学家》、《钟山》、《作家》、《青年作家》上发表了系列纪实小说《北京人》,梁晓声也出版了《从复旦到北影》、《京华见闻录》,"纪实小说"得名于刘心武为自己的创作《5·19长镜头》、《公共汽车咏叹调》等定的名称,有人又称之为"口述实录文学"、"新

---

① 致力于燕赵文化性格的开掘的有刘绍棠、铁凝等;三秦文化区有贾平凹、路遥、陈忠实、史铁生等;楚文化区有强大作家阵容:古华、韩少功等……参见崔志远:《乡土文学与地缘文化——新时期乡土小说论》,中国书籍出版社1998年版,第90—99页。

闻小说",南京、沈阳等地的出版单位则相继创办纪实文学刊物予以声援;有些纯文学杂志也不甘寂寞,主动开辟栏目发表纪实文学作品、开展纪实文学大讨论。1986 年报告文学界一口气抛出了《唐山大地震》、《洪荒启示录》、《神圣忧思录》等"重磅炸弹",引起轰动。其中,《唐山大地震》在《解放军文艺》上刊登后,被全国一百多家报刊转载,当期的《解放军文艺》黑市价卖到了 50元一本,《神圣忧思录》一下子就让《人民文学》增加了 20 万册的销量。报告文学也在 1987、1988 年跃上了文坛的顶峰。1987 年 11 月,《人民文学》、《解放军文艺》领衔发起全国百家文学期刊"中国潮"报告文学征文活动。1987 年12 月 19 日,《文学评论》编辑部和《报告文学》编辑部又联合召开了以报告文学为话题的作家、评论家对话会。报告文学的兴起强烈影响了现实主义小说的创作形态,为后来"新写实小说"创作的繁盛做了铺垫。

第五章　毁誉参半的浪漫主义

浪漫主义同现实主义一样,都是西方文学理论中的概念。作为一种创作方法,浪漫主义一词来自中世纪各国由拉丁文演变的方言所写的浪漫传奇,善于讴歌大自然,抒发对理想世界的热烈追求,常用华丽奔放的语言和夸张对比的手法塑造形象,突出刻画人物的个性特征,重视情节的奇特和偶然,在诗歌格律方面,追求舒展自由,有音乐感。同时,也被用来指代一种文艺思潮,即18世纪下半叶至19世纪初,首先在德、英、法兴起,深受德国古典哲学和空想社会主义影响,政治上反对封建专制,文艺上反对古典主义,宣扬个性解放和创作自由,强调情感和想象在创作中的作用,代表作家有德国的歌德、席勒,法国的雨果,英国的雪莱、拜伦等①。20世纪初到"五四"新文化运动时期,浪漫主义作为西方文论术语被引进中国,茅盾《文学上的古典主义浪漫主义和写实主义》(1919年)较早集中地介绍了欧洲18至19世纪的文学思潮,清晰地表述了古典主义、浪漫主义与现实主义概念②。但是在新时期文学场域中,"浪漫主义"作为一种文学知识类型,其处境可谓尴尬,主要经历了由"理想化"到"抒情性"的认识过程。

---

① 参见胡敬署等主编:《文学百科大辞典》,华龄出版社1991年版,第113页。

② 至于浪漫主义在现代中国的演变历程,可参见刘小新:《浪漫主义》(南帆主编《20世纪中国文学批评99个关键词》)。该文对于1980年代以来,"浪漫主义"概念使用方面出现的新变化做了总结,其中一、二、三条的归纳与本书所研究的"新时期文学场域"有关,但本章通过对新时期以来"浪漫主义"在文学研究、批评以及创作中知识谱系的梳理,得出的结论与他的概括不尽相同。

第一节　隐匿于文学研究中的浪漫主义文学知识

在新时期文学场域重新生成之时,相比起现实主义的高歌猛进,浪漫主义则简直可以称得上是杳无声息。从 1976 年到 1978 年,"两结合"创作方法重新被论证其权威性,现实主义正准备以"革命现实主义"的名义来获得重回场中的合法性,此时被等同于"高于生活"理念口号的浪漫主义则是被缚在"四人帮"阴谋文艺的耻辱柱上难以翻身。在新时期之初,第一阶段关于"真实性"的探讨中,"浪漫主义"被大多数论者等同于假大空的"阴谋"文艺。1977年只发表了两篇关于"浪漫主义"创作方法的文章。虽然《宁夏文艺》1977 年第 6 期发表思任《读诗随笔:诗要有点浪漫主义》,借被奉为"两结合"创作方法典范的毛泽东词《蝶恋花·答李淑一》来试图恢复浪漫主义的地位。从"这首词的浪漫主义之花是从现实主义的基础上栽培起来的,这首词的浪漫主义想象又是为现实主义服务的",可以看出他的这种努力还是小心翼翼的,以不伤现实主义根基为前提,那么他的所谓"我们写诗,要有一点浪漫主义"的提议能有多大反响,也是可以想得出来的。而几乎同时的《四川文艺》1977 年第 8 期发表曾葭《"浪漫主义"的奇谈与妙用》,则是极尽讽刺挖苦之能事,在嬉笑怒骂之中,达到了痛快淋漓地揭批江青"四人帮"阴谋文艺反革命本质的效果,但同时也把"高于生活"和胡风用"主观战斗精神"去"拥抱生活"和"四人帮"绑在了一辆战车上。该文用江青篡改革命历史话剧《万水千山》作引,把"浪漫主义"写成是江青的口头禅,认为"所谓'浪漫主义',是从其反革命政治需要出发的极端反动、荒谬的骗术","像胡风所鼓吹的那样用反革命的'主观战斗精神'去'拥抱生活'…所信奉的就是资产阶级反动的'唯意志论'和英雄观"。

尽管如此,1978 年还是有一篇为浪漫主义鸣不平的文章发表,即龚济民《还浪漫主义以本来面目》①,但该文的根本目的却还是在论证"两结合"方法相对于现实主义的权威性。该文借鉴了高尔基区分"积极浪漫主义"和"消极浪漫主义"的策略,试图把浪漫主义从"四人帮"的阴谋文艺中解救出来。作

---

① 《破与立》1978 年第 6 期。

者认为"'四人帮'侈谈的'源于生活,高于生活',不过是个道道地地的骗人的口号,说穿了原来是'远离生活,伪造生活'的代名词,跟革命浪漫主义的精神毫无相通之处",是属于"被马克思讥刺为'漂亮的文学制造商'的夏多勃里昂(法国)以及诺瓦利斯、希勒格尔兄弟(德国)等人"的消极、反动的浪漫主义范畴。该文以作家的世界观不同作为区分消极与积极的标准,革命的理想就是进步的、积极的,而"寄理想于早已成为历史陈迹的中世纪的田园生活,以此作为自己的梦寐以求的'世外桃源'",则"只能说是反映了那些人政治思想的复辟倒退和世界观的腐朽没落",从而试图为"革命浪漫主义"争得一席之地,也达到巩固"两结合"权威方法基础的目的。

此时以作家的世界观为标准而作出的积极浪漫主义与消极浪漫主义区分,似乎是给浪漫主义一点名分,但在"真实性"的前提下,积极浪漫主义被等同于理想主义,隐于"革命现实主义"或"两结合"之中,而消极浪漫主义则被贬为不切实际、不合逻辑的胡编乱造,在文学评论中有时也与"现代派"混为一谈。其实质却是把浪漫主义扫地出门。也正是有了这个区分作前提,1979年,才会有用革命浪漫主义来评价天安门诗歌文章的出现①。事实上,这种区分为新时期之初的文学批评定下了评价浪漫主义的基调。尽管在1980年初《文艺报》召开的部分在京作家评论家座谈会上,从维熙就发出对浪漫主义创作方法的呼吁,提出"现在许多刊物很忌讳提理想化和浪漫主义。但是如果不塑造一些带领群众向四化进军的人物,像蒋子龙的乔厂长,而把一些没能很好研究过的人物放在舞台上、书本里,发展下去对我们的文学很不利"②,但随后出现的三篇为浪漫主义正名的文章,仍要表明自己肯定的浪漫主义是革命的、积极的这一基本立场。其中,赖力行《浅谈积极浪漫主义文学的真实》(《研究生学报》1980年创刊号)、竹可羽《不要放逐革命浪漫主义》(《河北文学》1980年第12期)这两篇,单从题目就可以看出作者的立场。让人稍感遗憾的是由叶易执笔的《关于浪漫主义》,认为"浪漫主义创作方法的基本特征

---

① 参见童怀周:《试谈天安门诗词的革命浪漫主义》,《安徽师范大学学报·哲社版》1979年第1期。但是也仅此一篇而已,更多的论者是把"天安门诗歌"视为革命现实主义的胜利。在竹可羽《不要放逐革命浪漫主义》文中特别提到这一点,"闪耀着革命浪漫主义夺目光彩的《天安门诗抄》,只是被说革命现实主义的胜利。"

② 参见《文艺报》1980年第1期。

是强烈地表现理想和愿望,描绘人们'应有'的生活图景","由于要强烈地表现理想,它的想象就很丰富,很奇特",同时由于"人物与环境是不能分开的。人物的性格是在特定的环境中形成和表现出来的。浪漫主义塑造这样的形象,与之相适应的往往有奇异的环境和情节","作家由于对理想的渴望和急切的追求,就必然表达出强烈的感情,具有丰富的感情色彩",所以"往往更多地采用夸张、比喻等手法","采用奇特的幻想和虚构等表现方式"等。① 原本已经触及它的美学特征,但终还是狗尾续貂般加上一个对消极浪漫主义的否定,可见其历史局限性。

尽管其后公开为浪漫主义辩护的文章也能偶现,1981 年有三篇:徐季子《为浪漫主义说几句话》(《东海》1981 年第 2 期)、黎汝清《要有浪漫主义》(《解放军文艺》1981 年第 7 期)、徐岱《浪漫主义也是一种创作方法》(《文艺研究》1981 年第 2 期),但仍然是论证积极浪漫主义的合法性。1982 年则只有一篇宋遂良《真假浪漫主义》(《柳泉》1982 年第 2 期),真正开始明确要突破积极浪漫主义与消极浪漫主义界限的认识到 1983 年才出现,这一年出现了关于浪漫主义小范围的争论。1983 年可谓新时期文学场域中"浪漫主义"在文学批评活动中最为风光的一年,有严永通《向神话学习浪漫主义》(《广西民族学院学报》1983 年第 1 期)、刘溶《"两结合"方法自古已有,革命浪漫主义不应忽视》(《许昌师专学报·社科版》1983 年第 2 期)、贺建成《谈浪漫主义的真实性》(《新文学论丛》1983 年第 2 期)、林雨《文学上的自由主义与无政府主义——浅沦浪漫主义与现代主义的关系》(《芜湖师专学报》1983 年第 2 期)、肖君和《浪漫主义精神与社会主义艺术》(《贵州社会科学》1983 年第 6 期)等文章,以及对于中国古代、现代,西方浪漫主义风格的作家作品研究文章,共 65 篇。发表于《文汇报》1983 年 4 月 5 日的何满子《论浪漫主义》,认为浪漫主义有"'先天'的残疾性的缺陷","革命的浪漫主义的极致,就跃进为现实主义",来确证现实主义高于浪漫主义的观念。姜国庆《为浪漫主义一辩——与何满子同志商榷》(《文汇报》1983 年 5 月 3 日)和邹平《为浪漫主义一辩》(《华东师范大学学报·哲社版》1983 年第 6 期)都是发表与何文不同意见的。

---

① 叶易:《关于浪漫主义》,《上海文学》1980 年第 3 期。

　　其中邹平《为浪漫主义一辩》①明确提出,"高尔基强调世界观对创作方法的制约作用是正确的,但这种概括并不能代替艺术上的具体分析。一看到消极浪漫主义就打入十八层地狱,那就会从真理走向谬误。事实上,无论消极浪漫主义还是积极浪漫主义,在历史上都曾作为古典主义的对立面而产生的。它们反对古典主义在艺术上的僵化,反对压制个性,束缚创作自由。在艺术表现上,它们也具有一些共同的特征",针对"有些同志常常只提积极浪漫主义在历史上的进步作用,而全然抹煞消极浪漫主义的艺术贡献;同时也有一些人在反对虚假的浪漫主义,反对假大空的文艺的时候,把这种弊端归咎于浪漫主义,甚至连革命浪漫主义也否定了"的现象,提出"我以为是和我们过去在研究浪漫主义文学时只注意从政治思想进步与否来区分消极和积极两种倾向,而忽略了对它在艺术手法上的共同性的研究有关"的观点。为消极浪漫主义正名不是目的,其最终指向对"用真实性来区分现实主义和浪漫主义的理论"的质疑。可见,积极浪漫主义与消极浪漫主义区分的逐渐消解并不是自刘小枫《诗化哲学》才开始的,它的消解源于对"浪漫主义"认识的逐渐深入。

　　新时期文学场域中,与浪漫主义在文学批评中所受冷遇不同,浪漫主义文学知识在新时期的古典文学、现代文学(特别是"五四"文学研究)与外国文学研究中不断扩充着自己的领地,这其实是对文学批评中处于弱势地位的浪漫主义文学的一种支援。在现实主义以"革命现实主义"的名义挑战"两结合"的权威地位的1978年,对当时被肯定的民歌和现代作家郭沫若的《女神》中浪漫主义文学知识的研究,虽然其本意是对"两结合"的一种声援,但在客观上也起到了传播浪漫主义文学知识的作用。外国文学的译介工作也为浪漫主义文学知识的传播添砖加瓦。仅1978年出版的浪漫主义作家作品就有:法国作家雨果《悲惨世界》(李丹译,人民文学出版社1978年4月版,上海文艺出版社1978年9月租型出版)、《九三年》(郑永慧译,吉林出版社1978年4月租型出版)、《笑面人》(鲁膺译,上海译文出版社1978年6月、1978年11月两次印刷,浙江人民出版社1978年11月租型出版),苏俄作家莱蒙托夫《当代英雄》(人民文学出版社1978年6月版)、拜伦《唐璜》(上海译文出版社1978年6月版)、雪莱《伊斯兰的起义》(上海译文出版社1978年第5版)等。事实

---

① 邹平:《为浪漫主义一辩》,《华东师范大学学报(哲社版)》1983年第6期。

上,在 1978、1979 年的外国文学名著翻译中,浪漫主义文学知识主要呈现在童话和外国科幻小说中①。

在此期间,安徒生童话的翻译最为可观,有几个版本,几百万的印数:叶君健译《安徒生童话和故事选》人民文学出版社 1978 年 6 月版,又于 1979 年 4 月印 2 次,共 82,000 册;叶君健译《安徒生童话选》人民文学出版社 1978 年 8 月版,又于 1979 年 4 月印 2 次,共 1020,000 册,四川人民出版社重庆办事处 1979 年 9 月租型出版 100,000 册;叶君健译"安徒生童话全集"(共十六本),《海的女儿》、《天国花园》、《夜莺》、《祖母》、《母亲的故事》、《柳树下的梦》、《聪明人的宝石》、《老槲树的梦》、《踩着面包走的女孩》、《沙丘的故事》、《冰姑娘》、《小鬼和太太》、《干爸爸的画册》、《曾祖父》、《园丁和主人》、《幸运的贝儿》,上海译文出版社 1978 年 6 月版,印数 72000 册,福建人民出版社 1978 年 6 月租型出版印 1 次,印数不详,广西人民出版社 1979 年 8 月租型出版印 1 次,印数不详;叶君健译,古·叔龙绘图《皇帝的新装》,少年儿童出版社 1979 年 3 月版,印数 220,000 册,可见安徒生童话受欢迎的程度。戈宝权译诗人普希金《渔夫和金鱼的故事》,少年儿童出版社 1979 年 5 月版印数 300,000 册,梦海译《普希金童话诗》,上海译文出版社 1979 年 8 月版印数 100,000 册。童话还有徐调孚译的科罗狄《木偶奇遇记》,少年儿童出版社 1957 年版 1979 年 4 月第 10 次印刷,共 1106,300 册,江苏人民出版社 1979 年 3 月租型出版印数不详,以及纳训译《一千零一夜》(一、二),人民文学出版社 1977 年 12 月重印,天津人民出版社 1978 年 4 月租型出版印 1 次,印数 543,000 册,上海文艺出版社 1978 年 10 月租型出版印 1 次,印数 50,000 册。

1979 年对儒勒·凡尔纳科幻小说的翻译,也是规模极大:知人译《格兰特船长的女儿》(第一、二、三部),中国青年出版社 1956 年 7 月版,至 1979 年 7 月印 5 次,总印数 388,500 册;《海底两万里》中国青年出版社 1961 年 8 月版,至 1979 年 12 月印 4 次,共 535,000 册;王汶译《气球上的五星期》(非洲游记),中国青年出版社 1957 年 10 月版,至 1979 年 9 月印 3 次,共 182500 册;

---

① 以下数据根据国家出版事业管理局版本图书馆编《1949—1979 翻译出版外国古典文学著作目录》(中华书局 1980 年版)和中国版本图书馆编《1980—1986 翻译出版外国文学著作目录和提要》(重庆出版社 1989 年版)统计整理。

沙地译《八十天环游地球》,中国青年出版社 1958 年 2 月版,至 1979 年 11 月印 3 次,共 243,500 册;杨宪益、闻时清译《地心游记》,中国青年出版社 1959 年 3 月版,至 1979 年 7 月印 5 次,共 148000 册;李仓人译《从地球到月球》,中国青年出版社 1979 年 8 月版,印数 200,000 册。

此时对民间文学的整理研究,也体现了创作方法上重现实主义而轻浪漫主义的偏见,实质仍是把浪漫主义等同于幻想和夸张。如朱宜初《论民族民间文学中的现实主义与浪漫主义》①一文,认为"现实主义作为一种成熟的,典型的文艺思潮来说,是社会发展到比较近代的产物,它要求人们的思维能力能够典型地、本质地反映生活现象。它成为文艺创作上的一种思潮是在十九世纪以后",少数民族民间文学之所以大量充满幻想的浪漫主义,"总之是停留在较早的或原始社会的阶段",并对积极浪漫主义和消极浪漫主义给出以逻辑和理想为评价标准:"积极浪漫主义故事情节的发展,在表面上其幻想逻辑的线索,鼓舞人们奔向生活的理想,奔向理想的未来,从而激发人们在现实斗争中的勇敢与智慧。如果不能做到这点,却为幻想而幻想,沿着幻想的线索、幻想的逻辑,逃避现实斗争,光追求离奇的情节,这就变成了消极浪漫主义。"

这些对某些中国古代文学、现代文学和外国文学的研究,大都表现出对时代关于"真实性"讨论的回应,同时也大都被烙上当时对浪漫主义认识的特征:剔除了浪漫主义文学中张扬作者主体性的文学精神,而仅仅把浪漫主义视为一种作为现实主义补充的、重虚构、幻想、夸张的创作方法。在新时期文学场域中,能把"浪漫主义"从文学批评所作积极和消极的狭隘区分中解救出来,主要应归功于对美学由哲学向心理学转变的探讨和对文学艺术形式的深入研究,以及对"现代派"艺术态度的改观。

在关于浪漫主义的讨论中,1984 年发表的邹忠民《关于浪漫主义的评价问题》②一文摆脱了消极与积极浪漫主义的区分,把重主观的文学精神和以想象、虚构为主要创作方法相结合来重新认识、评价文学形态中的重要一支——浪漫主义。文中首先是以真实性为突破口,依在研究中已经得到肯定的屈原《离骚》、郭沫若《女神》、雨果《悲惨世界》等作品的成就为据,对当时关于浪

---

① 参见《思想战线》1979 年第 4 期。
② 《文艺研究》1984 年第 5 期。

漫主义认识的流行观念:"有的同志认为浪漫主义的特点就在于用主观来歪曲客观"、根本缺陷在于"用自己的理想来解释世界"做出反击,认为浪漫主义可以反映现实,"并不是指它所反映的生活现象的形态是否真实,而是说它立足的基础或出发点是现实生活,并折射出生活的一定本质真实",丰富了浪漫主义文学的精神内涵。但是该文仍把浪漫主义局限在"最突出也是最本质的特征在于它所反映的生活是理想的或愿望的或幻想的,是现实的一种主观真实;它把情感和想象提到首要的地位,表现、追求理想和用理想化的手段塑造典型形象",还是侧重于浪漫主义文学所具有的"理想化"特征,没有明确意识到"抒情性"的特征。

直到1985年,景国劲《新时期小说与浪漫主义》的出现才意味着浪漫主义文学知识在新时期文学批评中真正获得了一席之地。该文梳理了新时期文学小说创作中浪漫主义的美学特征,他认为新时期中短篇小说创作中有一股浪漫主义思潮①,选择思潮,而不是仅仅从创作方法的视角,是该文能摆脱当时流行的"浪漫主义"观念束缚的一个重要原因。到了1970年代和1980年代之交,才由从维熙、叶蔚林、王蒙等中年作家发出信号,特别是从1982年以后,革命浪漫主义思潮又由梁晓声、张承志、冯苓植、邓刚、陈放等知青作家将之推向高潮。这些小说的审美特征表现为:一、通过人与自然关系的描写,抓住人的心灵和情感曲折地折射现实世界,表达作家对未来的憧憬、对理想的追求,从而对现实生活作出更为深刻而高层次的理解;二、以抒情的叙事方式,抒发强烈的革命激情,使小说具有诗与音乐的气质;三、人物形象奇特而强烈的个性和男子汉粗犷豪放的气质所呈现的英雄主义与理想主义色彩;四、喜爱描写大自然,作家审美意识赋予自然形象以灵性,呈现出美的意境;五、崇高之美和阳刚风格。该文完全剔除了阶级论的影响,只有用美学的观点来审视,"浪漫主义"文学知识所蕴涵的抒情性特征才能被显露出来,这表明1980年代中期对浪漫主义文学知识的认识与1980年代初以"理想"为核心的认识已经有所不同。

1986年戴钢《浪漫主义—现实主义传统和艺术革命》②的发表,意味着新

---

① 参见景国劲:《新时期小说与浪漫主义》,《当代文艺探索》1985年第3期。
② 《当代文艺思潮》1986年第2期。

时期文学场域中对于浪漫主义文学的认识又进入了一个新的阶段。该文认为，"浪漫主义与现实主义的二分法充斥着我们的出版物，我们津津乐道地用他们来概括文学艺术的创作方法和潮流"，但是"只要进行逻辑的推敲，像《辞海》上所写的，'在文学艺术史上，现实主义与浪漫主义是两大主要思潮'的看法就显得肤浅和错误了"，通过对西方浪漫主义文学和批判现实主义文学发生过程的追溯，对借"模仿说"、"情感说"来区分现实主义与浪漫主义的观点进行了批驳。其意义就在于试图打破以往批评理论中的浪漫主义—现实主义二元对立的模式，认为把复杂的文学现象简单化为浪漫主义与现实主义的区别是不合适的，从而为其他被统称为"现代派"的表现手法争取了合法地位。

第二节　想象与抒情：新时期文学创作中的浪漫主义

在新时期文学场域中所进行的文学批评活动里，浪漫主义之所以显得如此波澜不兴，关键在于此时人们在潜意识里把"浪漫主义"等同于"假大空"的理想主义，虽然它也试图学习现实主义的成功经验，借助"革命浪漫主义"的名义在创作中取得合法地位，但是对于何为"革命浪漫主义"，是否存在"革命浪漫主义"的创作方法，文学工作者是持怀疑态度的。比如作家茅盾当时就曾说过，"我个人意见，认为'豪言壮语'不能算是'两结合'中的革命浪漫主义，'畅想未来'也不能算是'两结合'中的革命浪漫主义。塑造一个勇往直前，不畏艰险，时时想着共产主义的远景的革命乐观的英雄人物，是一般作家就'两结合'的创作方法试图作出的样品。但是，这样的人物在革命现实主义的作品中也就可以找到。"①特别是在"两结合"与"革命现实主义"争夺场内权威地位的论争中，承认"革命浪漫主义"合法性就总有为"两结合"撑腰之嫌，因此，在当时的文学批评中自然销声匿迹了。但这并不代表浪漫主义文学知识在新时期文学创作中已经断流，已经有论者指出，"就整体而言，从1978年到1985年，文学的叙事意识还没有完全自觉，或者说，叙事的美学价值还没有真正被认识。叙事在文学创作中常常被作为表现认识、抒发情感的'手段'

---

① 茅盾：《解放思想，发扬文艺民主——在中国文学艺术工作者第四次代表大会及中国作家协会第三次会员代表大会上的讲话》，《人民文学》1979年第11期。

出现。""这种被思想与感情、被主体内部急于涌出的'话'所驾驭着的文学又存在着它的致命弱点:客观存在的本来面目即历史真实的美学价值的薄弱与稀少,'表现'抑制了'再现',主观遮蔽了客观。就宏观而言,这是一个文学的抒情时代,或者说是抒情的文学时代。"①

当刚刚恢复写作权力的文学知识分子们以笔为旗,捍卫文学"真实性"而对所谓"四人帮"炮制的虚假"浪漫主义"口诛笔伐之时,被等同于"假大空"、"理想化"的浪漫主义,首先是在科幻小说中找到寓身之所。而浪漫主义文学精神则主要体现在舒婷、顾城等部分"朦胧诗"创作,新边塞诗人昌耀和海子的诗歌,以及部分所谓的"知青小说"中。

应该说,新时期科幻小说的高潮是在 1978 年以后出现的,主要是以繁荣儿童文学和普及科学知识的名义,并于 1979 年掀起了创作高峰。根据尹传红《中国科幻百年》(中)中记载:1976 年 1 月上海人民出版社出版的《少年科学》创刊号上登载叶永烈《石油蛋白》后,1977 年只出现了三篇科幻小说:王亚法《强巴的眼睛》(讲述利用微型声呐雷达让盲人看见光明的故事)、叶永烈《世界最高峰上的奇迹》(在珠穆朗玛峰发现"松香"蛋,孵化出小恐龙的故事)、肖建亨《密林虎踪》(利用无线电发射机监控野生动物的故事),而 1978 年有 18 家期刊、出版社发表、出版科幻小说 41 篇,1979 年达 135 篇②。重新生成的文学界正忙于论证文学知识分子的合法地位,控诉"四人帮"的迫害罪行之时,那些所谓的"伤痕"文学、"暴露"文学,首先就是儿童不宜的。特别是在《班主任》提出了教育战线上存在的问题以后,为两亿儿童创作就成了刻不容缓的事情。

1978 年 5 月 20 日《人民日报》以"读者来信"形式发表了江西省赣县中学老师陈祥霈《繁荣儿童文学创作,肃清"四人帮"的流毒》,文中谈到缺少儿童文学读物的问题时,对人民文学出版社 1977 年编辑出版的儿童文学选辑《劲芽》提出了批评。他认为"《劲芽》中的几篇作品里所写描写的小主人公,都是带'角'带'刺'的人物……在他们身上可以看出'四人帮'培植的'角刺兼备'的所谓'反潮流英雄'的影子"。同一天《光明日报》也发表了三篇文章:高山

---

① 参见张德祥:《现实主义当代流变史》,社会科学文献出版社 1997 年版,第 266、268 页。
② 尹传红:《中国科幻百年》(中),《中国科技月报》2000 年第 4 期。

《试谈科学文艺的创作》,郑文光《应该精心培育科学文艺这株花》和吴岩《别具一格——读叶永烈的科学文艺作品》,随后,人民文学出版社首先召开儿童文学创作座谈会,1978年5月28日《人民日报》以《为孩子提供丰富的精神食粮》为题作了报道。国家出版事业管理局于1978年10月邀请了少儿读物作者和出版工作者及其他有关人员217人,参加在江西庐山召开的全国少年儿童读物出版工作座谈会,提出儿童文学作者队伍建设问题,要求繁荣儿童文学创作,解决儿童书荒问题①。

此时的科幻小说被归属于科学文艺,主要定性为科普读物。科幻小说在"文革"前就带有"科普情结",这主要是由于大批苏联科幻、科普作品和凡尔纳小说被译成中文,为中国科学文艺创作提供了样本;同时,在1956年初中央发出"向科学进军"的号召下,承担起教育和宣传的特殊使命,仅作为儿童文学中的一个品种而存在,局限了向其他方向发展的可能。因此,当1978年科学文艺重新出现在新时期文学场域中时,仍然把科幻小说作为"儿童文学最重要题材之一"②来提倡。但当时,文学界更关注于对现实题材禁区的突破,因此对儿童文学和科幻小说的重视程度远远不够,尽管1978年召开了庐山出版会议,1980年在北京举行了全国少儿文艺创作评奖大会,1981年1月在成都举行了全国儿童文学中长篇小说座谈会等;全国纯文学性的儿童刊物,也由从前的3家发展到11家之多。几乎各省的人民出版社都增设了少儿读物编辑室,与此同时,还成立了专为小读者服务的天津新蕾出版社、四川少儿出版社等,这些都对儿童文学创作起了推动作用。但是文学界批评的焦点仍然集中在关注社会问题的创作上。因此中共中央又分别于1981年3月17日、24日两次召开儿童和少年工作座谈会,并发出号召全党、全社会都要重视儿童和少年的健康成长。1981年4月19日《文艺报》编辑部邀请在京部分作家、艺

① "中宣部副部长廖井丹、国家出版事业管理局代局长陈翰伯出席并讲话。提出造成少年儿童严重书荒的原因,是"四人帮"长期以来的摧残和破坏,社会上的不重视,有关领导部门没有抓或没有抓紧,作家队伍没有形成或者说队伍太小。……认为儿童文学是'小儿科'、'下脚料'、不屑一顾的大有人在。"《文艺报》1978年第6期,第33页。
② 最初大都以儿童文学的名义提倡科幻小说,如郑文光就曾指出,"百花齐放,少年儿童文艺读物在品种上也要'百花齐放',请不要忘记科学文艺读物这一株'花'"。参见《应该精心培育科学文艺这株花》,《光明日报》1978年5月20日。

术家、评论家、编辑、教育工作者三十余人举行座谈,会上《文艺报》对于文学界一直以来忽视儿童文学创作的现象作出自我批评,并制定了相应的鼓励少年儿童创作的措施①。

新时期文学场域中的科幻小说创作,在1980年代初如昙花一现,1983年以后就迅速衰落了。这些科幻小说的发表阵地主要是由科技出版社或专业出版社出版的《科幻海洋》、《科幻译林》、《新蕾》等科幻期刊,还有选刊《科幻世界》,以及两本年鉴性质的大型科幻作品集《科学神话》等。这说明文学界以外的力量在渗入文学知识生产中,也必然会遭到文学界的抵抗。当时就有人提出,"今天儿童文学创作中,存在着相当严重的回避现实生活的情况,其主要表现之一,就是写童话多,写现实生活的少。这样说,似乎童话是不反映现实生活的,或者说,今天见到的一些童话,都是回避了现实生活来写的"②,也正因为此,"儿童文学作家在我们的作家群里,似乎也低人一等。"③当某些儿童文学作家只能为此忿忿不平之时,有些科幻作者就已经开始把视角转向社会现实。因此,新时期的科幻小说创作出现了新的流派特征。早在1981年2月2日《光明日报》发表的饶忠华《科学幻想与文学幻想——试论我国科幻小说的流派与特色》文中,就已经看到这种特征正在形成,"就世界范围来说,科幻小说大致有两种不同的流派:凡尔纳派和威尔斯派。前者注重科学性,后者注重文学性。从目前情况而言,我国的科幻小说比较注意科学性,但比较注重文学性的作品正在逐渐形成中。"

所谓的注重文学性特征,主要是指以童恩正《珊瑚岛上的死光》,金涛《月光岛》,肖建亨《沙洛姆教授的迷误》,叶永烈的"金明"系列推理案《球场外的间谍案》、《X—3案件》、《失踪之谜》等,以某一科学幻想为契机,反映某一"社会问题"为主要目的的小说,被称为"社会性科幻小说"。1976年到1981年,全国共发表科幻小说三万余篇,"科幻小说的样式和风格,也从它萌芽时期的单一、雷同变得绚丽多姿了。以表现科学探索、科学试验、科学预测等为主题的'科学性科幻小说'(又称'硬科幻')仍占主导地位;同时,严家其、郑文光、

---

① 这里说的不重视,主要指当时文学界的主流观念。参见《文艺报》1981年第10期。
② 金近:《童话和现实生活》,《文艺报》1981年第10期。
③ 刘厚明:《趁着春天赶快播种》,《文艺报》1981年第10期。

童恩正、金涛的以表现社会为主题的'社会性科幻小说'（又称'软科幻'）也发展起来"①。这类科幻小说又被称作"软派"，由于其不再单纯地以介绍某些科学知识，表现一种科学幻想为满足，而是把它同人的性格、行为，特别是人的命运联系起来，努力从人的科学幻想和科学幻想中的人这一角度去发掘更为深刻的主题，具有"成人化"特点也是争议最大，受诟病最多的一类，在1983年清除精神污染运动中，因其对少年儿童产生的不利影响而饱受挞伐。被视为"硬派"科幻小说代表的刘兴诗《美洲来的哥伦布》，肖建亨《万能服务公司的最佳方案》，应其《驯火者之死》，李登柱《神奇的帽子》等作品，则是以某一科学幻想为结构文章的主要线索，更注重科学性，应该说是对儿童、成人读者都适合的创作。事实上，除此而外，仍有大批的少儿科幻作品如缪士《古园"魔影"》、《奇怪的"潜水员"》、《失踪的爸爸》，王亚法《魔枕》，王琴兰、王沂《海豚派软糖》，嵇鸿《秘密就在老医生身上》等作为儿童文学分支带有童话色彩的科幻创作。

由上可见新时期之初科幻小说创作的复杂性，因此它会引起争论也就不足为奇了。童话的浪漫主义色彩无需赘言，本文主要就争议最大的"软派"科幻作品稍作分析。恰如郑文光所言，"严格说来，科幻小说不算儿童文学"，"优秀的科幻小说应当列入严肃文学作品之林的。这种文学形式既继承了古典幻想小说的传统，又带有崭新的科学化时代的时代特征，它可以超越时空，甚至深入人类所到达不了的领域，因此它有极其广阔的自由度，抒发情感，阐明哲理，剖析人生，成为具有浪漫主义色彩的一个新的文学品种"。他认为科幻小说创作的主要任务是，"在今天的中国，科幻小说的一个任务，是要塑造新时代的新人物。这些人，应当摆脱漫长的封建剥削制度加给我们民族的精神枷锁，林彪、江青极左路线和十年浩劫留给我们的精神烙印。即使在世界文学画廊上，我们的科幻小说的主人公也应当是一个前所未有的崭新的典型，即社会主义新人的典型。"②

这些新人，或者可以说是这些科幻小说塑造出的当代英雄人物，他们大都具有掌握科学知识，报效祖国人民，甚至不惜付出生命代价的爱国主义精神，

①　参见彭钟岷、彭辛岷：《中国科学幻想小说的崛起》，《文艺报》1981年第15期。
②　郑文光：《进一步发展儿童文学创作：从科幻小说谈起》，《文艺报》1981年第10期。

比如《珊瑚岛上的死光》中赵谦教授、陈天虹及马太博士为保护自己的发明不被战争狂徒利用，献给祖国而将生死置之度外；《飞向人马座》中的三个年青人，如何利用宇宙飞船中的图书馆，掌握科学知识成长为宇宙空间的英雄；叶永烈用一系列案件来塑造出一个掌握了现代化科学知识的公安干警"英雄"形象，即被誉为"警察博士"、"科学福尔摩斯"的"金明"。

并且这些科幻小说大都确证了"科学"的神话地位，特别是对于当时流行的"信息论"、"控制论"、"系统论"起到了重要传播作用。刘肇责《β之谜》就是以"控制论"为基本原理，构建了一个仿生机器人贝塔、伽马可以相互控制，同时被人控制和反控制的故事。而步实《特别护理》则是把"系统论"和"控制论"相结合的力作，写了医生沙德强要控制并关闭自己的自动调节系统，结果是最终明白了"什么叫大系统？大系统就是变量多、结构复杂、功能综合、规模庞大的系统。海洋、大气、大型工程设施是大系统，社会、文化、经济也是大系统，人体也是大系统"①，自动调节是人体不可缺少的重要补充。至于"信息论"则是在科幻小说中更为常见了，如王孝达《莫名其妙》中的祁云由于注射了主要成分为酶 X 的"9946"，而可以遥感几千公里以外的盆景、人和东西等，原因就是客观存在着既非电磁波亦非粒子流的、以光速传递、几乎无可阻拦的"MQ 信息"，而且这种"MQ 信息"可以被激发，也有发射和接收的问题。步实《奇葩怒放的沃土》则以宣传信息论和系统论为目的：文中神奇的发卡，带上以后竟然可以应付来自各专业领域的一切考题，甚至是"技巧熟练的数学家用纸笔来算，要得到结果恐怕也要用一辈子"的方程，在出题者"转身向台下走去，还没走到讲台边"②时结果就已经出来了，原因就在于发卡是一个"微型脑电波转换器和一个微型收发器"，能把大脑信息和二十公里以外的电子计算机中心联系起来。发卡设计者所言"我们的这些科技成就，都是您的这个系统化管理方法的效果的例证啊"，一语道破天机，小说最后抖出的包袱却是"系统管理方法"的创始人，原来作者想要确证的是"系统论"的强大社会效益。

在塑造英雄人物和确证"科学"能够创造神话这两方面的浪漫主义想象，

---

① 步实：《特别护理》，《科学神话（1979—1980）》，海洋出版社 1980 年版，第 93 页。
② 步实：《奇葩怒放的沃土》，《科幻海洋》1981 年第 3 辑。

应该说是契合了时代氛围,无可厚非。在从 1979 年就开始的关于科幻小说姓"科"姓"社"的争论中,要求"科学的幻想是有一定的科学根据"①不过是一个批评的借口,实际上这些科幻小说之所以受到攻击还有两个秘而不宣的认识上的原因:一是这些小说中为宣扬爱国主义精神所虚构出的阶级斗争背景,比如童恩正《珊瑚岛上的死光》、郑文光《飞向人马座》、刘肇责《β 之谜》等小说都是以"某大国"与我国的军事竞赛为背景,似乎仍延续了"阶级斗争为纲"的思维方式,这种"资产阶级"一直蓄谋反攻的二元对立思维模式,与新时期以经济建设为中心推行"改革开放"的政策并不合拍,似有"左"倾嫌疑,这是为当时文学界和思想界所忌讳的。一是小说尊崇"信息论"、"控制论"、"系统论"科学地位的同时,也对人类利用自然科学改造自然、工业文明的神话留有质疑。这样的质疑在很多科幻小说中都有所表现,如描写三千多年以后人们将要逃离地球的《飞向虚无》,就表达了对科技发展将带来地球毁灭的忧虑,小说中历史学家沙霍迪认为,"也就是在第一架蒸汽机发明之日起吧,天空开始出现环境污染的恶魔、一只吞食世界的猛兽、一股翻卷升腾着的浊流"②;《神秘的事件》(黄胜利)则暗示随着科技高度发展带来的海洋环境污染,将可能造成抹香鲸等鲸类灭绝,并带来人类灭绝的可能;《震惊世界的紫薇岛暴动》(郑渊洁)等以机器人反控制为题材的科幻小说虽然最终是为了塑造科学家的英雄形象,得出"机器人是人造出来的,它终将受人类控制,为人类服务"③,这一能确证"人"的本质力量的结论,同时也是对专注于科技发展科学家的一种警示,这对于正致力于用"民主、科学"的启蒙主义思想来重建新时期"理性"秩序的知识分子而言,不啻于忤逆之词,自然难逃被批判的命运。但正是这些对科学主义的质疑,成为现代主义精神进入新时期文学场域的温床。

---

　　① 如华罗庚《实干出真知,幻想见萌芽》文中就认为,"科学的浪漫主义和文学的浪漫主义是不同的。《封神演义》里的许多幻想故事,很离奇,离现实很远,那是文学的浪漫主义。可是,科学幻想小说《海底两万里》中的幻想情景,我看,恐怕有许多是会实现的,不过实现的方式不同罢了。""科学的浪漫主义是有一定的科学根据的,所以,科学家比起文学家来,就要保守一些,因为科学的幻想是具有实现的可能性的。"《科幻海洋》1981 年第 3 辑。
　　② 吴岩:《飞向虚无》,《科幻海洋》1981 年第 3 辑。
　　③ 郑渊洁:《震惊世界的紫薇岛暴动》,《知识就是力量》1980 年第 8—9 期。

　　由于都赞同科幻小说可以反映"现实",通常研究者都把郑文光与叶永烈等科幻小说作家放在同一类型"软派"中进行论述,事实上,对于科幻小说的认识二者有本质的区别。郑文光特别强调小说的浪漫主义特征,认为"科学幻想小说首先应当是小说。虽然由于它把故事建立在幻想的基础上,因而有比较浓厚的浪漫主义气息"①,同时"不能要求科学幻想普及科学知识"②,就艺术观念而言,他是从重视"情节"转向对塑造"新人"形象的关注③,因此在小说结构中,幻想的特点不避讳夸张手法的运用,更注重想象的作用。叶永烈则主要是从现实主义知识谱系出发来认识科幻小说的。他把科学小说、幻想小说与科幻小说作了区分,同时认为科幻小说应该具备三个特点:首先是小说,"有构思、有情节、有人物并在一定程度上塑造人物典型形象";其次是"幻想"小说,"不是描写现实,而是把未来或尚未实现的事情当做现实来描写",并且与科学童话不同,不是用夸张、拟人化手法,主要是"写科学技术方面的幻想";再次,不是胡思乱想,是"通过小说形式,向读者普及科学知识"④。正是以普及科学知识为基本出发点,他选择了"推理"作为结构小说的主要线索,创造出一种新的科幻小说类型。尽管这些被称作"惊险科幻小说",或者称之为"推理科幻小说",在当时仍被归入浪漫主义色彩浓烈的科幻小说系列,但笔者更倾向于把它们归于现实主义文学知识谱系或者是通俗文学中的侦探小说。他所创作出的"金明"系列推理案:《失踪之谜》、《球场外的间谍案》、《X—3案件》等,特别是《失踪之谜》,用悬疑手法写了一出有关"人才"问题的讽刺剧,对当时像物理学教授费秋这样"势利眼"知识权威的合法性提出疑问,与其说是科幻小说,倒更像是改头换面的问题小说。

　　正是由于当时的科幻小说存在着如此复杂的知识形态差异,使得对于中国科幻小说的认识很难统一。《月光岛》曾被视为"伤痕"文学,而徐迟的《哥

---

　　①　郑文光:《科幻小说应反映现实生活》,《作家论科学文艺》,江苏人民出版社1980年版。

　　②　他认为科幻小说的科学性,主要在于"不能容许有常识性的错误"。《科学文艺小议》,《人民文学》1980年第5期。

　　③　郑文光:《1949—1979儿童文学科学文艺作品选·序言》,人民文学出版社1980年版。

　　④　参见叶永烈:《科学小说·幻想小说·科幻小说》、《科幻小说的三个特点》,《论科学文艺》,科普出版社1980年版。

德巴赫猜想》也曾被拉入科学文艺的范畴①，包括上述对科幻小说创作复杂性的分析，足以见出当时对于科学和文学关系认识模糊程度之一斑。特定阶段所能达到的认识程度对文学知识形态的影响可谓大矣。中国的科幻小说面目之所以如此模糊难辨，一方面是外国科幻小说凡尔纳与威尔斯流派，包括斯威夫特、阿西莫夫等的不同样本示范，同时更重要的是当时正处于变革中国内国际的社会现实，国内主要包括：对知识重要性的认识，对文学真实性的要求，对人道主义及"理性"秩序的诉求，甚至是最初被当做人道主义来接受的存在主义思想的传播等等；国际问题上，则发生了对越自卫还击战以及当时台湾、香港、澳门问题都还没有解决，说明阶级斗争还在一定范围内存在，这些都不能不影响到科幻小说创作的知识形态。特别是借助于幻想、想象等艺术手段所作的变形处理，在这些重要问题上的主观意图得到曲折表现，似乎把问题更加复杂化了。

　　科幻小说刊物能够颇为流行，或许与这些作者对科幻小说所作的现实性改造不无关系。与此形成鲜明对照的是，"纯文学"期刊的销路不畅，终于引来文学界也开始声讨科幻小说的创作。科学家对科幻小说中缺乏科学性的批评由来已久，一直为"百花齐放、百家争鸣"方针实现而努力的文学界对科幻小说大多采取漠视的态度，甚至有时还会对某些艺术表现形式上的创新表示肯定，如《珊瑚岛上的死光》就曾被评为1978年全国优秀短篇小说奖。针对科幻小说良莠不齐的现象，为了统一认识，1983年11月22日，《文艺报》编辑部与中国文联理论研究室在北京联合召开了科幻小说创作讨论会。科幻小说创作的职责和任务在会上得到进一步明确："科幻小说应当充分发挥它的特点，艺术地宣传马克思主义的科学的世界观和方法论，积极普及科学知识，通过符合科学规律的幻想，启迪人们的智慧，同时，要热情地展望世界未来，促进社会主义精神文明建设，激励人们追求理想，献身四化，探索科学，造福人类"②，同时新时期之初的很多科幻小说创作被判定是一种"精神污染"，科幻

　　①　如在高山、金海：《试谈科学文艺的创作》(《光明日报》1978年5月20日)中，就认为"徐迟同志的《歌德巴赫猜想》，为科学文艺开拓了新的领地"，"如在'报告文学'之前冠以'科学'似更贴切"。
　　②　晓蓉：《为了科幻小说创作的健康发展——记科幻小说创作讨论会》，《文艺报》1984年第1期。

小说在 1984 年以后逐渐淡出了人们的视野。

　　与科幻小说主要是承袭浪漫主义文学重夸张、想象的创作手法不同,新时期之初某些朦胧诗人的创作更多地关注于情感的抒发与自我个性的张扬。尽管有些论者由于"朦胧诗"当时被称为"现代派",因而视其为新时期文学场域中现代主义文学创作的开端,但我以为被统称为"朦胧诗"的内部,其实蕴涵了浪漫主义和现代主义两种类型的文学知识谱系。

　　"朦胧诗",是以论争的姿态出现在新时期之初文学批评中的,它用来指代 1979 年前后出现的一大批被认为是以"朦胧"为艺术风格的青年诗作①。大多数论者都以 1980 年 8 月《诗刊》上发表章明的批评《令人气闷的"朦胧"》为该称呼来源的开端。也有论者提到此前《福建文学》1980 年第 4 期发表的孙绍振《恢复新诗根本的艺术传统》一文中,就已用"朦胧"来概括舒婷诗歌的内容特点,稍后《光明日报》1980 年 5 月 7 日所发表谢冕《在新的崛起面前》一文中也使用了"朦胧"一词来形容这些诗歌的美学特征②。客观地讲,在当时正致力于争取"文艺民主"、"创作自由",坚持文学应该"百花齐放"的文学知识分子(特别是那些认同精英身份者)中,"朦胧诗"的支持者远多于否定者。这首先表现为这些诗歌创作是先已占有大量的发表园地,而后引起争论。1979 年 3 月中国作协主办的《诗刊》刊发北岛发表于《今天》第 1 期的诗《回答》。在此前后,《安徽文学》、《诗刊》、《星星》、《芒种》、《丑小鸭》、《上海文学》、《萌芽》、《青春》、《春风》、《长江文艺》、《福建文学》等文学刊物,陆续发表舒婷、顾城、江河、杨炼、梁小斌等青年诗人的作品。《福建文艺》从 1980 年第 2 期开始,以舒婷创作为例开辟"新诗创作问题"的讨论专栏,展开长达一年"新诗发展道路"的讨论③。1980 年 8 月,《诗刊》举办青年诗人"青年诗作者创作学习会"活动,被邀请的诗人有舒婷、江河、顾城、梁小斌、张学梦、徐敬

----

　　① 尽管作为民刊的《今天》创办于 1978 年底,甚至很多"朦胧诗"研究者也能向前追溯出一个"文革"时期的"白洋淀派",但考虑到当时《今天》主要是在北京大学、北京师范大学等高校中私下出售,而且当时发行体制还没改革,流通及影响都有限,所以本文还是以这些诗歌进入正常发表渠道为开始。

　　② 张清华:《朦胧诗·新诗潮》,洪子诚、孟繁华主编:《当代文学关键词》,广西师大出版社 2002 年版,第 185 页。

　　③ 程光炜、洪子诚编选:《朦胧诗新编·朦胧诗纪事》,长江文艺出版社 2004 年版,第 325 页。

亚、王小妮等,他们的诗作在《诗刊》第 10 期以"青春诗会"专栏被集中刊发。一时间甚至出现了"许多刊物以大发朦胧诗和所谓'纯艺术诗'为时髦",而"许多坚持新诗革命传统的搞理论和创作的同志,却经常受到轻蔑的嘲笑,被人嗤之以鼻,他们的作品常常很难发表,甚至根本就发不出去"①的现象。

其次,"朦胧诗"论争双方的分歧,并不在于"朦胧诗"是否可以存在(即使是被视为反对者的艾青、周良沛也都承认"朦胧诗"是"百花"中的一种),而是关于新诗发展道路是以"现实主义"还是以"现代派"为发展方向的问题。这场论争从 1979 年《星星》复刊号上发表公刘《新的课题——从顾城同志的几首诗谈起》提出要关注青年诗歌创作开始,倡导者被概括为三个"崛起":谢冕《在新的崛起面前》、孙绍振《新的美学原则在崛起》、徐敬亚《崛起的诗群——评我国诗歌的现代倾向》,到 1983 年清除精神污染运动中受到猛烈讨伐,逐渐衰减下去。无论倡导者或是否定者,在这场争论中大都把"朦胧诗"视为"现代派"来与现实主义文学知识争锋,而故意忽视它的浪漫主义文学品格。所以,有论者认为这场论争在实质上是,"原有'权力诗坛'和以新潮先锋的冲击形式出现的一代青年诗歌作者争夺合法性称号和话语权力的斗争",把"读不懂"视为"一种本能的排斥","一种名义,借以否定新潮诗歌话语合法性的一种有效的策略"②。与其把这场"论争"视为话语权力的斗争,我更愿意理解为是诗歌创作中的"美学"与"社会学"认识的一次交锋,或者说是以美学价值为评价标准与以社会学意义为评价标准的文学价值观间的一次公开对峙。

这些追求"艺术创新"的青年创作者及其诗歌,所选择的途径可以大致分为两类:以主观抒情"表现自我"的浪漫主义和以怀疑主义哲学为基础探求"陌生化"文学经验为目的的现代主义。但由于它们在新时期之初的文学场域中有一个共同的对手——现实主义文学,特别是现实主义为抵制"两结合"的要求而极力排斥浪漫主义的做法,使得二者在联合作战中难分你我,只好选择了能与现代化挂钩的"现代派"作为论争策略。因此,把它们统称为"朦胧

---

① 柯岩:《关于诗的对话——在西南师范学院的讲话》,《诗刊》1983 年第 12 期,第 46 页。尤以 1982 年贵州"民刊"《崛起的一代》(黄翔、哑默、张家彦等主持)第 1 期《代刊词》为激烈,发表很多对诸如要送艾青等老诗人入火葬场之类的不敬之词,激化了两代诗人间的矛盾。

② 参见张清华:《朦胧诗·新诗潮》,洪子诚、孟繁华主编:《当代文学关键词》,广西师大出版社 2004 年版,第 189 页。

诗"并不合适。

对于舒婷诗歌中存在着的浪漫主义特色,孙绍振早在 1980 年就已经指出:"从大自然现象出发,经过主观色彩极浓的抒情逻辑,达到对生活作哲理式的概括,正是欧美浪漫主义诗歌的常用手法,这种手法有利扩展作品的生活容量和加强思想的深度"①,所以后来他才能够总结出"新的美学原则"也就是诗歌中对"自我表现"的重视。在江枫与程代熙商榷的文章中曾以艾略特为例,加以分析后认为"'表现自我'并不是西方现代主义各派的一般特征和共同特征(倒是浪漫主义的重要特征之一)",来为"孙绍振在步西方现代派的后尘"辩护。②

确实如此,在新时期之初文学场域的诗歌创作中,浪漫主义知识谱系的继承者和创新者或许可以舒婷、顾城为代表③,同时,在青海诗人昌耀的诗中也有所体现。但在 1980 年代中后期,"朦胧诗"衰减之后兴起了真正具有现代主义文学品格的诗歌创作大潮中,浪漫主义文学仍有自己的代言人——海子。正如有些论者已经指出的那样,"也许只有通过海子,我们才能结束浪漫主义"④。正是他们用自己的诗歌创作,丰富了新时期文学场域中的浪漫主义文学知识经验。对于舒婷诗歌的艺术成就,论者颇多,本文仅就顾城、昌耀、海子的创作稍作分析。

如果说 1980 年代初新诗潮最明显的特征,就是在诗歌中大都突出了"我"——这个抒情形象,那么,顾城可能是其中最执著于"我"的探索者。顾城的诗,最突出的特色就是对"我"的追寻,沉湎于"我"的童话世界而不愿醒

---

① 孙绍振:《恢复新诗根本的艺术传统——舒婷的创作给我们的启示》,《福建文艺》1980年第 4 期,第 62 页。

② 参见江枫:《沿着为社会主义、为人民的道路前进——为孙绍振一辩兼与程代熙商榷》,《诗探索》1981 年第 3 期。

③ 于冰:《舒婷诗歌的理想主义色彩》(《辽宁师范大学学报·社科版》1988 年第 1 期),毕光明:《顾城:一种唯灵的浪漫主义》(《湖北师范学院学报·哲社版》1988 年第 2 期)分别探讨了浪漫主义文学在舒婷和顾城诗歌中的表现。更多的研究者把舒婷视为"明显地标志着当代中国诗歌由浪漫主义时代向现代主义时代的过渡"。参见吴秀明主编:《中国当代文学史写真》(中册),浙江大学出版社 2003 年版,第 515 页。

④ 崔建军:《海子诗歌的家族谱系与冲击力度》,《不死的海子》,中国文联出版社 1999 年版,第 167 页。

来。尽管在 1992 年的访谈中,他自己归纳出"我"从 1986 年已经进入了"无我"状态①,而距此还不到一年的死亡方式在让人扼腕叹息之余,令人更为心痛的是诗人终未能摆脱献祭给缪斯的宿命。

把诗歌表现的核心从英雄转向普通人,这几乎是当时青年诗人共同的美学追求,也是新时期人道主义哲学影响文学创作的反映,而顾城诗歌中"我"的理性意识觉醒却是在"朦胧诗"几近落潮之时。在他 70 年代末和 80 年代初的诗作中,更多地流淌着的是自然主义的眼光。正是由于思想认识资源的不同,才使得顾城的诗歌世界明显与其他"朦胧诗"作者北岛、舒婷、杨炼等相区别。虽然早在 1979 年顾城写出传诵至今的哲理诗《一代人》,"黑夜给了我黑色的眼睛/我却用它寻找光明",曾被有些论者视为"导向个性的自觉",没错,"寻找"预示着"主体性"的觉醒,但他寻找的方向不是"我",而是处于"社会的边缘"的自然。所以在《学诗笔记》中,诗人会发出这样的感叹:"我感谢自然,使我感到了自己,感到了无数生命和非生命的历史,我感谢自然,感谢它继续给我的一切——诗和歌。"②因此,这一阶段顾城诗歌中的"我",更为突出的是"眼睛",是"我看"。正是在这样一双"黑眼睛"的注视下,世界万物都有了生命,"万物,生命,人,都有自己的梦。/每个梦,都是一个世界。/沙漠梦想着云的背影,花朵梦想着蝴蝶的轻吻,露水梦想海洋……",诗中充满了美和哲理。

在这双"黑眼睛"里,相比起人与人组成的社会,更偏爱人与自然的和谐相处。生命的孕育不过是色彩的《调》,"加一笔蓝,是天空;加一笔黄,是土地。把蓝和黄,加在一起,是绿,是生命的天地";那棵《年轻的树》也被赋予思索的能力,"它拒绝了幻梦的爱,在思考另一个世界";即使是那抽象的《弧线》,"外表看是动物、植物、人类社会、物质世界的四个剪接画面,用一个共同的'弧线'相连;似在说:一切运动、一切进取和退避,都是采用'弧线'的形式。在潜在内容上,《弧线》却有一种叠加在一起的赞美和嘲讽:对其中展现的自

---

① 张穗子:《无目的的我——顾城访谈录》,顾工编:《顾城诗全编》,上海三联书店 1995 年版,第 2 页。

② 该文曾发表于《福建文学》1981 年第 1 期,参见《顾城诗全编》,上海三联书店 1995 年版,第 896 页。

然美是赞叹的,对其中隐含的社会现象是嘲讽的。"①

就是这样,"自然"给了顾城自由梦想可能存在的天堂,这使他更深切地体会到社会、文化带来的束缚。《我是一个任性的孩子》中,那支画笔就是他寻找自由的眼睛,孩子眼中的世界如此美好:有"一片天空/一片属于天空的羽毛和树叶/一个淡绿色的夜晚和苹果",有"早晨",有"露水",当然也有渴望得到的"爱情";而这个幻想中的世界破灭得又如此轻易,因为自己只能居于这世界的"纸角上",只是坐在"丛林"里"安安静静的树枝上""发愣"的"一只树熊","没有家",只有"许许多多/浆果一样的梦/和很大很大的眼睛"。没有彩笔,"没有得到一个彩色的时刻/我只有我",而我只是"一个被幻想妈妈宠坏的孩子"。诗中的顾城在不停地走着,走过了乌篷船栖息的地方"潜入海洋"(《水乡》),也领略着会做梦的蒲公英摇曳着的风情(《蒲公英做了一个梦》),还有那没人批准就诞生了的、年轻的《无名草》,也悄悄地拥有了黑土地的爱情。

如果说1982年以前的诗歌还大都沉湎于我与自然的和谐中不愿醒,那么延续几年关于"朦胧诗"的论争,让顾城更为清晰地意识到这些新诗的主要特征在于"真实——由客体的真实,趋向主体的真实,由被动的反映,倾向主动的创造"②,于是1983年的很多诗作中开始出现一个对话者(可能是"你",可能是"她",也可能只是潜在对话者),正是在与你的对话中,走出一个思索着的"我",而不再仅是一双注视着的"黑眼睛"。落回凡间的诗人,开始想成为太阳,温暖那个"被打湿的小女孩","我的血/在她那更冷的心里/能发烫"(《我要成为太阳》);可是更多的时候,现实只是一片"戈壁","因为有风/云就没有定居的可能/河流爬过的路/只剩一片苦涩/但生命呢/仍要继续,要活/在戈壁/我成了游牧者"(《在戈壁,我成了游牧者》);爱着自然的诗人,也想爱着世界,用那种可以融化冰湖的炽热,如寒冷冬夜的野火,得到的却是"有些人疲倦了,转过头去/转过头去,去欣赏一张广告"(《我的心爱着世界》)。但是可惜的是,尽管诗人早已看清现实的残酷,却仍难割舍那份对光明的执著,终于还是脱离不了属于自己的童话世界。或许早在作于1987年

---

① 这是顾城在《关于〈小诗六首〉的信》中对《弧线》一诗所作解释,该文曾发表于《星星》1981年第10期,参见《顾城诗全编》,上海三联书店1995年版,第901页。

② 顾城:《"朦胧诗"问答》,《文学报》1983年3月24日。

《我是你的太阳》中,就已经命定了诗人爱情与生命的结局?

与顾城诗中剔除了社会中人的活动的纯净不同,昌耀的诗则显示出一种沉淀了历史与文化的厚重。尽管在新时期文学场域中,昌耀远不如舒婷、顾城显赫,但他的诗作中所显露出兀立着的西部高原的质地、品格,一直不乏研究者①。他以西域高原文化为主要抒情对象的诗作到 1980 年代中后期才引起重视,或许与他的朴实无华而不能合拍于新时期之初文学界正喧嚣着各种技巧的试验不无关联。1980 年代中后期"文化"热的兴起,特别是当"西部文学"以整体姿态重闯文坛时,他的诗作引起研究者重视也就不足为奇了。而且随着知识界"文化"反思的推进,昌耀的诗也越来越受到重视。

西北高原的自然风情,成为昌耀的诗中常驻的母题。尽管人的力量在大自然面前显得如此渺小,但亘古以来却依然留下了生生不息的足迹。正如诗中所说,"大海,我应诅咒你的暴虐。/但去掉了暴虐的大海不是/大海。失去了大海的船夫/也不是/船夫"。(《划呀,划呀,父亲们! ——献给新时期的船夫》)我们从荒蛮的纪元划来,已经划了那么久,"仍在韧性地划呀","仍在拼力地划呀",海浪声声如同孩子的啼哭诱惑着离家前行的船夫,"但我们的桨叶绝对的忠实。/就这么划着。就这么划着。/就这么回答着大海的挑逗:/——划呀,父亲们! /父亲们! /父亲们!"人的力量就在这征服中展现,也因此更相信"在大海的尽头/会有我们的/笑"。

在昌耀诗中人与自然的融为一体不是靠"审美",更多的是靠"奋斗",似乎人与自然的对抗早已命定。自然如此神秘、强悍,人的抗争就显得如此悲壮,因此他的很多诗歌更像是唱给殉道者的赞歌,充满阳刚之美。诗人自己也已经明确意识到这一点,"是的,当我触及'西部主题'时总是能感受到它的某

---

① 《青海湖》1980 年第 8 期发表唐燎原的《严峻人生的深沉讴歌——读王昌耀同志的诗歌》,1981 年有罗洛的《险拔峻峭,质而无华——谈昌耀的诗》(《诗刊》1981 年第 10 期),燎原的《大山的儿子——昌耀诗歌评介》(《雪莲》1981 年第 4 期)两篇评论文章。1983 年 7 月 21 日《文学报》推出《昌耀诗选》。1985 年《文学评论》第 6 期刊发刘湛秋的《他在荒原上默默闪光——〈昌耀抒情诗集〉序》,但昌耀的第一本诗集却是在 1986 年才真正得以出版。1987 年《文艺报》、《当代文艺思潮》都刊发了关于昌耀诗歌的评论文章,此后《诗刊》、《当代作家评论》、《中国青年报》等报刊时有评论文章出现,昌耀一直以一种不温不火的姿态存在于新时期以来的诗坛中。在李庆西的《内陆高迥——论昌耀诗歌的悲剧精神》中,认为"新时期诗歌史上,西部诗是与朦胧诗相并举的两个主要诗派。昌耀是西部诗的一个代表"。《当代作家评论》1991 年第 1 期。

种力度,觉出一种阳刚、阴柔相生的多色调的美,并且总觉得透出来一层或浓或淡的神秘。——我以为在这些方面都可能寻找到'西部精神'的信息。"①已经有论者指出要谈昌耀诗中的英雄主义精神,写于1980年春,又三易其稿的《山旅——对于山河、历史和人民的印象》不能不提。确实如此,作者对历史进行反思以后,对"英雄主宰生灵万物"的现象发出疑问,流放者的苦难在诉说中因为找到了"人民",而不再值得叹息。"一切,都叫人难于忘记:/那经幡飘摇的牛毛帐幕,/那神灯明灭的黄铜祭器,/那板结在草原深层的部落遗烬……告诉了我人民的善良、坚韧、虔诚/和难得的朴实",正是因为他们的"美","我才没能完全枯萎"。因此,我并不十分认同所谓诗人在表现"悲剧精神"的说法,如果诗歌不能带给诗人希望和力量,又能靠什么支撑去闯过那苦难和孤独的煎熬?我相信,对于诗人昌耀而言,没有鲜花和桂冠的世界里,诗歌就是他理想的栖息地,是他借以疗现实之伤的良药,因此,也正是在这个意义上,我把他认作是一个浪漫主义的孤独吟者。

同是书写自然,昌耀诗中"风"不再只是轻柔的、"不让云定居"(顾城诗中语)而是拥有更为强大的力量,"透骨的劲风/仍把我们吹得恍如裸体,/直到最为隐秘的毛肤,/直到脚底/一阵阵寒瑟"(《驻马于赤岭之敖包》),这力量扫荡了一切,"没有我们探寻的古堡。/奶油的凝脂已在祭坛风干。/壮士和美人也早就一去不还",让人"直要在这/风云的笑噱中嚎哭了——/不是出于伤悲,/徒然为了关山之壮烈"。还有那"燧火留下的赠品。/是孕育过文明的古陶"(《题陶罐》),古来征战中的河西走廊如今只余"好醇厚的泥土香!"(《河西走廊古意》),代表了人类文明成果的敦煌文化,更是诗人确证"人"的本质力量的源泉:"人的纪念碑——/有着现代派变形风格的/人的纪念碑/建造在高高的丝绸古道。/那一座座钢的活动的制品/是具有灵魂的。是具有感情的","我更愿把她们想象作是在为摇篮中的乳儿/一次次弯腰哺食的母亲"(《在玉门:一个意念》)。还有那《旷原之野——西疆描述》,诗中充盈的是"拓荒者勇武之轶事"。就这样,在诗人的审视中,西疆逐渐清晰起来。怀着人类文明终将在这里扎根的勇气和希望,"我们走向开花的时间。/走向夕雾

---

① 参见昌耀:《诗的礼赞》,《命运之书——昌耀四十年诗作精品》,青海人民出版社1994年版,第298页。

半遮的旷原之野"。

如果说《山旅》凸现了英雄主义的悲壮，组诗《慈航》这首唱给"爱"与"美"的赞歌，则表明这悲壮得以永存的根源。诗歌开篇明义，"是的，在善恶的角力中/爱的繁衍与生殖/比死亡的戕残更古老，/更勇武百倍"，诗人用反问的句式，"只是为了再听一次失道者/败北的消息/我才拨动这支/命题古老的琴曲？"是为了说明即使提到那个被流放者的苦难经历，都只是为了证明："是的，将永远、永远——/爱的繁衍与生殖/比死亡的戕残更古老，/更勇武百倍！"就是这样，西北汉子的质朴与坚忍力透诗间。

至于海子，至于那些在遥想中用温情软化了苦难生活的"知青小说"，都提供了属于作者自己的浪漫主义文学经验。海子用他的生命为诗歌划下一个巨大的惊叹号，也让他的诗作《面朝大海，春暖花开》从此成为不朽，他诗作中温暖与孤独的纠缠，成为区别于顾城的童心、昌耀的坚忍的另外一种浪漫主义诗歌经验。恰如有些诗评家所言："海子对浪漫主义诗歌的守望，挽留住了浪漫主义在 20 世纪的最后一抹余晖。"①

或许新时期文学场域中还有很多让我们不得不提的洋溢着浪漫主义诗情的文学作品，比如张承志《北方的河》、邓刚《迷人的海》、梁晓声《这是一片神奇的土地》、冯植苓《沉默的荒原》等等，还有论者认为《公开的情书》、《晚霞消失的时候》、《北极光》、《冬天的童话》、《春天的童话》，"这些作品，确实证明了欧洲浪漫主义及其中国类似潮流两者的一些文学准则再度出现了"②，本文不再多做赘述。但是不论是诗人还是小说家选择了怎样的艺术形式，在"人与人"、"人与自然"的关系中，或是在"人、自然、社会"中填入历史、文化的佐料来展开自己对世界、对现实的想象和理解，"爱"、"崇高"与"美"，总是这些浪漫主义文学创作中最感人的力量。

---

①　参见罗振亚：《朦胧诗后先锋诗歌研究》中，在《海子：先锋诗歌的"死亡"或"再生"的临界点》一章第三节"浪漫艺术理想的余晖"中对海子诗作的"浪漫主义追求"所作艺术分析，主要概括为：一、"家园"的回味与虚拟；二、主题语象：麦地与水；三、语言的杂色和"歌"诗化；四、反抗文本：个人化写作的先声。中国社会科学出版社 2005 年版，第 126—140 页。

②　[加]杜迈可：《新浪漫主义小说——"思考的一代"》，张敏译，"作者认为，这些作品具有某些浪漫主义特色，诸如主人公的孤独、忧郁和对真、善、美的孜孜不倦的追求，普罗米修斯式的叛逆者形象，自传体或自白式的写作方法，对浪漫爱情的尊崇、渴求，以及运用象征手法描写大自然"，《批评家》1987 年第 2 期。

第六章　势不可挡的"现代派"文学

受西方现代主义的影响,在中国现代文学史上也曾经出现过一批重要的现代主义文学作品,较早者如鲁迅的《野草》,穆时英、刘呐鸥的小说,李金发的诗歌等。但在新中国成立以后,由于创作上不提倡西方现代主义并把它与资本主义的生活方式联系在一起,这种排斥态度主要是受到苏联日丹诺夫理论的影响,日丹诺夫在第一次全苏代表大会上对西方现代主义作出评判,认为"沉湎于神秘主义和僧侣主义,迷醉于色情文学和春宫画片,这就是资产阶级文化衰退和腐朽的特征。资产阶级文学家把自己的笔出卖给资本家和资产阶级政府,它的著名人物,现在是盗贼、侦探、娼妓和流氓"①,因此"十七年"间新出版的外国文学翻译作品也大多以俄苏为主(俄苏文学共 3526 种,英美文学共 460 种),卞之琳在 1959 年总结解放后十年的翻译成就时,曾指出西方现代主义文学在中国的流脉将会"自然而然"地中断的现象②。因此,在新时期文学场域中,现代主义文学知识首先要面临的问题,就是选择一条入场途径并确立其在场内得以传播、再生产的"合法性"。

第一节　外国文学研究与"现代派"入场

尽管"文革"后期,就有知青可以接触到躲过"文革"火焚之劫的、某些"十七年"间翻译的、供批判之用"内部出版"的现代主义文学作品,但那毕竟是少数人,也是不能公开的。就在"伤痕文学"的创作引起全民轰动,现实主义文学在"两结合"和"革命现实主义"的掩映下占据新时期文学场域主导地位之

---

① 柳鸣九:《现当代资产阶级文学评价的几个问题》,《外国文学评论》1979 年第 1 期。
② 卞之琳等:《十年来的外国文学翻译和研究工作》,《文学评论》1959 年第 1 期。

时,20世纪西方现当代文学也以"现代派"的名义在外国文学研究中被带入新时期文学场内。

《外国文艺》(双月刊)于1978年7月以内部发行的姿态创刊,但它在当时的影响可谓是石破天惊,作家刘心武事隔二十年后,还能回忆起自己看到《外国文艺》时"满眼新奇的感觉";评论家陈思和也曾从文化嬗变的角度高度评价过《外国文艺》的地位,指出中国文学发展与期刊的关系,"我觉得其关系最大、影响最重要的,倒不是当时那些质量平平的文学期刊,而是有关外国现代文学观念引进和介绍的刊物——我想说的是上海译文出版社出版的《外国文艺》杂志"①。且不说它一出场,就刊发了专栏"高举毛泽东思想的伟大旗帜,深入揭批'四人帮',做好现代外国文艺的介绍和研究工作"(笔谈)的一组文章,带来外国文学研究的新气象,而且在创刊号上还发表了"现代派"作品:美国约·海勒的小说节选《二十二条军规》和法国让—保尔·萨特的剧本《肮脏的手》,首开西方"现代派"文学知识进入新时期文学场域的通道。在后面的几期又陆续刊出了豪·路·博尔赫斯《交叉小径的花园》(1979年第1期)、阿·罗布格里耶《橡皮》(1979年第2期)、约翰·巴思的《迷失在开心馆里》(1979年第4期),海明威短篇小说三篇:《乞力马扎罗的雪》、《麦康伯夫妇短促的幸福生活》、《桥边的老人》(1979年第4期)等西方现代主义及后现代主义名著。

早在1978、1979、1980年间,还有《世界文学》、《译林》、《外国文学研究》、《外国文学报导》、《外国文学动态》、《当代文艺思潮》等期刊也都为西方"现代派"文学留有一席之地。《世界文学》1978年第2期刊登了朱虹《荒诞派戏剧述评》,该文以"荒诞派"戏剧代表者贝克特、尤奈斯库所取得成就开篇,论及荒诞派戏剧的前驱们法国阿尔弗莱德·亚里的《乌布王》,阿波里奈尔的《蒂雷西亚的乳房》,马尔洛《西方的诱惑》,卡夫卡《城堡》、《美国》、《审判》,萨特《厌恶》,加缪《局外人》,又解读了法国代表作家贝克特、尤奈斯库,德国彼得·魏斯,英国品特,美国阿比尔的代表作品,概括出荒诞派戏剧的思想出发点"非理性的世界和'非人化'的人"和"破碎的舞台形象"的艺术特点,作者是把"荒诞派"戏剧作为一种实验与尝试来看待,并对这种尝试表示肯定。《外国文艺》在1978年

---

① 参见刘心武:《滴水可知海味》、陈思和《想起了〈外国文艺〉创刊号》,《作家谈译文》,上海译文出版社1997年版。

第3期刊登了论"现代派"小说两篇态度相左的文章:(美)索尔·贝娄《略论当代美国小说》(汤永宽译)、(法)《萨罗特谈"新小说派"》(施咸荣译),这表明此时对外国"现代派"的评介大都是从学理角度进行的探讨。

在新时期文学场域中对西方"现代派"作品的译介方面,上海的出版社可拔头筹。上海译文出版社创办的《外国文艺》开始评介某些"现代派"文学作品,而且从1979年开始出版"外国文艺丛书",译介外国古典、现代文学名著,较早出版了一些重要的"现代派"作家作品,如(奥)卡夫卡《城堡》(汤永宽译,1980)、(法)加缪《鼠疫》(顾方济、徐志仁译,1980)、(美)约瑟夫·海勒《第二十二条军规》(南文等译,1981)、(法)阿·罗布格里耶《橡皮》(林青译,1981)、(哥伦比亚)加夫列尔·马尔克斯《加夫列尔·马尔克斯中短篇小说集》(赵德明等译,1982)、(阿根廷)《博尔赫兹短篇小说集》(王央乐译,1983)等。上海文艺出版社1980年开始出版《外国现代派作品选》①,可谓西方"现代派"文学名著一次较为系统的展览。它所译介的西方"现代派"有:1. 后期象征主义诗歌:维尔哈伦的诗五首(艾青译),瓦雷里诗四首(卞之琳译),里尔克诗文(冯至译),叶芝诗七首(袁可嘉译),艾略特诗二首(查良铮、赵梦蕤译),庞德诗三首(杜运燮译),蒙塔莱诗二首(吕同六译),洛尔迦诗七首(叶君健译),梅特林克《青鸟》(郑克鲁译)等;2. 表现主义:卡夫卡《地洞》(叶廷芳译),《变形记》(李文俊译),奥尼尔《毛猿》(荒芜译)等;3. 未来主义:马利涅蒂、帕拉采斯基等人的作品;4. 意识流:乔伊斯《尤利西斯》(第二章,金堤译),伍尔芙《墙上的斑点》(文美惠译),普鲁斯特《小玛德兰点心》,《斯万的爱情》(桂裕芳译),横光利一《机械》(丁东、丹东译)等;5. 拉美魔幻现实主义:博尔赫斯《交叉小径的花园》;6. 存在主义:萨特《死无葬身之地》、《一个厂主的早年生活》(郑克鲁译),加缪《局外人》(孟安译),《沉默的人》(郑克鲁译)等;7. 荒诞派:贝克特《等待戈多》(施咸荣译),尤奈斯库《新房客》(谭立德、杨志棠译),品特《看管人》(许真译)8. 法国"新小说"派:罗布格里耶《咖啡壶》、《舞台》、《海滩》(东溟译)等;9. 垮掉的一代:金斯堡《嚎叫》(郑敏译),凯如阿克《在路上》(黄雨石、施咸荣译)等;10. 黑色幽默:海勒《出了毛病》(庄海骅、董衡

---

① 袁可嘉、董衡巽、郑克鲁编选:《外国现代派作品选》第1册(上、下),上海文艺出版社1980年版;第2、3、4册,分别于1981、1984、1985年出版。

巽译),巴思《迷失在开心馆里》(吴劳译)等。后来新时期用"现代派"来指称西方现代主义文学的各种流派,不能说没有受到此书名的影响①。

　　虽然早在现实主义文学大行其道之时,"现代派"文学知识就已经开始蹑手蹑脚地进入,但大多还处于外国文学研究领域的理论探讨和读者接受阶段。正如有研究者已经指出新时期有关"现代派"的争论首先是从外国文学研究界开始的,来纠正"文学史常将新时期现代主义论争的起点置于1982年《上海文学》的'风筝大战'上"②。早在1982、1983年文艺界关于"现代派"的讨论之前,《外国文学研究》从1980年第4期开始开辟"西方现代派文学讨论"专栏探讨,在此之前的1979年,关于"现代派"中各流派作家作品的研究文章,如:《卡夫卡和他的作品》、《结构主义文艺理论述评》、《表现主义》、《愤怒的青年》、《卡缪和荒诞派》、《存在主义与美国当代小说》、《海明威,这头老狮子》、《海明威和迷惘的一代》等共39篇就已经散见于各报刊,1980年94篇,1981年145篇,1982年97篇③,这些文章虽总免不了主观评价色彩,但大多是以知识性为主,也有专为西方"现代派"文学知识争取合法地位的努力。

　　致力于介绍西方"现代派"外国文学研究者在不同的语境中,采取了不同的策略为"现代派"文学知识争取更多接受者。《外国文学研究》1979年1、2期连载柳鸣九《西方现当代资产阶级文学评价的几个问题》,就是借着新时期开始重新反思曾经被批判的"人道主义",最早表明对西方"现代派"作品的肯定态度。文中用"实事求是"的态度指出日丹诺夫的概括是在苏联被资本主义包围的特定场合下发表的,不适合作为我国评价西方现当代文学的方针,通过对现代主义并没有完全抛开资产阶级人道主义传统的论证,肯定了西方"现代派"作品在思想、艺术上的积极意义。当文艺界"写真实"的讨论热火朝

---

　　①　还应该加上《外国文学》开辟专栏传播之功。在袁可嘉、陈焜1979年开始使用"现代派文学"这一称呼时,还有论者用"现当代资产阶级文学"(柳鸣九:《现当代资产阶级文学评论的几个问题》,《外国文学研究》1979第1期;程星:《现当代资产阶级文学的人道主义精神管见》,《江苏师院学报》1980年第4期)或"当代资产阶级文学"(张介眉:《当代欧美资产阶级文学流派》,《复旦学报》1979年3、4期)为题。

　　②　本文从文学知识传播角度来考虑,外国文学研究领域的争论极为重要。参见赵稀方:《翻译与新时期话语实践》,中国社会科学出版社2003年版,第33页。

　　③　此统计数据是根据《西方现代派文学论争集·关于西方现代派文学问题讨论文章目录索引(1978—1982)》所作。

天时,"现代派"也趁机以能"充分地表现自己对世界的真实的主观感觉和认识"为借口,被某些探求文学知识更新的作家呼唤着,"会不会形成一个中国的、现代的文学流派呢? 我看如果不遇到意外的风暴,是很有可能的。我热诚地呼唤这个新流派快点形成"①。还是在《外国文学研究》关于西方现代派文学的讨论中,张柔桑《它代表了文学的未来》就已经肯定了现代主义的巨大价值,"就是对自我的重新发现,对人的价值的再肯定,即对人的本质的探索和对人性充满激情的追求,尽管在现代主义作品里,这种追求大多数是间接表现出来的,是通过对人的本质异化、人的价值沦丧的揭露和批判中流露出的。这种追求……是最富于人道主义的,是和社会科学发展,人类文明的进化一致的"②,现代主义与人道主义、个性主义等同起来。由于《苦恋》事件的余波影响,《外国文学研究》关于西方现代派文学的讨论也暂告一段落,徐迟《现代化与现代派》的文章就是最后一出压轴戏。在单靠与"人道主义"拉关系已经不足以论证"现代派"合法地位的情况下,"现代化"成为该文的重要法宝。把"现代派"与"现代化"联系起来,在某种程度上赋予了"现代派"艺术形式更先进、更高级的色彩。应该说,他提出了要摆脱文学研究的"文学—政治"二元模式,加入经济因素的想法是极有价值的。但是他认为"不久将来我国必然要出现社会主义的现代化建设,最终仍将给我们带来建立在革命的现实主义和革命的浪漫主义的两结合基础上的现代派文艺",这还是留下了一个政治的尾巴,也说明了个人认识的历史局限性。

　　在新时期之初的文学场域中,袁可嘉可称得上是一位为传播"现代派"文学知识不遗余力的外国文学研究者。在 1979、1980 年间,他共发表了 11 篇③

---

① 参见戴厚英:《〈人啊,人!〉后记》,广东人民出版社 1980 年版。
② 张柔桑:《它代表了文学的未来》,《外国文学研究》1981 年第 1 期。
③ 1979 年 5 篇:《象征派诗歌·意识流小说·荒诞派戏剧——欧美现代派文学述评》(《文艺研究》1979 年第 1 期),《结构主义文艺理论述评》(《世界文学》1979 年第 2 期),《谈谈西方现代派文学》(《译林》1979 年第 1 期),《欧美现代派文学的创作及理论》(《华中师院学报》1979 年 3 月),《谈谈欧美现代文学的创作和理论》(《编译参考》1979 年第 8 期);1980 年 6 篇:《欧美现代派文学概论》(《百科知识》1980 年第 1 期),《略论西方现代派文学》(《文艺研究》1980 年第 1 期),《六十年代以来的美国诗歌》(《春风译丛》1980 年第 1 期),《意识流是什么?》(《光明日报》1980 年 4 月 2 日),《结构主义文艺理论一瞥》(《人民日报》1980 年 5 月 14 日),《略论英国民歌》(《外国文学研究》1980 年第 1 期)。

评述、介绍文章,还翻译了叶芝的诗和(法)罗兰·巴特《结构主义——一种活动》(《文艺理论研究》1980 年第 2 期),重点介绍英美现代派诗歌和小说中的"意识流"、结构主义表现方法。由于从 40 年代他就开始了现代主义文学实践,因此在如何对待西方"现代派"文学的问题上,相比起其他致力于"现代派"文学传播者或是全盘肯定或是明知有问题先拿来再说的主张,他始终保持着更为清醒的、辩证的分析态度,《我所认识的西方现代派文学》一文可为代表。他认为西方现代派在政治倾向上是中小阶级以消极方式表达不满的喉舌,在反映现实上具有两重性,因此在借鉴现代派观点和技巧时,"对外来的技法,我们更要认真研究其巧妙所在,加以消化和改造;既不可盲目拒绝借鉴,也不要把它们当做现成手段。"①看似中庸的态度,实则表明他更为重视的是接受了西方现代派文学知识的作者如何运用这些创作技巧进行创新。

西方"现代派"文学之所以能在新时期文学场域中掀起一场轩然大波,主要是因为作家、批评家共同参与了对"现代派"文学的讨论,讨论的阵地由《外国文学研究》、《外国文学报道》等,转移到《上海文学》、《文艺报》,使得西方"现代派"文学知识不再局限于外国文学研究领域,而是进入新时期文学创作与批评中来,从新时期文学实践活动的边缘走向中心。1982 年《文艺报》分别于 10 月 15 日—19 日,11 月 8 日—9 日两次举行"现实主义与现代主义"专题讨论会,可以视其为已构成与现实主义文学争锋之势的标志。会上肯定了外国文学研究工作者在评介外国现代和当代文学作品方面做了一些有意义、有价值的工作,也总结了外国文学作品的介绍情况,"据初步统计,仅对现代派作品的评介文章就有三百多篇,专著十多本。这些作品、文章和专著,对于帮助大家扩大视野、增长知识,了解外国文学发展的现状,起了积极作用。但其中有些文章也存在选择不严,评价不准,社会、历史背景交代不够全面、清楚,甚至吹捧,缺乏必要的分析和批判等现象,对部分青年读者和文学青年产生了某些消极影响。"②在关于西方现代派文学的手法和技巧方面,"哪些是可以借鉴的,与会同志大都认为不必加以限制和规定,还是放手让作者自己去探索、

---

① 袁可嘉:《我所认识的西方现代派文学》,《光明日报》1982 年 12 月 30 日。
② 雷达、晓蓉:《坚持文学发展的正确道路——记关于现实主义和现代主义问题讨论会》,《文艺报》1982 年第 12 期。

试验",尽管还有"一定要根据我们时代的需要、社会的特点和民族的习惯,一句话,'以中国人民的实际需要为基础,批判地吸收外国文化'"的限制,但实质上已经赋予运用西方"现代派"艺术技巧知识进行文学实践的合法性。

这种合法性能够得到文学界的承认也是经历了一个过程。应该说中国最早自觉运用现代派技巧进行小说创作的是高行健,还在"伤痕文学"兴盛之时,他就已经开始实验新小说,但是由于没有发表,我们不能看到具体样式。这点可以从他1988年在回顾自己从1980年底开始在《随笔》上连载谈现代小说技巧的文章时看到,"我本是为我自己写的那些难以发表的小说开道,因为我的这些小说往往被编辑认为'不像小说'或'不是小说'或'还不会写小说'。尽管那之后这些小说也还难被出版社见容,可这本小册子不料当时却引起了一场争论"①;另有评论为证:"高行健1979年开始写作小说,曾发表过《路上》、《三十五年后》、《有只鸽子叫红唇儿》、《寒夜的星辰》等中短篇小说。他的小说,也借鉴了西方现代小说的一些手法,形成了与传统小说不同的面貌,因而在发表过程中不被一些编辑所理解与器重。由此他萌生了写作现代小说理论书籍的构想,以此打开探索之门,奠定现代新小说在文坛的地位。"②

由于他在大学学习法语专业,毕业后又被分在外事部门工作,因此,在1979年以前就大量接触了西方现代派理论著作和作品,1979年他作为巴金的翻译,第一次出访了法国,这次经历在后来发表的《巴黎观剧随笔》(《十月》1979年第3期)、《巴黎印象记》(《人民文学》1980年第2期)中有所表达,同时也引起他对西方现代派艺术更为深刻的理解,尤其是对法国现代派文艺的特别关注。他在1980年发表了三篇研究文章《法兰西现代文学的痛苦》(《外国文学研究》1980年第1期)、《法国当代文学的一个主题:追求——评两篇法国短篇小说》(《十月》1980年第3期)、《法国现代派人民诗人普列维尔和他

---

① 高行健:《迟到了的现代主义与当今中国文学》,《文学评论》1988年第3期。
② 李建平:《新潮:中国文坛奇异景观》,广西人民出版社1989年版,第35页。这段文字中,提到的所发表的文章:《有只鸽子叫红唇儿》发表于《收获》1981年第1期,《路上》发表于《人民文学》1982年第9期,《三十五年后》,似应为《二十五年后》(《文汇月刊》1982年第11期,《寒夜的星辰》一文没有查到,根据冯亦代《这也是历史——读高行健的两个中篇〈有只鸽子叫红唇儿〉和〈寒夜的晨星〉》(《读书》1983年第7期),似应为《寒夜的晨星》,发表时间、刊物不详。但文中所言写作《现代小说技巧初探》一书的起因,想来不差。

的〈歌词集〉》(《花城》1980 年第 5 期),并翻译《普列维尔诗两首》。在其带有实验色彩的小说创作不被编辑接受后,开始写作为现代小说申辩的通俗性理论文章,从《随笔》1980 年第 10 期开始连载到 1981 年 3 月辑成 9 万字,在1981 年 11 月由花城出版社以《现代小说技巧初探》为书名出版。他巧妙地选择了"技巧"形式方面的内容来避开了西方"现代派"作家的政治观点引起非议的可能,因而赢得了王蒙、冯骥才、李陀等人的肯定,这也是当时文学创作者中普遍存在着的追求艺术创新思想的反映。

对于"现代派"文学知识能够得到文学界大多数人士的认可,这本小册子可谓立下了汗马功劳,以致被有些论者称为"四只风筝"和"七只风筝"。"四只风筝"是刘心武《需要冷静地思考——给冯骥才的信》(《上海文学》1982 年第 8 期)中指称高行健《现代小说技巧初探》和李陀、冯骥才、王蒙论该书的信时的比喻,加上他自己的就是"五只"。刘锡诚又指出"除了冯骥才、刘心武所说的那几只风筝外,还不应忘了叶、徐二位前辈作家放出的两只'风筝'"①,即叶君健《〈现代小说技巧初探〉》和徐迟《现代化与现代派》,因此,也被称为"1982 年中国文坛'空旷寂寞的天空'中一下子出现了七只漂亮的风筝"②。

第二节 "人"与"语言":新时期"现代派"文学知识的两个支点

新时期文学场域中,把运用西方"现代派"艺术技巧进行创作想象为文学具有"现代性"必不可少的基本要素,可以说是新时期之初文学界作者和评论者中极为流行的文学观念。这也就是说,新时期"现代性"文学创作首先表现为意识流、卡夫卡《变形记》等西方现代主义艺术创作技巧的传播与接受。

这样说,并不意味着新时期之初文学界对于现代主义文学的"存在主义"哲学基础是陌生的。萨特初次露面于新时期文学场域,是其剧本《肮脏的手》刊载在 1978 年《外国文艺》创刊号上。1980 年,被誉为"知识界良心"的哲学泰斗萨特去世,在引起世界震惊的同时,也为存在主义哲学在中国学术界的深

---

① 刘锡诚:《关于我国文学发展方向问题的辩难》,《当代文艺思潮》1983 年第 1 期。
② 李建平:《新潮:中国文坛奇异景观》,广西人民出版社 1989 年版,第 39 页。

入传播提供了契机,《外国文艺》、《外国文学》都推出了萨特研究专题,《读书》1980 年第 7 期刊发了柳鸣九《给萨特以历史地位》一文,特别是 1981 年初柳鸣九主编《萨特研究》的出版,掀起了新时期的萨特热潮,"这本书的百科全书性质,满足了新时期读者的需要。它一版再版,与《外国现代派作品选》、《现代小说技巧初探》一道,成为流行于知识界的畅销书,并成为了新时期'萨特热'中主要文本凭借。"①

但是中国知识界对萨特存在主义的认识却经历了一个由"人道主义"到"现代主义"的深化过程。在《外国文艺》1980 年第 5 期编辑了"萨特去世后西方的评论"专题的同时,还刊载了萨特的论文《存在主义是一种人道主义》,而他重在阐释人的生存困境的存在主义专著《存在与虚无》,直到 1987 年才被翻译出版。尽管当时的研究者谈及萨特存在主义的"荒诞"感,却是把它作为一种"人道主义"、"异化"论来接受的。期间萨特最受欢迎的思想是"存在先于本质"和"自由选择",它被作为一种思想启蒙的资源,成为格言式流行的口号,而当时真正深入研究萨特哲学思想者实在是少之又少。时至今日,随着对萨特存在主义思想与人道主义差别认识的深入,越来越多的人都已经意识到 1980 年代初曾经怎样地误读过存在主义,"比如拥护者把萨特的'自由选择'作为口号,来指责当时的社会自由少。其实萨特说到自由,是阐明了个体自由后接着又强调了总体性自由、牵涉性自由,而许多人忽略了后半部分。再比如'他人即地狱',其实萨特想说的是我的存在,以他人看到我的目光为前提,而我的存在,同时也为他人设置了一个界限,于是实现自我的绝对自由是不可能的。而许多人理解为人与人之间是不能沟通、交流的。"②

或许可以说,发表在 1984 年 1 月 27 日《人民日报》上的胡乔木《关于人道主义和异化问题》一文,原是为廓清作为世界观、价值观和伦理原则的人道主义、异化论与马克思主义哲学间的关系而作,客观上也起到了帮助新时期文

---

① 参见赵稀方:《翻译与新时期话语实践》,中国社会科学出版社 2003 年版,第 49 页。

② 此为萨特热的亲历者、国家话剧院导演查明哲语。参见曹红蓓、段京蕾:《"80 年代新一辈"的精神初恋》(Features 专题《错爱萨特》,《中国新闻周刊》2005 年第 19 期)。该文还举了陈晓明、何怀宏、冯国东等人的例子。

学知识分子深入理解作为现代主义文学哲学基础的萨特"存在主义"的作用。在1984年由黑龙江社会科学院文学研究所出版的章俗主编《西方现代派文学参考资料》中，对于萨特存在主义的认识，与之前柳鸣九的研究文章已经不同了。书中首先就指出存在主义与古典人道主义之间的区别，"在对人的活动的本质、价值和意义的看法上都根本不同。古典资产阶级人道主义提倡发扬人的理性，认为人有权享受现实生活中的自由和幸福，赞美人的进取精神，对人的奋斗和人类的未来充满信心和乐观主义精神；而存在主义的人道主义却把作为人道主义基础的人，看成是敌视外部客观世界、社会和他人的人，是对周围的一切感到厌倦、恐惧、迷惘的人，是对现实采取极端虚无主义态度的人，是非理性的人。"特别是其中明确了萨特存在主义的反理性特征，也预示了存在主义思潮影响下新时期后来的文学创作，不仅限于描写人类存在的荒诞、无意义，人与人的不可沟通这类主题，也将出现表现非理性世界和非人化人物的作品。

　　新时期之初在盛行的人道主义哲学思潮影响下，文学是"人学"的观念更加深入人心。除了在对人与社会关系这一哲学问题上的认识，表现为对萨特存在主义做出了古典人道主义的解释，并以之作为一种启蒙思想资源来强调重视"人的价值"，争取个人"自由选择"、"表现自我"的权利，进而实现批判社会的目的之外，还表现为文学对作为自然人的"人性"问题的关注。存在主义、人道主义的思想资源带来了文学中对于"人"认识的深化，也就是所谓的文学"向内转"，对文学"主体性"原则的探讨并以此为理论武器来评价文学创作，是新时期文学知识分子对于中国文学"现代性"想象的重要内容之一。新时期之初皮亚杰的认识论和心理学成果相结合的研究途径及其建立于心理的积淀功能之上的中介结构理论，为新时期文学的认识资源由哲学认识论向审美认识论跨越提供了可能。文艺心理学，特别是以鲁枢元为代表的创作心理学研究的兴起，及刘再复提出"性格二重组合原理"、"模糊性中介"等文学主体性问题，开始明确区分"审美理想"与"道德理想"的文学价值判断标准，这些都为新时期侧重于深入挖掘"人"的心理和精神领域"现代性"文学的出现做了理论铺垫。本文重点论述刘再复"性格二重组合原理"对于新时期"现代派"文学创作的深远影响。

　　刘再复《性格组合论》，在1986年7月由上海文艺出版社出版后，到1987

年3月,仅仅大半年的时间里重印5次,印数达到319,000册,作为一部文学理论研究专著,在纯文学期刊都日益滞销的出版形势下,有这样的发行量简直是不可想象的,也可见出该理论在当时的影响。其实,早在该专著出版之前的1984年,刘再复集中抛出了《论人物性格的二重组合原理》(《文学评论》第3期)、《论悲喜剧性格的二重组合——兼谈崇高与滑稽》(《文艺研究》第6期)、《论人物性格的模糊性与明确性》(《中国社会科学》第6期)、《文艺研究方法创新笔谈:思维方式与开放性眼光》(《文学评论》第6期)及《关于"人物性格二重组合原理"答问》(《读书》第11期)等文章,探讨"典型"人物的性格特征。这在当时引起了强烈反响,响应者与商榷者不绝如缕。文学理论界围绕"性格二重组合原理"展开争论,焦点有三:首先是以陈晋《"人物性格二重组合原理"异议》(《文艺报》1984年第10期)为代表对其理论的科学性、普遍性提出异议;其次是对该原理得以提出的理论依据:马克思关于社会人要反映社会关系两极的对立冲突的观点和黑格尔、鲁一世关于人的自我世界的双重性原理,提出批评。例如李之蕙《关于"人物性格二重组合原理"的争鸣》就是认为"两极对立"将人物性格运动单一化了;第三是何西来《论人物性格复杂化的三个制约因素》及贺兴安《意识的两极转化与性格的多样统一》是以承认其科学性为潜在前提,分别从可能会产生"新的公式化"和对创作思想产生新的束缚,表达了对其普遍有效性的担忧。

　　刘再复提出"性格二重组合原理"的本意原是响应当时革命现实主义"典型"观的探讨,"在总体上对以往的'高大完美'的观念进行驳正……对'正面人物'、'反面人物'、'中间人物'的简单划分提出质疑"①,是对当时文学创作中已存在的一种现象的系统化描述,是现实主义"真实性"原则的认识深化到"心理真实"阶段的一个结果。就其在现实主义"典型"观范畴的意义而言,正如有些论者所作评价,"力图超越对于人物性格的复杂多样性的一般性强调,挺进人的性格深层世界,透过人物性格表象的纷繁多样,探求其背后的性格运动的内在机制","在一定程度上突破了典型研究的单层次、模式化的原有观念,赋予典型形象以多层次、多侧面、多重组合的复杂内涵;并致力于典型性格

---

① 刘再复:《关于〈性格组合论〉的总体构思——与魏世英同志的谈话记录》,《当代文艺探索》1985年第2期。

的内在结构和组合的探讨,更逼近了典型形象的特殊的审美本质"①。而文中所认为该理论的缺陷,"在刘再复的'原理'中,生活中的人和艺术中的'人'之间的界限被取消了,历史的人与文学的'人'被放置于一条等式的两端,因此艺术的典型性格的特殊性也随之被抹平",却恰恰表明这一发现在当时的价值早已溢出了古典现实主义"典型"观的范畴,而为新时期真正具有"现代性"文学的产生提供了理论依据。

或许可以说,刘再复的《性格组合论》,就是采用偷"现实主义"的梁,改换为西方"现代主义"柱的方法,在中国新时期文学场域中,系统论证西方现代主义小说创作知识优越性、确立其经典地位的力作。首先,他以进化论为理论基础对世界小说发展的基本轮廓做出描画,认为"无论是中国还是世界,都经历了三个大的阶段。这三个阶段大体上可以作这样的概括:(1)生活故事化的展示阶段;(2)人物性格化的展示阶段;(3)以人物内心世界审美化为主要特征的多元化展示阶段",这三个阶段是由低到高进化着的,并且今后文学世界是一个多元世界,这三个历史范畴的小说"将不断变化自己的形式去争取自己的读者以及自身的生存和发展"。他认为以故事为中心的通俗小说读者"是处于文化层次较低的读者",而"以展示内心世界审美化为中心的小说",其创作者是"勇于探索、勇于创造"的,其读者是"喜欢思考的文化素养较高的青年",因为这类作品可以"给艺术接受者更多补充、想象、联想的余地",是未来的发展方向。并且提出要避免两种片面性:一是把传统叙述性小说"看成文学永远不可企及的高峰",一是"把十九世纪批判现实主义文学看成唯一的审美理想"②,这实质上是在树立西方20世纪现代主义小说的经典地位。

第二,刘再复的"性格二重组合原理",就是借用鲁迅概括的"美恶并举"、"美丑泯绝",提出美、丑融合的观点,对以往文学价值观中的形式逻辑排中律做出反拨。他认为"高大全"性格的追求在美学上的错误,就是不了解"缺陷"在艺术环境中也可以作为美的构成成分,不了解绝对"完美"并非真正的美的

① 此处引文分别参见张婷婷《中国20世纪文艺学学术史(第四部)》,上海文艺出版社2001年版,第51、58页。
② 以上引文皆出于刘再复:《性格组合论》,上海文艺出版社1986年版,第33~54页。后面的论述主要集中在该论著的第三章"人物性格的二重组合原理"、第十章"二重组合的心理基础"和第十一章"情欲论"。

境界。对以"完美"为美学追求的传统文学价值观进行冲击,论证了"丑陋"、
"恶"、"滑稽"、"怪诞"的审美意义,在求"真"的名义下,为现代主义文学中曾
饱受非议的,被认为不符合社会主义道德标准的描写,描上了美学色彩。用
"审美"策略,把现代主义文学艺术从"精神污染"的罪名中解救出来。

　　第三,该论著又从性格分析深入到心理基础,借助弗洛姆和弗洛伊德的心
理学理论,提出"性格两重组合"的根源在于"人的双重欲求",即一方面是合
自然的形而下"肉"的欲求,一方面是合文化目的的形而上"灵"的欲求。这两
种欲求形成人内心世界的两种内驱力,构成一种合力,推动人的性格的运动。
由此提出对作家要表现出"人性的深度",这包括两层意思:(1)写出人性深处
形而上和形而下双重欲求的拼搏和由此引起的"人情"的波澜和各种心理图
景。(2)写出人性世界中非意识层次的情感内容。提出"潜意识层次的世界
可能是一个汹涌澎湃的更为广阔的汪洋",这也给后来的小说创作指明一条
非理性的方向。特别是,其对"情欲"所作分为三个层次的结构分析:最低层
次"欲",感性欲望;中间层次"情",情绪记忆或称情感记忆;最高层次"情
理",社会性情感,这三者的界限是模糊的,互相交汇并对立统一,以及关于
"作家对待狭义情欲(主要是指性爱)的态度"的研究中,明确指出现代主义思
潮"不承认理性的社会价值,而想从心理学的角度论证人的情欲的客观依
据",作者以赞赏的口吻写道,"它更彻底地崇尚情欲,蔑视社会规范。它不仅
敢于写出意识层次的情欲的内容,而且敢于写出潜意识层次的情欲内容。这
不仅使人的情感从意识层次中的各种社会规范的束缚中解放出来,而且也使
潜意识层次的人的感性欲望得到充分的表现。这就是要从传统的理性标准下
解放人的个性,使人获得更深广的自由"。由此可见,作者对于现代主义文学
的推崇。他对那些用禁欲主义眼光把性欲一概视为"原罪"的观念提出批评,
认为"纯粹的肉的交流是动物,纯粹的灵的交流是神明,只有灵与肉的交流才
是人,才是最真实、最深邃的交流",这无疑也为"性"描写可以名正言顺的出
现在新时期文学中提供了理论通道,也是1985、1986年"弗洛伊德热"兴起的
一次共鸣。

　　新时期文学场域中,对"人"的探索犹如踩着石头过河,《萨特研究》由于
"触礁"主流意识形态而一度在清除精神污染运动中遭受被禁的命运,惊醒了
一部分文学知识分子试图靠法国现代哲学思想实现新时期文学"现代性"突

破的梦想。有些文学研究者开始寻找新的突破点,转而关注文学本体——语言,特别是在 1984 年前后,新的理论武器——西方形式主义理论成为文学研究者的新宠,1985 年前后也出现了实验小说高潮。

新时期文学场域中,文学的语言实验以及对形式批评的介绍早在 1979—1980 年间就已经开始出现了,到 1984 年以形式主义为理论依据的文学批评开始出现。1984 年,季红真《文学批评中的系统方法和结构原则》是经常被作为形式批评代表作而提及的文章,首次以结构主义的深层结构与表层结构二元对立的方法分析文学作品,但也尚未完全脱离系统论的窠臼。南帆《论小说的心理——情绪模式》则分析了意识流小说在叙述方式上所作的调整,文中把其意义归于"为审美情感的运行架设了新的轨道",则表明此时的形式分析仍然与审美批评联系紧密。同年出版的由刘象愚等翻译的韦勒克、沃伦合著《文学理论》一书,与《外国文学报道》1984 年第 3 期上发表的三篇译文:罗兰·巴特《叙事作品结构分析导论》、托多罗夫《叙事作为话语》和格雷马斯《叙述信息》,这二者一是从观念上廓清"内部研究"——文本研究——与"外部研究"的区别,把作家传记及心理学的研究与社会环境、时代精神都归为"外部研究"范畴;一是从可操作性方面来理解结构主义理论和分析方法,这对当时正信奉文学是"人"学的文学观,把研究文学主体"人"视为对文学自身规律的研究的新时期文学界来说,是相当新鲜的。但这点形式主义理论的声音太微弱了,囿于认识的局限性,对于 1985、1986 年开始出现的带有叙事实验性质的"先锋小说",评论者大多还是把在语言形式上的探索归结为实现文学"主体性"的手段,这显示出原有批评理论武器的无力。

1985 年 9 月至 12 月间,杰姆逊到北京大学讲演以及其讲稿《后现代主义文化理论》的翻译出版,在中国引起很大震动。他把西方资本主义发展分为三个阶段:国家资本主义、帝国主义、晚期资本主义,与此相应的三种艺术准则分别是现实主义、现代主义和后现代主义。他将后现代主义的特征概括为平面感、深度模式的消失、雅俗界限的消失及复制等,这些术语成为中国后现代批评的主要武器。1986 年索绪尔《普通语言学教程》由语言学家高名凯翻译出版,1987 年瞿铁鹏翻译、特伦斯·霍克斯著的《结构主义和符号学》出版,其印数达到 10 万册,随着对语言符号学认识的深入,"语言"是文学本体的文学观念日益清晰起来。特别是《上海文学》1987 年第 3 期所发表的李劼《试论文学形式的本体意味》,开始把不同风格的作品解释为"文学语言不同组合的结果",1988 年第 2 期又发表李洁非、张陵《"再现真实":一个结构语言学的反诘》,文中明确提出"叙述,若直接看来,似乎是主体(叙述人)自由说话的过程,但在不知不觉中,语言早已支配了这个过程及其中的主体,使每一段话语以至单词都纳入了语言自身的结构和规律",这意味着中国文学界开始意识到"语言形式"相对于"主体"有独立存在于文学中的可能。但是,由于中国注重历史文化"意义"的叙事传统与西方不同,这导致文学批评面对新时期文学实践中出现的那些"语言游戏"的小说束手无策,只有在获得了后现代主义理论的思想资源后,才找回了某些批评家的自信。

如前所述,新时期文学场域中,对西方"现代派"文学知识:西方现代主义文学和后现代主义文学的接受,几乎是同时进行的。因此,或许可以说,新时期文学场域中的"现代派"文学知识可分为两个支系:一是以深入挖掘"人"的内心世界为主要内容的现代主义文学;一是以"语言"形式为文学本体、历史和意义在叙述中被消解的后现代主义文学①。尽管这两个支系在新时期文学场域中对文学创作所产生的影响、作用存在着时间和效果上的差异,但无疑也都是新时期文学知识分子关于现代主义文学想象的重要组成部分。

第三节　理性秩序的重建与坍塌:"现代派"
文学创作的突破口

如果说,主要以 19 世纪批判现实主义文学作品为经典规范,同时也继承了"五四"新文学传统中的人道主义"启蒙"思想的新时期之初现实主义文学创作,表明一部分文学知识分子把文学的"现代性"主要定位在文学的"社会批判"功能,致力于用"民主"和"科学"重建理性秩序,特别是对"知识分子"身份地位的重新确证,来承诺人具有变革社会的本质力量;而秉承古今中外浪

①　虽然"第三代"诗歌、先锋小说等重语言实验的创作在 1985 年前后就已经开始出现,但从文中提到的批评话语来看,并未有明确意识,主要是摹仿西方文学作品的结果,因为形式也是"有意味"的。而语言实验的小说与批评形成互动状态,其语言实验特征最鲜明的作品大部分则是出现在 1986 年(甚至是 1987 年)以后了,所以,本文对所谓的"后现代主义文学"一支,不再多做分析。

漫主义文学精神的诗人和小说家,大都把对"爱"与"美"等普遍人性的书写,以及自由个性的张扬想象为实现文学"现代性"的主要途径,凸现出人与自然和谐相处的主题,为现实主义文学所强调的"理性"秩序可能会出现过于意识形态化的情况,在某种程度上做出"人情"的修补;那么,新时期的"现代派"文学创作,则主要是通过对非理性世界的关注,表现出对于把"理性"秩序重建想象为实现现代化主要途径的现实主义文学承诺的极大不信任,这种对理性秩序的颠覆力量,从新时期之初"理性"秩序重建之时就已经开始了。

爱情、婚姻与女性解放题材是"现代派"文学的首选突破口。

新时期之初,就有作者向"文革"中被视为文学禁区的"爱情"题材开始发起攻势。刘心武《爱情的位置》(《十月》1978 年第 1 期)、张抗抗《爱的权利》(《收获》1979 年第 2 期)、陆文夫《献身》(《人民文学》1978 年第 4 期),以及贾平凹 1977—1980 年间的很多小说创作等,这些在当时反响极大的小说主要被视为"前爱情文学"、"准爱情文学",而被认为"直到张洁《爱,是不能忘记的》,才是一篇名副其实的爱情小说"①,论者做出此种评价的标准,就在于小说中对于"情"与"理"关系的处理前后存在明显差异。应该说,这一概括是有道理的。由于"爱情"原本就蕴涵着非理性"情"、"欲"的部分,如果坚持文学"真实性"原则,必然无法漠视情、欲在爱情和婚姻中所起的作用。1980 年以后的新时期爱情题材小说创作,以其对"爱情"主题中所关涉的"理"、"情"、"欲"三者关系的深入探讨,已经超越了对"题材"禁区的突破而具有更为丰富的意义蕴涵。这是这些热衷于"社会批判"的文学知识分子,或许是从建立新的理性秩序(以"人道主义"作为构建现代民族国家的伦理基础)构想出发,质疑曾被作为维护社会理性秩序的一种有效手段的传统伦理道德观,但在某种程度上也产生了解放"人性"中非理性部分的效果。尽管文学界大部分知识分子对其中非理性成分也还是持否定态度,但对于其中具有颠覆性的力量尚不自觉,因此,与其他现实题材相比,爱情、婚姻题材创作在新时期文学场域中争议最多。

新时期之初,爱情、婚姻题材的小说创作,大都是以"摧毁"、"破坏"——以启蒙话语为核心的新道德规范质疑现存婚姻秩序(传统封建家庭观念和革

① 参见朱青:《当代爱情小说的历时性研究》,《文艺评论》1999 年第 2 期。

命婚姻)的合法性,同时也对女性身份进行反思——这副面孔出现的。它主要包括三条途径:一是女性作家张洁、张辛欣等在现实生活中营构知识女性的社会和精神困境,宣告"理性"秩序中爱情神话的破灭;一是李剑、李克灵、刘克等以"性"与革命关系为背景来批判"革命"话语对女性身份意识的异化为主题的小说创作;一是张弦、古华等表现原始情欲对于农村女子爱情的重要意义的小说创作,它们共同汇成一股冲击当时道德秩序的力量。

　　新时期之初,《爱,是不能忘记的》、《方舟》、《七巧板》、《祖母绿》等小说创作,表达出作家张洁对于知识女性爱情、婚姻生活的理解和想象。《北京文艺》1979 年第 11 期发表张洁《爱,是不能忘记的》后不久,1980 年《文艺报》第一期发表黄秋耘《关于张洁作品的断想》,从社会学视角提出该小说的意义,李希凡在《文艺报》第 5 期上发表《倘若真有所谓天国……》对黄文提出异议。随后,《光明日报》、《北京》、《文汇增刊》、《工人创作》等报刊纷纷发表文章参与讨论。相比起她另一篇获得 1979 年全国优秀短篇小说奖、塑造了售票员田野这一"社会主义新人"形象的《谁生活得更美好》,尽管《爱,是不能忘记的》这篇小说影响很大,也在后来某些文学史叙述中占有一席之地,但在当时却饱受非议。很多论者把这主要归因于婚外恋题材,事实上,更为重要的是小说中对于母女二人感情经历的处理,体现出作者在爱情问题上认识的矛盾性。一方面,小说通过女儿"我"对后来"母亲"坚守爱情的肯定,谴责了"旧意识"对"情"的束缚,应为爱情和婚姻分离现象负责,这是"五四"启蒙话语中妇女解放命题的再现;另一方面,把"母亲"塑造成一个把爱情与崇拜联系在一起的,而为曾与"相当漂亮的、公子哥儿似的"父亲出于感性本能的结合感到羞愧的"革命"臣服者形象,同时"我"也对有着优美身躯的追求者乔林的求婚犹豫不决,表明了革命知识分子比华而不实的公子哥儿更值得爱,这一爱情判断标准更为强调"理"在"情"中的地位。

　　这种矛盾性在后来发展为前者对后者的批判,《七巧板》中凡事追求完美的金乃文被视为精神病患者,还被戏称为"病房政委",《祖母绿》中似乎是作为爱情胜利者姿态出场善于权术的卢北河却成为被怜悯的对象。在张洁这三篇小说中都一个共同的结构特征,以婚姻不幸为叙述起点,在人物设置方面,总有两个具有不同爱情价值观的女人:她们或为母女,如《爱,是不能忘记的》中"我"与"母亲";或为情敌,如《七巧板》中的尹眉和金乃文,《祖母绿》中的曾令儿与卢北河,在看与被看的关系中,表达出作者对于爱情、女性和两性关系的认识发展过程。张洁早期小说中过于注重描写社会习俗对于女性爱情婚姻的影响,这使她的小说呈现出强烈的现实主义文学风格。但她的小说中对女性自身意识的反思也是一以贯之的:《爱,是不能忘记的》中直抒胸臆,"我要谴责的却是:为什么当初他们没有等待着那个呼唤着自己的灵魂"、"说到底,这悲哀也许该由我们自己负责";《七巧板》认为金乃文被婚姻束缚的悲剧在于"她受的是现代化的大学教育,骨子里却是节妇烈女的坯子";《祖母绿》则通过曾令儿的情感经历表达出女性只有超越了爱情束缚才能获得真正解放的认识。在这些小说中,尽管是以批判的态度出现却并没有回避"欲"对于情的意义,以及小说中对不完美的宽容态度,都为后来《他有什么病》、《只有一个太阳》风格的转变孕育了可能。

如果说,张洁新时期之初的小说创作主要张扬了"理性"对于爱情和女性解放的重要意义,那么,张辛欣的小说则表现出对启蒙话语中所承诺的女性解放途径的怀疑,重新审视这种强调男女平等、张扬个性意识的启蒙话语对女性身份意识所产生的异化作用,这在当时启蒙话语势头正劲的时代氛围中,自然是不合时宜的,因而受到批评也是在所难免。正如作家王蒙在《漫话几个作者和他们的作品》中所言,"在过去的一年里,张辛欣的作品同样是一个值得注意的文学现象,也许还是一个棘手的现象:她的小说受到了严厉的批评,引起了争论,同时,她的小说拥有自己的年轻的读者,甚至可以说是崇拜者。这种状况之所以棘手,恰恰在于她写的远远比前几年受到批评的那些作品更有才气,更有特点"①,这一评价也从一个侧面反映出当时文学批评对于张辛欣一些小说创作的无能为力。

与偏爱用两个爱情价值观不同的女性间矛盾关系来构成充满张力的叙事空间的张洁小说不同,张辛欣小说表面上营构出的是一个女主角与两个男人间的复杂关系。但实质上,无论是《我在哪儿错过了你》中"导演"以外又设计了追求者李克,或是《在同一地平线上》中除了画家丈夫外还有朋友乔亚光,以及《我们这个年纪的梦》中所谓的青梅竹马,都与爱情无关,而是出于更深入挖掘女性心理空间丰富性的需要,把爱情视为女性自身的一次突围表演。

---

① 王蒙:《漫话几个作者和他们的作品》,《文艺研究》1983 年第 3 期。

同时,小说也从双性视角(特别是男性视角)中来重新审视妇女解放运动的一个结果:女性意识中的某种男性化倾向,并把它归为失去爱情的原因,比如《我在哪儿错过了你》中女主人公认为"一个让你说是有些男子汉气的女子,是不会讨人喜欢的";《在同一地平线上》中男主人公则认为"她的问题就在这儿,对我的什么事都太尖刻",这种处理方式,一方面批判了视女性为附庸的男性标准,更重要的是,其中对于男、女两性爱情心理间存在不可调和的矛盾的分析和描写,使张辛欣的小说弥漫着对爱情和男性的失望和孤独感。

小说中,知识女性明确意识到自己对个性解放的追求是一种被"社会"异化的现象,《我在哪儿错过了你》中对"我"被男性化过程作出如下的自我分析:"就这样,在感情上,不敢再全心全意地依靠,一旦抽空了,实在太惨!在职业上,在电车上,要和男人用一样的气力;在事业上,更没有可依赖、指望的余地,只有自己面对失败,重新干起!在政治上,在生活道路上,在危急关头,在一切选择上只有凭自己决断!这能全怪我吗?!假如有上帝的话,上帝把我造成女人,而社会生活,要求我像男人一样!我常常宁愿有意隐去女性的特点,为了生存,为了往前闯!不知不觉,我变成了这样!……";《在同一地平线上》对这种矛盾心理的表现更为细腻:"我的确愿意服从你。为了你一个小小的满足,我何尝没有一个女人全部的细腻。但是,有一种烦躁又在暗暗地潜着。我从来也不敢告诉你,即使在得到了温存和抚爱的满足之后,紧接着,会有股无着落的惶恐感袭来……""你无法代替我去争,即使我和你是一个小小整体的各自一半。我们每个人面临的,也各是一个整个的世界。也许,这个世界对于男人来说,没有多大变化,对于女人来说,却极大地改变了……",女主人公对个性解放和爱情承诺的不信任,是对张洁女性解放小说的一次颠覆。

不管张洁和张辛欣在小说中,如何想象女性的身份特征和妇女解放真正得以实现的途径,对男性和爱情的失望却是一脉相承的,她们通过对社会意识、两性意识的描摹预言了现实生活中爱情神话的彻底破灭。尤其是《我们这个年纪的梦》中关于"小男孩"(倪鹏)想象的破灭,迫使不仅是小说中的女性,而且包括读者都意识到不能再把理想主义作为摆脱平庸现实生活的救命稻草。尽管表现方式是写实的,小说中对女性生存社会和精神困境的解构,比某些借用意识流、荒诞变形手法的现实主义创作更富有现代主义文学精神,具有与陈村《一天》和池莉《烦恼人生》颇为相似的人生感受。

　　与张洁、张辛欣的小说相比,李剑、李克灵、刘克等作者的小说创作,特别是李剑的小说受到了更为彻底的批判。对于李剑小说《醉入花丛》在新时期之初引起的轩然大波,与很多文学史叙述采取回避态度不同,郭小东专著《中国叙事:中国知青文学》给予了极高的评价。尽管我并不认可他对李剑的观念转变所做自觉挑战权威的猜测①,但也同样认为李剑事件是在新时期文学场域中的一个重要文学现象。

　　李剑可谓是新时期之初文学场域体制重建中一个尤具反讽性的作者。1979 年他发表在《河北文艺》第 6 期上的文章《"歌德"与"缺德"》引起的争论曾引起胡耀邦的注意,并于 9 月 4—6 日由中宣部主持召开了反"左"座谈会。事隔两年之后,又由于其小说创作中资产阶级现代派倾向再次引发大规模的批评:金言《对李剑同志几篇小说的讨论》,《争鸣通讯》1981 年第 3 期;小禾《庸俗、荒诞的编造》,《河北日报》1981 年 3 月 16 日;冯健男《创作的正路和歧路》,《河北日报》1981 年 4 月 2 日;《对李剑、李克灵、张敏的几个短篇小说的批评》,《文艺通讯》1981 年第 10 期;冯健男《慎勿"醉入花丛"——评李剑同志的小说创作》,《河北日报》1981 年 8 月 20 日;李剑《谁酿的苦酒》、李基凯《评李剑的几篇小说》,《文汇月刊》1981 年第 8 期"关于李剑小说的批评与反批评";华铭《评〈醉入花丛〉》,《中国青年》1981 年第 19 期;陈绍伟《被扭曲了的生活和人物——评李剑同志的短篇小说〈醉入花丛〉》,《南方日报》1981年 10 月 30 日;李竹君《创作的歧路》,《文艺报》1981 年第 20 期;《文汇月刊》1981 年第 10 期"争鸣之页"发表:李洪勉《一点意见》、李慎《"这一个"是真实的吗?》、丘峰《"历史的真实"辩》、张炳亢《谈李剑小说的"格调"》;赵铁信《文学应该给人以美的享受——读李剑同志的几篇小说所想到的》,《河北日报》1981 年 10 月 25 日;敏泽《评李剑的反批评及其小说》,《文汇月刊》1981 年第12 期;刘哲《问题在哪里》,《河北文学》1982 年第 1 期;吕彦竹《自家酿的苦酒——评李剑的〈醉入花丛〉及〈谁酿的苦酒〉》,《作品》1982 年第 2 期等,直到 1984、1985 年还有批评文章出现:黄牧《一个应该记取的教训——评李剑同志的创作倾向》、蔡子谔《作品的艺术"格调"与真实性及其他——对李剑失误

---

　　① 参见郭小东:《中国叙事:中国知青文学》,花城出版社 2005 年版,第 43 页。

作品的思考》，《河北学刊》1984 年第 3 期；罗庆丰《关键在于准确地理解"反映"——与李剑同志商榷》，《争鸣》1985 年第 2 期。

1981 年 10 月中旬，河北作协、理论研究室、《河北文学》编辑部联合组织召开了李剑缺席的作品讨论会①。会议对李剑自 1980 年 8 月至 1981 年 3 月间的创作情况进行了总结，认为其先后在《鹿鸣》、《湛江文艺》、《河北文学》、《芳草》等 9 个文学期刊上发表的 11 篇小说，在《鸭绿江》、《文汇月刊》发的两篇文章中，除去《光明》、《妹妹》基调基本健康外，"《古堡女神》、《花间留晚照》歪曲了社会主义的典型环境；《女儿桥》格调低下，语言污秽，不忍卒读；《梦红楼》、《暗想玉容》是做文字游戏；《醉入花丛》、《竞折腰》是从理念出发，企图批判个人崇拜，现代迷信，但由于作品所表现的只不过是某种观念和情绪，却对客观生活进行了歪曲，特别是在对待毛主席语录的运用上，不伦不类，极不严肃。至于他的两篇理论文章，也是对现实主义、真实性等问题做了不正确的阐述。"

小说《醉入花丛》讲述了一个在串联中掉队的女红卫兵叶丽，夜宿一单身汉雇农家中自愿被奸污后和他结了婚，被当做扎根农村、实行"两个决裂"的典型来宣传，因此而扬名，又遭到地委书记的奸污，最后醉死在油菜花丛中的悲惨经历。单是女性受虐的题材，已容易引起非议，而竟然用"最高指示"来推进人物性格命运的发展和架构全文，则可以说是冒天下之大不韪了。小说中描写叶丽半夜醒来发觉农民跪在地上，后被他奸污过程的这段细节，常被批评者引用，较为典型：

　　她的头脑中立即出现了一段最高指示："没有贫农，便没有革命。若是否认他们，便是否认革命；若是打击他们，便是打击革命！"

　　"咱们……是阶级兄妹！"她激动地把他拉了起来。

　　"让我亲亲……"他站在她的面前，直瞪瞪地望着她。

　　"唉，国家者我们的国家，社会者我们的社会，我们不说谁说，我们不干谁干！"

　　最高指示使她的灵魂深处爆发了革命："贫下中农的痛苦，就是我们

---

①　参见《河北省文联帮助李剑同志清理思想、总结经验教训》，《文艺情况》1982 年第 19 期。

的痛苦；贫下中农的困难，就是我们的困难，我要狠斗私字一闪念，急贫下中农之所急！"

　　她脸红了。他发疯似的把她抱到炕上，"呼"的吹灭了油灯……

　　尽管作者主观上也只是出于对文学"真实性"原则的理解和追求，申辩说"我所奉行的是忠于生活的创作思想"，小说中的反讽与解构色彩，溢出了现实主义范畴。郭小东是从文学和政治认知价值角度来高度评价《醉入花丛》的意义，"在掘出知青文学畸形的精神资源——知青运动的荒诞性的同时，彰显了'文革'黑色幽默的本质特征。……他把'文革'时期的混乱和疯狂归诸制度、现实世界与个人永恒的紧张关系"，因而将之视为"知青文学另类书写的逻辑起点"。① 我以为小说在重复"文革"荒诞性的同时，最重要的是，体现出对被尊为"最高指示"的革命话语造成女性身份意识异化的批判性反思。特别是小说把"性"与革命意识——被当时主流审美观视为丑与美决然对立的二者——相联系的结构方式，本身就是对于崇高、理想等传统道德伦理秩序的一种颠覆，从中似乎隐约可见后来张贤亮和王朔某些小说的影子。小说中毫不掩饰地把"文革"中诸如对阶级异己的灭绝性杀戮，对阶级异见的洗脑，把毛泽东像章别在皮肉上等疯狂举动描述出来，在"伤痕文学"的名义下对人性"恶"的大肆书写，或许也可视为莫言《红高粱》中对日本侵略者的残酷而细腻刻画之滥觞。

　　1981 年下半年展开对李剑小说创作较大规模的批判，是与当时由《苦恋》风波为导火索引发批判资产阶级自由化思潮紧密联系。其原因一方面是由于小说中鲜明的西方"现代派"印记，另外一个秘而不宣的原因则是对作者李剑立场转变太快的不满，似有附庸"政治"的实用主义之嫌，这与当时知识分子正追求"文学独立"的氛围不合拍。这一点在很多批评文章中都有隐讳地表达。比如李竹君《创作的歧路》表面是对李剑虚伪"革命"面孔的批判，"有些人摆出一副比谁都革命的面孔，只不过是演给别人看的，自己并不准备实行"，实质上是把李剑的探索视为一种"投机"。② 如果说批判《苦恋》是主流意识形态干预文学创作的表现，那么对于《醉入花丛》的批判则是文学界的自

---

① 郭小东：《中国叙事：中国知青文学》，花城出版社 2005 年版，第 45 页。
② 《文艺报》1981 年第 20 期。

觉行为,因为"这些作品本来也是站不住的"①,就连率先进行意识流小说试验的王蒙都做如是说,可见当时文学界对于"现代派"文学的接受程度,主要还是局限在艺术表现方法的借鉴上。存在主义哲学尽管赢得了很多青年拥趸,但在当时拥有话语评判权的中老年作家眼中,仍被视为资产阶级的腐朽世界观而在文学创作中受到排斥。

相比起李剑《醉人花丛》所受到的批判,发表于《十月》1979年第3期的爱情小说《飞天》(刘克),就显得更为幸运些,一方面由于当时"伤痕文学"还处于方兴未艾之时,尽管也引起争议,却也得到了很多公开支持;另一方面,虽然也是批判"革命"意识对农村姑娘飞天爱情及命运的灾难性影响,也有对人性"恶"的抒写,但小说所采用的符合民族审美传统较为含蓄的叙事策略,更容易被接受。

发表在《上海文学》1980年第1期上张弦的《被爱情遗忘的角落》,不仅获得1980年全国优秀短篇小说奖,并于1981年被改编为电影,作家张弦也因此片而获得1982年由电影家协会主办专业性评奖中的最高奖——第二届金鸡奖的最佳编剧奖。可见,这篇小说得到了当时掌控话语评判权文学知识分子的极高评价。这或许主要应该归功于小说用存妮的死来批判封建买卖婚姻观念,体现了文学知识分子的"社会批判"功能,同时又塑造了荒妹和荣树两个"新人"形象,符合文学为社会主义服务、为人民服务的意识形态要求。因此,小说中对于存妮与小豹子"性"关系的描写,也被视为对正常人性的表现,显示出作家的探索勇气。今天看来,当时对这篇小说各取所需的评价都带有一厢情愿的主观色彩。尽管作者自述其创作源于一次闲谈,"要为那些因蒙昧的冲动而付出生命的姑娘们,为那些顺从地任凭命运安排的姑娘们呐喊几声,也要为那些迫于生计不得不'把女儿当东西卖'的父母说几句公道话"②,但小说中对存妮与小豹子关系的细节处理明显超出了批判原始本能的界限,呈现出对"欲"之于爱情重要性的某种程度的肯定。

小说主要是用三个细节描写来结构作者对存妮与小豹子关系的发生、高潮和结果的认识和想象。被荒妹视为"最丑最丑的丑事!"的"性"关系,在存

---

① 王蒙:《漫话几个作者和他们的作品》,《文艺研究》1983年第3期。
② 张弦:《惨淡经营——谈我的两个短篇的创作》,《上海文学》1981年第1期。

妮与小豹子之间发生得如此自然，是被作为一种人性美来描写的。作者看似漫不经心地把它放在劳动过后，用你来我往的冗长对话，插叙的农村青年文化生活背景，甚至是那几个省略号"……"，都起到了酝酿情绪的作用。在这样的氛围中，一个太过平常表示不满的动作——撒土粒，也可以成为发生关系的契机。"就像出涧的野豹一样，小豹子猛扑上去，他完全失去了理智，不顾一切地紧紧搂住了她。姑娘大吃一惊，举起胳膊来阻挡。可是，当那灼热的、颤抖着的嘴唇一下子贴在自己湿润的唇上时，她感到一阵神秘的眩晕，眼睛一闭，伸出的胳膊瘫软了。一切反抗的企图都在这一瞬间烟消云散。一种原始的本能，烈火般地燃烧着这一对物质贫乏、精神荒芜，而体魄却十分强健的青年男女的血液。传统的礼教、理性的尊严、违法的危险以及少女的羞耻心，一切的一切，此刻全都烧成了灰烬。……"对"原始本能"的书写表明，这看似偶然的发生其实蕴涵了必然的因素。事情的高潮是存妮溺水自尽，但在小豹子被公安局带走时，还有一个细节就是他不顾一切地飞奔到存妮的坟前，"恸哭起来，两手乱抓，指头深深抠进湿润的黄土里。公安员跑来吆喝了几声，他才止住泪。然后，直跪在坟前，恭恭敬敬地磕了三个头"，这个细节旨在表明二人发生关系不是丑陋的本能发泄，而是一种无关功利的纯爱。小说以荣树为小豹子翻案以及荒妹反抗买卖婚姻为结局，足以见出作者对存妮与小豹子这种出于自然天性而结合的爱情的肯定。其中采用把丑转化为美的叙事策略，与后来王安忆以审丑态度叙写原始本能"三恋"：《小城之恋》、《荒山之恋》和《锦绣谷之恋》相区别。

把爱情视为突破口的"现代派"文学创作策略，使得新时期爱情题材的创作要承担更多超越了爱情本身、更为复杂的意义含蕴。"恋爱故事"成为不同文学观、哲学观、道德观较量的竞技场，这是与"十七年"的文学传统一脉相承的①。也因此，在反对资产阶级自由化的斗争中，描写爱情的文艺作品首先成

① 曾被树为十七年文学经典的作家赵树理，就曾在1950年表述过"恋爱故事"在其小说《邪不压正》中的作用。他说："我写那篇东西的意图是'想写出当时当地土改全部过程中的经验教训，使土改中的干部和群众读了知所趋避'"，通过"套进去个恋爱故事"，"在行文上讨一点巧"，"把上述的一切用一个恋爱的故事连串起来，使我预期的主要读者对象（土改中的干部和群众），从读这一恋爱故事中，对那各阶段的土改工作和参加工作的人都给以应有的爱憎"。参见赵树理：《关于〈邪不压正〉》，《人民日报》1950年1月15日。

为被批评的对象。在此期间,被批评的小说还有李克灵《日全食》,张敏《天池泪》、《生之恋》,耿龙祥《月华皎皎》,李英儒《妙清》,杜国辉《初恋》,杨东明《失去的,永远失去了》,雨煤《啊,人……》,余易木《初恋的回声》,肖彦《孤岛》,谭力《开放的浴场》等,电影《幽谷恋歌》、《白莲花》、《丹凤朝阳》、《漓江春》,及电影剧本《零点起飞》等①,这些作品都被认为是"在爱情与革命、爱情与社会主义事业和爱情与道德的关系上存在不正确的观点",特别是存在"生编硬造的不真实、不健康的爱情描写"。而这些被严厉批判的爱情描写,主要表现为把"情欲"视为爱情中的合理因素来表现,如《孤岛》中对"原始的冲动"的表现,《失去的,永远失去了》则被视为"赤裸裸地宣扬性生活自由";或者是以畸形爱情为表现对象,如《月华皎皎》中安排了县委书记育英才、薛冠华和医生赵仁还、钟秋月两对夫妇间的交叉恋爱,《初恋》则把十五岁男主人公对年长他五岁女教师的单相思推崇为"人间最自然最光荣的关系"来表现;或是视爱情为革命胜利的手段,如《幽谷恋歌》中女游击队长完成清匪任务的手段是扮男装诱惑兄弟民族寨主女儿,《白莲花》中红军指挥员靠爱情收服了劫富济贫的女大王,等等。新时期文学场域中,这些备受文学界话语权威贬斥、偏隅于通俗文学之一角的爱情小说,承担起了颠覆传统理性秩序、普及现代哲学观念的任务。也正是从这个意义上讲,新时期大陆通俗文学创作中鲜有港台的"言情小说"这一品种。

新时期文学场域中,"现代派"文学知识除了在新时期之初爱情题材小说中有所体现,主要表现为1984年开始挑战"朦胧诗"经典地位的"第三代"诗歌,高行健的实验戏剧,以及后来出现的马原、洪峰、余华、格非、孙甘露等创作的大量先锋实验小说。这些曾令当时批评家束手无策、被后来批评者用"后现代主义"命名或被贬为"语言游戏"的"现代派"文学作品,以势不可挡的气势,在1980年代中后期成为与现实主义文学二分"知识分子写作"之天下的重要一支。先锋派文学,作为新时期"现代派"文学的重头戏,已经得到了不同批评话语足够多的文本阐释,本文不再多做分析。

---

① 《近两个月来部分报刊对一些描写爱情的文艺作品进行批评的情况》,《文艺情况》1982年第1期。

第七章　民间文学与"文人化"：
　　通俗文学迂回入场

　　"通俗文学"是新时期文学场域中与"国家意识形态文学"、"现代主义文学"、"浪漫主义文学"、"现实主义文学"相区别的另一文学知识类型，以小说、传奇、故事为主要文学样式，兼有诗歌、相声曲艺等。对"通俗"文学的命名，主要是取其"普遍"、"容易接受"层面的意义，"如：语言的口语化，措辞、节奏、句法的相似性，结构上的规范化，人物的类型化，情节的基本格局等"；同时，作为与"雅文学"相对的概念，"总是处于变动不居的状态中。作为一个历时性的概念，不同的历史语境赋予俗文学不同的内涵及外延。"①

　　读者群体的庞大，是一个判断通俗文学的最基本前提。还有一个与之相关的概念"民间文学"，因为民间文学具有"人民性"特征，一方面是指创作主体和传播方式方面以集体创作和口头传播为主要特征；另一方面，则在于它的实用功能和娱乐功能，也是人民群众自我娱乐的工具。因此，民间文学又被视为民俗的一个组成部分，被看做是人民群众的心理、认识、思想、感情的直接表现②，或者可以说，通俗文学就是活的"民间文学"。"民间文学"，作为文学研究中的一个专有名词，与略带贬义色彩的"通俗文学"间的关系实在有些暧昧。早在郑振铎《中国俗文学史》③中，就用"俗文学"来称呼"民间文学"，也

---

　　①　林秀琴：《通俗文学》，南帆主编：《二十世纪中国文学批评99个词》，浙江文艺出版社2003年版，第358、360页。

　　②　参见民间文学，《文学百科大辞典》，华龄出版社1991年版，第564—565页。

　　③　该专著自1938年由商务印书馆出版后，又于1954年分别由人民文学出版社、作家出版社再版，1984年6月上海书店重出影印本收入"中国文化丛书"第2辑中，可见其影响。书中归纳"俗文学"具有六个特点：大众的、无名的、口传的、新鲜而粗鄙的、想象力奔放的、勇于引进新的东西。

就是"大众的文学",但在新中国成立以后,"民间文学"开始走进一些高等学府成为教学课程,如北师大、北大、复旦、武汉大学、兰州大学等都设立了民间文学课程,北师大 1953 年开始培养了首批民间文学研究生,钟敬文、赵景深、匡扶、曹觉民、江橹、汪馥泉、锡金等是新中国初期民间文学课程的建设者。

　　早在建国初关于俗文学和民间文学的界限问题就开始引起讨论,不管对于这个问题存在着怎样的认识,如果要追溯新时期文学场域内通俗文学知识的谱系来源,"民间文学"无疑是其源头之一。并且,20 世纪 30 年代的文艺大众化运动,以及"工农兵"文学为主体的新中国群众文化的蓬勃开展,都是与新时期以来逐渐兴起的通俗文学一脉相承的。

第一节　身份模糊的"通俗文学"在
文学整理中悄然入场

　　通俗文学,这一概念在新时期文学场域中最早重新出现是 1982 年末的事,《中国通俗文艺》1982 年第 12 期发表了古代文学研究文章——吕美中《冯梦龙与通俗文学》,却并不是用来批评当时创作中存在的一种文学现象,而是在文学研究中出现。但是在当时的某些文艺期刊、科普期刊和法制报刊中,作为一种文学知识类型已经以科幻小说、惊险推理小说、武侠小说、言情小说、民间故事等形态存在。

　　对于当时的大多数文学知识分子而言,新时期之初曾经被用来对抗政治干涉的"人民是检验文艺作品的唯一标准"的观念,早已被审美趣味有"阳春白雪"和"下里巴人"之别、读者是分层次的观点所替代,新时期文学场域中,知识分子审美品味与群众分离的趋势早在 1980 年就已凸现出来。1980 年 6 月 25 日、7 月 14 日,《文艺报》分别在北京和天津召开座谈会,漫谈文学表现手法探索问题时,很多作者的发言就已表明这一点。比如王蒙《对一些文学观念的探讨》中,针对"不懂",提出"既要注意普及,也要注意提高,既满足多数读者的喜闻乐见,也照顾少数读者(或观众)的喜闻乐见,不同的许多个少数加在一起,也就是多数。其实,严格地说,每一篇作品的读者,都不会是'全民',而只能是人民的一部分。各部分加起来，才是工农兵，才是人民大众"，把"多数"与"少数"对立起来；李陀《打破传统手法》① 中也提出"阳春白雪"和"下里巴人"的关系，认为"大量的作品也可以适应不同阶层、不同文化程度、不同欣赏水平的读者的要求。应该从理论上和美学观念上承认通俗文艺的存在。当然它也有个不断提高的问题"。"可以搞一个通俗出版社，出版适合广大读者欣赏水平的作品。也可以搞一个阳春白雪出版社，就给较少数人看"，作者对通俗文学的蔑视及知识分子精英意识表露无遗。但为保证"百花齐放、百家争鸣"方针能继续实施，对这样一种以"为人民服务"名义存在着的文学样式，当然是视若无睹，虽然不提倡但也会允许它存在。

现在有研究者认为，"新时期以来的通俗文学是在港、台通俗小说的刺激下复苏的。1980 年代初，在改革开放的大背景下，随着金庸和琼瑶等作家小说的'登陆'，大陆掀起了'武侠小说热'和'言情小说热'。港、台通俗小说能够在大陆风行使人们看到了社会的开放性和巨大的市场潜力"②，这用来评价1990 年代可能合适，但用来解释新时期之初通俗文学兴起原因，就不符合事实了。就言情小说而言，"琼瑶"作品的入场主要是在1985 年对武侠小说清理以后，1986 年上半年的事情，而新时期文学场域中"通俗文学"的复苏是从1980 年就已经开始了。当时主要被批判的是对古旧武侠小说的翻印，同时也包括那些销路较好的由卫生部门、法制部门、科学部门以及地市、县级主办的小报。它们所刊载的作品主要是故事性强，惊险刺激的"惊险推理小说"、"科幻小说"和"言情小说"等。"从《小说报》、《凤凰》、《故事天地》、《百花》等40多种报刊中抽出 106 期小报和 25 本期刊"，统计分析表明"题材以犯罪侦破与武林为主，其次是各类社会秘闻与现当代人物轶事。据 106 期小报统计，犯罪侦破类 143 篇，武林类 56 篇，人物轶事类 24 篇，社会秘闻类 20 篇，言情类 5篇。而在 25 本期刊中，犯罪侦破类作品有 25 篇，武林类 24 篇"。③ 这些作品在当时的出现，主要是受到民间文学整理、外国文学（包括惊险推理小说、科幻小说等畅销书）的译介，以及文学界关于"真实性"的论争要求突破题材界

---

① 《文艺报》1980 年第 9 期，第 50、51 页。

② 参见范伯群、孔庆东主编：《通俗文学十五讲》，北京大学出版社 2003 年版，第 325 页。

③ 王屏、绿雪：《广西"通俗文学热"调查记》，《文艺报》1985 年第 2 期。

限大胆描写爱情等多方面的影响。

1983年8月30日《文汇报》发表了两篇文章和一封读者来信，表明"通俗文学"这一文学形态开始引起社会的重视。其中，朱文华《通俗文学纵横谈》一文认为，"通俗文学作为区别于普通文学的一种特殊的文学形态，有着它自身的质的规定性"，在表现形式上有民间文学的特点："一、内容题材以广大的人民群众所普遍感兴趣的社会生活侧面为主，并且同社会风俗有密切联系；二、文体以完整的故事形式为主，而且文字通晓流畅，看得懂，也便于讲述；三、读者对象以文化程度不高（看）或文盲（听）的市民和农民为主，这同普通文学的读者群相比，其范围总的说来就更为宽广。"该文从唐变文、宋话本、明代的市人小说和清代的侠义小说，到近代维新派认识倡导的"俗语文体"，及"五四"以来对"平民文学"的提倡和文学的"大众化"运动的兴起，延安文艺座谈会提出的文学普及工作，追溯出中国"通俗文学"的知识谱系，来证明"通俗文学"在新时期文学场域中应有合法地位，提出"进一步发展通俗文学创作，无疑是新时期的文艺工作的一个重要内容"，"通俗文学的评论比起创作现状来，更显得薄弱，更不受人重视"。而修远《莫把"通俗"当"庸俗"》，更是旗帜鲜明地为"通俗文学"鸣不平，认为"把通俗文艺与'庸俗'的评价绑在一起，却实在是个很大的误会——不妨说，这还是一种偏见，而这种偏见是应该消除的"①。读者傅小森的来信《值得注意的问题》，则表明此时社会上对于"通俗文学"的态度存在较为激烈的矛盾。

1983年10月《人民日报》发出清除精神污染的号召，尽管该运动是针对资产阶级"人道主义"、"人性"论、"异化"等问题而发起的，但在这次运动中，刊登"通俗文学"的报刊成为主要治理整顿对象。如广东省有关领导部门清理整顿全省的小报，清理的类型有四种：大量刊载没有在国内公开放映的外国和港台电影故事、侦探小说；描写庸俗的爱情，宣传资产阶级婚姻道德观；追求感官刺激，表现丑恶现象；科普、卫生小报不宣传科学，"把一些简单的科学卫生知识硬加上荒诞无稽的情节"②，原因就是"一些有问题的小报追求发行量和感官刺激以及离奇怪诞的故事情节，影响很坏"。经过清查后，广东省委宣

---

① 修远：《莫把"通俗"当"庸俗"》，《文汇报》1983年8月30日。
② 参见《广东省和沈阳市清理、整顿各种小报》，《文艺情况》1984年第1期。

传部要求存在严重问题的《广州卫生》（广州市卫生教育馆办）、《南华》（韶关市群众艺术馆办），及吴川县文联主办的《翠园》暂停出刊，认真检查后，经过当地宣传部门审议，报省委宣传部审批后才能出版；其他格调低下、有比较严重精神污染的《百花园》、《舞台与银幕》、《生活科学》、《科普小报》和《西江文艺》等，是否需要停刊，由各主管部门研究决定，但需作出认真检查，并对编辑队伍进行整顿。

　　而抚顺市群众艺术馆主办的《故事报》，也进行了全面清理和整顿。作为通俗文学期刊阵地之一的《故事报》，在不到两年的时间里，发行量猛增到 260万份。该报共刊载各种故事及言论 204 篇，其中有明显错误和严重缺点的作品 33 篇，占 16%；格调不高或艺术拙劣的平庸之作 120 篇，占 59%。仅在上海地区就销售了 20 万份左右，可见其畅销程度。而被《文汇报》1983 年 8 月 1日点名批评后，《辽宁日报》1983 年 10 月 30 日刊登赵景富《传播低级庸俗故事，造成严重精神污染，抚顺〈故事报〉被停刊整顿》，随后 11 月 6 日《辽宁日报》发表后续报道《水正落，石将出——抚顺市委派工作组抓紧清查〈故事报〉传播精神污染问题》，1983 年 11 月 9 日《工人日报》刊载熊兴辉《不许把通俗文学办成庸俗文学——上海部分群众文化工作者对〈故事报〉提出批评》，《共产党员》1983 年第 12 期刊载申图《钱臭熏昏了灵魂——〈故事报〉搞精神污染犯严重错误的调查》，《辽宁文艺界》1984 年第 1 期刊载张佐库《记取〈故事报〉的教训》，都对该事件做了报道。

　　事实上，早在 1983 年以前，文学界以庸俗为由对"通俗文学"的排斥就表现出来了。在中国文联内部交流资料《文艺情况》上，分别于 1981 年第 6 期、1982 年第 7 期、1982 年第 8 期刊发了王霄鹏《不要把文艺小报作为赚钱的工具》、《广东检查一些期刊小报的错误倾向》和《刹住滥出外国惊险推理小说风》等文章，表明了文学界对以科幻小说、惊险推理小说、新武侠小说等被认为是庸俗形态的"通俗文学"的贬低和抵制态度，这种态度可以说是当时文学创作者、批评者中占主流地位的观念。对于通俗文学的存在，文学创作、批评界一直以来或漠视、或抵制的态度，表明此时的文学界已经走过了 1978、1979年自视为"人民"中一分子，靠"人民是检验文学作品的唯一标准"的话语策略来对抗政治干涉争取"文艺自由"的时期，而是以高于"人民"的文学"知识分子"自居。

或者可以中国作协第四次作家代表大会召开前后为界,把文学界对于"通俗文学"的主流态度分为前后两个阶段。在 1984 年之前,尽管也偶有人为通俗文学鸣不平,文学界人士大都认为通俗文学的审美趣味要比"纯文学"低俗得多,因此采取漠视甚至是抵制的态度。吴野《不应当被遗忘的角落》曾指出文学界一直以来存在着忽视对通俗文学理论研究和文艺批评的现象,并把文学界产生这种心态的原因归为"一是囿于成见,对通俗文学总是抱有一种轻视甚至是蔑视的态度","一是以偏概全。通俗文学作品中的问题(如内容的粗俗,形式的拙劣),往往是比较醒目的,偶一翻及,印象不佳,于是便累及整个通俗文学都被嗤之以鼻,不屑一顾"①,可谓是比较准确的概括。包括通俗文学作者和刊发通俗文学作品的地市级文学期刊编辑,也都曾流露出低人一等的心态。编辑方面,前文已举过例子。作者方面,如被邀请参加作协四次代表大会的香港作家梁羽生的发言,"基于我的责任感,我还需要说一说我对武侠小说的看法。武侠小说源远流长,它是小说中的一个流派,应该承认它是文艺园地里百花中的一花。但对于我们今天的国家来说,文艺的主流应是反映现实生活的作品,用胡启立同志的话说,就是能够'反映四化建设的沸腾生活,塑造勇于创新、积极改革,为四化献身的新人形象'的作品。武侠小说(当然是指比较健康的)是属于'有助于劳动者在紧张工作之余的娱乐和休息'一类作品,这类作品固然有其需要,但它只是'支流',主次有别"②,也表明了这样的认识。

1984 年 11 月 24 日至 28 日,天津市文联理论研究室和中国作协天津分会在津联合召开"通俗文学研讨会",可以视为文学界态度开始发生转变的重要标志之一。《人民日报》、《文学评论》、《文艺情况》、《当代文学研究资料与信息》等报刊都对这次研讨会作了报道,并被《中国文学研究年鉴 1985》选编,可见其在当时文学界的影响。这次会议着重探讨通俗文学的理论问题,特别是对通俗文学和纯文学的关系问题进行了探讨:一部分人认为"纯文学和通俗文学不是简单的高低之分,它们是两个品种,属于两个范畴,应有不同的评判标准";另一部分则认为"将通俗文学与纯文学截然分开是不科

---

① 吴野:《不应当被遗忘的角落》,《当代文坛》1985 年第 1 期。
② 梁羽生:《回归·感想·声明》,《文艺报》1985 年第 2 期。

学的。'雅'与'俗'的概念，可以互相浸润，雅文学与通俗文学并非是风马牛不相及的"①。无论哪种意见，都表明通俗文学作为文学知识形态的一种类型，已形成一股令人瞩目的势头，"首先表现在通俗文学作品拥有广大的读者群"，"其次表现在通俗文学占有了相当多的园地，这类的刊物、出版物也越来越多，有些专门发表艺术文学作品的刊物也开始发表通俗文学作品。三是通俗文学作品大都出自业余作者之手，近年来有些著名作家也开始重视并尝试通俗文学创作"②，在新时期文学场域中的合法地位开始得到确认。会议决定天津文联每两年召开一次通俗文学研讨会，并和有关部门协商出版通俗文学刊物。文学界不得不面对通俗文学的冲击。

即使是在天津文联召开"通俗文学研讨会"以后，尽管中国作协第四次代表大会也邀请了香港新派武侠小说作家梁羽生参加，中国文联和中国作协仍主要是本着治理整顿的态度。在中国文联委托中国作协主办的《文艺报》、《文艺情况》上，1985 年前后刊登的大都是把"通俗文学"等同于地摊小报，进行批评，提请有关领导部门注意的文章。如《文艺情况》1985 年第 1 期刊载了三篇：筱凯《读部分小报札记》，若华、晓言《个体书摊见闻》，小微《关于"通俗文学热"——记天津一次研讨会》。而《文艺报》1985 年第 1 期"怎样看待文艺、出版界的一个新现象"栏目中，所刊发的三篇文章，即便是鲍昌《一个引人注目的新的文学现象》提出要求"作家、评论家、文艺界领导干部，应当从思想上重视起来，对通俗文学做做调查研究"，其目的和夏康达《一个需要引导的文学潮流》一样，都是为了"指导当前的通俗文学创作"，"帮助读者提高审美水平"。黄洪秀《我们的文艺要开倒车吗?》态度尤为激愤③。仅以《广西"通俗文学热"调查记》为例，作一说明。

1984 年底，《文艺报》记者王屏、绿雪到南宁、河池、柳州和桂林等地作了采访和调查。应该说，调查者是本着客观态度去搜集材料，但是由于主观上存有偏见，做出的统计分析自然带有强烈的主观色彩。首先，作者把通俗文学定

---

① 王绯：《通俗文学讨论会》，《中国文学研究 1985》，中国文联出版公司 1986 年版，第 444 页。

② 《重视和提高通俗文学——天津市文联举办通俗文学研讨会》，《人民日报》1984 年 12 月 10 日。

③ 详见《文艺报》1985 年第 1 期。

位于一种文化现象,认为"为数不少的篇章并不具有文学的特征"。因此把责任归到出版物编辑身上,认为"追寻最大量的读者群,顺应他们的欣赏要求,是这类报刊的共同特点。一些编辑的审稿标准,以'不出问题'(主要指政治问题)为界,重视娱乐、消遣功能",导致"很难看出这些作品在思想艺术质量上有较明显的提高和发展,而只是明显地表现出:以'拾遗补缺'取胜,占有广大的读者群;作为一种文学现象,带有突发而又缺乏种种思想艺术准备和有意识地引导扶植的特点"。由此可见该论者的矛盾心理,既不愿意承认这是一种"文学"热,但又不得不承认读者确实将其视为文学作品,不愿意从文学界创作和批评中存在的问题找原因,而是把"通俗文学"对所谓"纯文学"、"正统文学"、"雅文学"造成的冲击,归咎为出版界的改革不力。这种推卸责任的心理,决定了该文把"通俗文学热"兴起的原因简单归为"无非是文艺界和其他部门(基本是事业单位)所走的生财的捷径。大家心照不宣:小报就是赚钱的。至于文学价值等等已不为这些刊物优先考虑","主办者经过了不自觉到自觉,从被动到主动这样一个过程",认为"通俗文学热"中出现的问题,"涉及报刊管理和体制、办报办刊的指导思想等有待改进的环节",最后顺带提出要提高读者审美趣味。①

从新时期文学场域中"通俗文学研讨会"是由天津文联和作协天津分会联合召开,可以看出新时期文联体制内部,中国文联与地方文联对通俗文学的认识并不完全统一。而需要特别指出的是,新时期首先召开会议提倡加强对"通俗文学"研究批评工作的,是山西人民出版社。1984年8月上旬,为交流通俗文学创作、出版、发行等方面的信息和经验,探讨通俗文学的理论问题,制定通俗文学工作的实际措施,以促进通俗文学的健康发展,邀集全国各地的通俗文学作家、编辑和理论工作者近50人,在太原举行了通俗文学编创出版工作会议。会上主要围绕四个问题进行讨论:一、什么是通俗文学?二、当前通俗文学兴起的原因及其启示;三、如何正确对待通俗文学的重新兴起;四、如何提高通俗文学创作水平。此外,山西人民出版社还在征求与会代表意见的基础上,制定了一系列实际措施:开展评选优秀作品活动;《通俗文学选刊》增加篇幅和栏目;在全国设立若干编辑小组,负责推荐和编辑书稿;创刊《通俗文

---

① 详见王屏、绿雪:《广西"通俗文学热"调查记》,《文艺报》1985年第2期。

学研究论丛》①。这个原本该由文学界召开的"通俗文学"研讨会，却最早由出版社来提倡，表明在新时期文学场域中，各种力量都在争夺发言权。而相比起文学界对稍后天津召开"通俗文学研讨会"的宣传报道，对于这次会议，除《文学研究动态》作了报道以外，其他文学期刊鲜有反映。可见对于新时期文学场域中的"通俗文学"，出版界与文学界的态度差异很大。

出版界对"通俗文学"的扶持，首先表现为通俗期刊阵地的扩大，也包括大量的街头小报。有人称 1980—1982 年为通俗期刊的发轫复苏期，1983—1986 年是发展高潮期，全国的通俗期刊达到了 270 种，大量的报纸周末版还不计在内。② 主办这些期刊的，主要是各级文联、文化局、群众艺术馆、民研会等。小报的情况复杂一些，上至自治区，下到县市，文化界以外，还有政法、卫生、科技等部门，以及各级党报。这些小报，有的以期刊号代报纸号，有的注明"X 宣办(84) X 文批准临时出版"，有的则印上"内部登记证 X 号"。至于无刊号的，在 57 种小报中，比例高达 15%③。不能说文学界对出版界的指责没有道理，但把兴起原因主要归结为是一种出版行为、文化现象，则有简单化的嫌疑。新时期通俗文学知识类型的入场，出版界确实发挥了重要作用，主要表现在蕴有通俗文学知识形态的书籍的翻印与出版和增办刊载通俗文学作品的期刊。同时"通俗文学热"的兴起，还有其他政策、经济、文化，甚至是文学创作的精英化等多方面原因。

通俗文学知识类型能够合法入场，首先得益于"双百"方针以及"二为"方向文艺政策调整并坚决贯彻执行。随着人民在"政治—文学—人民"文学体制模式中的比重逐渐增强，既然文学要"为人民服务"，而以满足普通劳动人民精神生活需要为主要目的的通俗文学自然就无可避免了。早在十一届三中全会召开之前，1978 年 2 月中共中央召开群众文化工作的经验交流会，就表现出对群众文化的重视，"党中央批准召开的粉碎'四人帮'以来文化工作方面的第一个全国性会议，就是群众文化工作方面的经验交流会。国家还拨出

①　参见效维：《通俗文学编创出版工作述略》，《文艺研究动态》1984 年第 12 期。

②　参见范伯群、孔庆东主编：《通俗文学十五讲》，第 325 页。我以为此处所言 270 种应该是包括某些民间文学刊物。

③　王屏、绿雪：《广西"通俗文学热"调查记》，《文艺报》1985 年第 2 期。

专款,帮助各地文化馆修建馆舍。"①1980 年期刊审批权下放,新创了大量期刊,除地方各级文联、群众文化馆等文艺部门主办的文艺期刊以外,科教、卫生、法制等部门创办以普及科学、卫生、法律知识为目的的刊物,也成为通俗文学入场的主要阵地。1981 年中央专门发布关于开展群众文化工作的文件,但由于地方领导对于群众文化重要性的认识不同,在贯彻执行上就存在着地方差异。比如对群众文化研究工作的开展,各省就有所不同,1985 年之前就已经有 9 个省成立了省群众文化学会或群众文化学会分会,当时各地学会召开的学术讨论会上所涉及的命题有:群众文化的特征、群众文化的社会地位和作用、群众文化与精神文明等基础理论,以及联系当前工作实际的专业理论如:"以文补文"、农村文化个体户、街道文化等专题的探讨和群众音乐活动、群众美术活动、少数民族传统文艺活动等专业理论的研究②。这也是通俗文学逐渐升温,而不是一下子骤热起来的原因之一。

由于"通俗文学"与"民间文学"纠缠不清的关系,新时期之初对民间文学的提倡及古籍整理,成为通俗文学知识重返文学场域的重要依托。1979 年中国民间文艺研究会正式恢复活动,各省区的地方分会也逐步恢复和建立,由1966 年以前的 8 个发展到 29 个,一些地区和县还建立了分会或小组。全国性的科研机构,除原有的中国社会科学院文学研究所民间文学研究室,又新成立了中国社会科学院少数民族文学研究所暨云南分所。新时期民间文学也有自己的文学期刊阵地,最早进入新时期文学场域的,可首推 1974 年复刊的《故事会》(双月刊),1979 年 1 月复刊的、由中国民间文艺研究会编辑的《民间文学》(月刊)可算是民间文学期刊阵地里的正规军。到 1981 年,不少省、市、自治区都有了自己的民间文学刊物,如《吉林民间文学丛刊》、《河北民间文学》、《江苏民间文学》、《山西民间文学》、《广西民间文学》、《四川民间文学论丛》、浙江的《山海经》、湖北的《今古传奇》、贵州的《南风》及贵州黔南州的《采风》,等等。云南和福建则分别出了大型民间文学季刊《山茶》和《榕树文学丛刊·民间文学专辑》。上海和江苏又别出心裁地出版了一种小报《采风》和《乡土》等。"这些形式大小不一、篇幅巨细不等的民间文学报刊,发表的是老

---

① 谭春发:《为活跃农村文化生活大声呼吁!》,《文艺报》1979 年第 9 期。
② 参见《九个省成立群众文化学会》,《文艺报》1985 年第 1 期。

百姓喜闻乐见的、人民群众自己创作、广为流传的东西，看了很能激发人们的自豪感；而且还是研究文艺学、美学、心理学、教育学、历史学、民族学、社会学、语言学、哲学等等学科的重要材料"①，可见对"民间文学"是一种提倡的态度。而这些小报就是刊载后来被批评的通俗文学的主要载体。这些已经被文学界承认的民间文学刊物如《故事会》、《今古传奇》等，都成为新时期重要通俗文学期刊阵地。

"民间文学"不仅有自己的期刊阵地，还整理出版了很多书籍。这些书籍的整理出版呈现出由"雅"（供民间文学研究）向"俗"（为群众喜闻乐见）转变的趋势。从1981年，民间文学图书的出版在数量和题材的广泛方面都有较大的发展。据不完全统计，这一年共出版了各类民间文学图书130多种，其中包括理论专著、各民族歌谣、民间故事、各地风物传说和外国民间文学作品等②。理论著作包括：茅盾《神话研究》、袁珂《中国古代神话》、钟敬文《民间文艺谈薮》、贾芝《新园集》、天鹰《中国民间故事初探》等，民间史诗有藏族《格萨尔王传》、蒙古族《英雄格斯尔可汗》（一）等，民间歌谣种数较多，有《川陕苏区红色歌谣选》、《藏族民歌选》、《傣族古歌谣》、《民间情歌》（选辑了三十几个民族近300首），还有满族、彝族、苗族、纳西族、柯尔克孜族等少数民族的民间故事辑集出版，其中《满族民间故事选》是由中国民间文艺研究会辽宁、吉林、黑龙江三省分会合编，还将扩大搜集区域，继续编选续集。也出版了种数较多的各地风物传说，如《湖南地方风物传说》丛书出版了《岳阳楼的传说》和《南岳的传说》两种，《北京的传说》和《浙江风物传说》等。1982年全国共出版了各类民间文学书籍150多种，中国民间文艺出版社、上海文艺出版社以及广西、浙江、福建、吉林人民出版社和长江文艺出版社，都出版了一批民间文学丛书。其中，传说、故事80多种，开始占据主流地位。"有关革命领袖的传说，有了更为丰富充实的专集。关于古代名医的传说，富有知识性，有的文学家的传说是第一次编为专集问世"③，对人物传奇故事的关注，说明此时所谓

---

① 《发表民间文学的报刊蓬勃出现》，《文艺报》1981年第5期。

② 参见敏严：《民间文学图书出版综述》，《中国文学研究年鉴1982》，中国文联出版公司1983年版，第155—156页。

③ 吴之虹：《民间文学书籍出版综述》，《中国文学研究年鉴1983》，中国文联出版公司1984年版，第191页。

"民间文学"的出版已有非民俗学的倾向。但从 1983 年由中国民间文艺研究会主持的"1979—1982 年全国民间文学作品评奖"获奖情况:86 部获奖作品中占 43 部的民间故事集这一文学样式,却唯有《西藏民间故事》(第一集)获得一等奖,其余 6 部一等奖均为诗歌,可见当时民间文学研究者等文学知识分子,对民间故事这一广受群众欢迎的文学样式的价值判断。

　　外国通俗文学作品的大量译介,也是通俗文学知识取得在新时期文学场域中合法地位的重要保证。继 1978、1979 年对安徒生童话和凡尔纳等科幻小说的大量翻译出版,1980、1981 年前后,对于侦探小说的译介也兴起热潮。仅以柯南道尔的侦探小说为例:丁钟华、袁棣华译《福尔摩斯探案集(一)》,群众出版社 1980 年 3 月版,1981 年 3 月 2 次印刷,共 45 万册,上海出版印刷公司 1980 年 2 月重印 12 万册,江苏人民出版社 1980 年 2 月重印 10 万册,广东人民出版社 1980 年 3 月重印 10 万册,广西人民出版社 1980 年 5 月重印 10 万册,河北人民出版社 1980 年 8 月、1981 年 3 月印 2 次共 12 万册,山西人民出版社 1980 年 9 月重印 11 万册,吉林人民出版社 1980 年 9 月重印 7.5 万册,合计 117.5 万册;李家云、陈羽纶译《福尔摩斯探案集(二)》,群众出版社 1980 年 6 月版,1981 年 4 月印 3 次共 95 万册,贵州人民出版社 1980 年 6 月重印 53 万册,上海出版印刷公司 1981 年 1 月重印 12 万册,江苏人民出版社 1981 年 2 月重印 10 万册,河北人民出版社 1981 年 3 月重印 12 万册,广东人民出版社 1981 年 3 月重印 10 万册,广西人民出版社 1981 年 3 月重印 10 万册,吉林人民出版社 1981 年 4 月重印 10 万册,合计 212 万册;李家云译《福尔摩斯探案集(三)》,自群众出版社 1980 年 9 月版至 1981 年 4 月间,被广西人民出版社、广东人民出版社、上海出版印刷公司、河北人民出版社、江苏人民出版社、吉林人民出版社等重印 7 次,共 162 万册;欧阳达等译《福尔摩斯探案集(四)》,群众出版社 1980 年 10 月版,1980 年 7 月至 1981 年 8 月间,被上述出版社重印 7 次,共 155.9 万册;雨久、刘绯译《福尔摩斯探案集(五)》,群众出版社 1981 年 5 月版,至 1982 年 3 月,期间经历了《苦恋》风波,仍被广西人民出版社、广东省出版公司、上海出版印刷公司、吉林人民出版社重印 4 次,印数总计 59.45 万册。这还不包括其他版本的,如群众出版社 1981 年 8、9、10 月分别出版了上、中、下的《福尔摩斯探案全集》,江虹译《福尔摩斯短篇小说选》(福建人民出版社 1981 年 8 月版),王永江译《福尔摩斯侦探故事选》(湖北人民出版社 1981 年 4 月版)。其他侦探小说(时称"惊险推理小说")也都有很大的印数,可见侦探小说在当时畅销程度。

对这些外国侦探小说的大举译介,《译林》1980 年第 1 期所刊发由刘玉麟翻译苏珊·史密斯博士《英美侦探小说纵横谈》①,起到了理论支持的作用。文章同时配发编者对作者身份的介绍"在上海外国语学院任教的美国专家",是为了说明该文的权威性。该文以研究的态度对侦探小说在英美的发展形态进行了梳理,针对"逃避现实"的指责,提出侦探小说是现实与虚构的综合。其认为侦探小说可以反映出"人们对不断变化着的社会价值和政治结构的关注",可以用来"研究人们对当代文学中的英雄和反英雄的概念变化",也涉及"人们的伦理道德问题",因此具有研究价值。根据《译林》1980 年第 1 期"编后语"中所言,"在短短三个月内,就收到了三万多件全国各地的读者来信"②,以及 1983 年对于文艺欣赏情况的调查报告中显示,"最受欢迎的刊物是《译林》、《外国文艺》"③,或许可以相信这篇文章对于当时侦探小说的翻译出版起到了推动作用。

毋庸讳言,正是"民间文学"等古籍整理以及外国大众文学创作的译介,为通俗文学知识得以重返新时期文学场域开辟了传播通道。同时,由于知识分子精英身份的觉醒,在"伤痕"、"反思"文学等社会批判创作的轰动效应过后,文学创作表现出一种以借鉴西方"现代派"技巧为时髦、致力于文学"专业"化方向的趋势,导致文学创作与普通群众的差距越来越大,这也为通俗文学创作的兴起提供了契机。文化资源上的二元:民间文学与外来文化,以及创作上的二元:"严肃文学"、"高雅文学"与"大众文学"、"通俗文学",构成了新时期文学场域中认识"通俗文学"的两个基本坐标轴。1984 年前后文学界对于"通俗文学"的批评,其实质是文学知识分子试图用专业知识框定新时期文学场域的边界,把持住文化资本在文学场域中的权威地位,抵御拥有经济资本的"人民"力量的入侵。尽管新时期通俗文学创作中也借鉴了西方现代文学

① 《译林》1980 年第 1 期。
② 《衷心感谢同志们的鼓励与鞭策》,《译林》1980 年第 1 期。
③ 参见马力黎:《长春、沈阳等地工人、学生文艺欣赏情况调查》,《文艺情况》1983 年第 13 期。

的表现方法,也出现了一些能达到雅俗共赏的作品,但是由于缺乏文学理论上的研究和探讨,新时期文学场域中对于"通俗文学"的认识是带有贬义的,主要包含两个方面:在创作技巧方面,强调其对传统民间文学故事性、情节性的继承;在审美价值方面,则有"低级趣味"的嫌疑,至少是格调不高。对于通俗文学的这种偏见直到 1980 年代末或 1990 年代初才逐渐得以改观。

第二节　"传奇文学"、"法制文学"与"新故事":
新时期通俗文学知识形态

　　恰如有些论者所言,与"伤痕文学"、"反思文学"、"寻根文学"、"新潮文学"等现象不同,俗文学是悄悄地登上新时期文坛的:先是古代武侠小说的开禁和外国侦探、推理小说的译介,继而是刘兰芳的长篇评书《岳飞传》风靡全国城乡,激活了亿万"受众"的审美需求,然后是专门性的报纸杂志创刊或复刊,之后才招来毁誉并在抑扬褒贬中迅猛发展,终而至于蔚为大观,形成一股强大的文学思潮①。把"通俗文学"视为新时期文学场域中的一股"文学思潮",考虑到当时其理论研究方面的不足或可商榷,但作为文学创作中的一种现象,其影响是足可与所谓"严肃文学"、"高雅文学"分庭抗礼的。

　　在新时期实行改革开放政策带来了中西文化交融的背景下,正当文学界一部分坚持艺术更新立场的文学知识分子忙于为借鉴西方"现代派"表现手法进行艺术探索的所谓"意识流"小说和"朦胧诗"辩护,一部分以"五四"文学传统为主要思想资源的启蒙文学知识分子致力于批判农民劣根性之时,"通俗文学"以其极具民族形式(主要包括传奇文学、法制文学和新故事等)的审美特征,赢得了广阔的农村市场。

　　当时就有评论认为,如果说 1979、1980 年是中篇小说崛起的年份,1983、1984 年则是"通俗文学"大兴之时②了。确实如此,尽管这股所谓的"通俗文学热"、"传奇文学热",追根溯源可以找到 1981 年,但让文学界不得不正视它的存

①　陆贵山、王先霈主编:《中国当代文艺思潮概论》,中国人民大学出版社 1989 年版,第 269 页。
②　参见陈辽:《审美层次、文学档次与通俗文学》,《青春》1985 年第 4 期。

在,却是1983年以后的事了。对"通俗文学"最为关注的是1985年,这一年发表了64篇"通俗文学"的评论文章。新时期文学场域中,由于"通俗文学"引起注意是以关于"文艺商品化"的论争为背景,在清除精神污染运动中被提出来,因此,"通俗文学"一出场就被贴上"低级趣味"、"胡编乱造"等标签。尽管早在滕云《通俗文学正在起新潮》文中就已经提到,"今天通俗文学不再是稀稀的浅草,而是连绵的丛林。它有各种品系:新乡土文学,新市井小说,新历史演义,新公案小说(包括侦探小说、推理小说、反映公安政法战线斗争生活的小说),新民间故事,新武林小说(包括一部分反映革命武装斗争的新英雄豪杰小说、以新观点写作的武林豪侠题材小说),新传奇,新评书……"①但是在当时的评论文章中,"通俗文学"大多被等同于"武侠小说"、"言情小说"和"侦探小说"(或"惊险推理小说"),更侧重其消费性,企图否定其大众文化的合理性。

可以说,新时期文学场域中"通俗文学"(或者称为"大众文学")的艺术形式纷繁复杂,大体可以分为三类:以历史题材为主、重虚构性的"传奇文学";以现实题材为主、多以设置悬疑及逻辑推理来发展情节的"法制文学";社会主义时期独有的民间文学形态"新故事",这些文学作品表明的是新时期文学场域中普通读者——人民群众对于"文学"的认识,与文学知识分子所操持的或现实主义、或浪漫主义、或"现代派"自成体系的专业知识不同。当新时期"知识分子"作为一个阶层从"工农兵"中凸显出来,作家开始致力于批判农民、小市民"劣根性"时,"通俗文学"也就成为他们确证自己身份地位、寄寓理想的最好去处。

在新时期文学评论中,"传奇文学"曾被用来指代"通俗文学"中的一类,"当前社会上流行的'传奇文学',既不是明清之际的长篇戏曲,又非唐代的短篇小说,也不是泛指所有带有传奇色彩的文学作品。它是一种情节离奇、人物行为超乎寻常的传说故事,是一种消遣性、娱乐性的通俗化的文学读物"②,有时也被某些批评者用来专指"武侠小说"和"惊险小说"③。"传奇文学"创作

---

① 《光明日报》1984年12月20日。

② 任骋:《"传奇文学热"有其必然的社会原因》,《文学报》1984年12月27日。

③ 夏末:《传奇文学弊大于利》,该文认为"近来,许多报刊杂志都连载武侠或是惊险小说,一旦登上这类作品,那报刊就会销量空前。这就是所谓'传奇文学热'"。《文学报》1985年1月24日。

的繁荣与发表园地的开辟关系密切,最早可追溯到 1981 年出现的传奇文学丛刊热①,前文也已提及期刊《今古传奇》就是在那时创刊的,可以视为新时期"传奇文学"有代表性的发表园地。由于这些期刊大多是为整理发表"民间文学"作品而创办,因此这类文学大多以历史题材为主,带有"野史"特征,大体可以分为"平民英雄"的武侠小说和"革命英雄"的演义小说。

　　新时期武侠小说②创作影响较大者有沙陆墟、冯育楠、残墨等。沙陆墟1979 年完成的长篇小说《粉墨生涯》,于 1982 年由上海《新民晚报》选取其中部分章节以《粉墨江湖》为题连载一百多天,由于文笔流畅,雅俗共赏,立即引起了各地出版部门和报章杂志的注意,纷纷约稿。这又反过来刺激了他的创作热情,"据不完全统计,陆续问世的长篇共十七部,总字数逾五百万,发行量超过一百万册,……香港《文学报》称之为'大陆当代小说王',在某种意义上来说,也许并非过誉。中国作协、中国当代文学研究会等单位为之召开了'沙陆墟通俗文学作品研讨会'"③,可见其通俗小说创作的影响。他的作品主要以"女性"为表现对象,首先要提到的就是他所创作的《水浒》系列:《水浒三艳妇》、《水浒三女将》、《水浒三烈女》和《情女潘巧云》四部长篇,重塑《水浒》十妇人:阎雪娇、潘金莲、贾氏(卢俊义之妻);金翠莲、李师师、张贞娘;孙二娘、顾大嫂、扈三娘;潘巧云中,除贾氏外"巾帼亦轩昂"的侠骨柔肠。而他的《粉墨生涯》、《魂断梨园》则关注的是江南民间艺人的血泪史。这一系列的作品塑造了梨园弟子"宁为玉碎,不为瓦全"的骨气和爱国精神,这源于他对民间艺人的熟识,"深知斯人以天地为家,视野最宽;侠骨义肠,超乎寻常,多惊天地、泣鬼神事迹,故余纪之。"④如果说,这些小说"侠气"有余,"武"似不足,那么《小武侠闯大上海》、《黑道红艳女侠》、《武夷女侠》或可视为补充。《小武侠闯大上海》讲述主人公张少云闯荡江湖,受尽磨难,后出任保镖,终惨死在日本浪人枪口下可歌可泣的悲剧命运。尽管也有读者来信说要拜师学些武术,但是沙陆墟武侠小说最大优点还是在于不满足于讲述故事,而是刻画出许

　　① 参见陈山:《"通俗文学热":一种城市文化现象》,《人民日报》1988 年 9 月 22 日。
　　② 所谓"武侠小说","是一种讲述以武行侠故事的小说类型。用梁羽生的话来说,'侠'是灵魂,'武'是躯壳。'侠'是目的,'武'是达成'侠'的手段"。参见陈平原《千古文人侠客梦》。
　　③ 贾羽:《试论沙陆墟的通俗文学创作》,《杭州大学学报》1992 年第 4 期。
　　④ 沙陆墟:《粉墨生涯·后记》,安徽人民出版社 1982 年版。

多栩栩如生的女性形象。应该说，沙陆墟的武侠小说是"知识分子化"的，烙有"五四"启蒙思想批判封建礼教、张扬个性自由的印记，但其小说描述了民间艺人的爱国情怀，客观上确证了民间力量，是其能赢得更多读者关注的保证。

　　天津、河北的文化传统造就了该地区"传奇文学"创作的繁荣，"近五年多的时间，出版、发表了通俗小说长篇和中篇集子 80 余部，各地、市都出现了自己的通俗小说作家，年发表 20 万字以上者不乏其人，改编成电影、电视文学剧本，或已经摄制成和被有关厂家列入拍摄计划的，有 10 余部之多。"①其中残墨《神州擂》、冯育楠《津门大侠霍元甲》、冯骥才《神鞭》曾被认为是代表了中国大陆武侠创作的最高水平②，但在 1980 年代末或 1990 年代初，对于"武侠小说"作家、作品的研究，大多集中在金庸、梁羽生、古龙等港台作家和古代至民国间武侠小说的发展流变史，而对大陆 1980 年代初以来的武侠小说由于评价不高缺乏研究兴趣，即使论及也只是泛泛而谈。

　　残墨《神州擂》1983 年出版，第一次印刷就达 80 万册。该小说类似评书文体，围绕与侵略者打擂的中心事件，对武林一些门派的特点有较详细和精彩的描述，并且巧用民间故事传说和有案可查的事实，歌颂了民间习武人士（与文人相对）的爱国情操，"故事性"较强。冯育楠的武侠小说是以"民间文学"整理为基础的创作，他创作《津门大侠霍元甲》的动力，源于对当时在内地热播的香港电视连续剧《霍元甲》中太多虚构的不满，试图重塑霍元甲的英雄形象，仅用 45 天就完成了该书的写作、编辑和出版，发行量达到 75 万册。而他能同时被文学知识分子称道的主要原因在于两点：一是小说的"真实性"原则，二是致力于刻画人物性格，同时也写出了天津的地域文化色彩，并且小说中没有淫词淫盗之词，也令评论者无从诟病，于 1990 年获得首届中国大众文学奖。他的《总统卫士》、《泪洒金钱镖》、《我们为无名人立传》，都是坚持以现实主义创作方法改造"武侠小说"的一种新尝试。以往对武侠小说得以流行原因的探究，大多关注于这些小说所采用的传统艺术形式，符合民族审美心理，较少从小说中的身份意识去探求其容易被大众接受的原因。这些主要以

---

① 光之、秀辰：《我省近年通俗文学创作简述》，《河北日报》1988 年 12 月 25 日。
② 参见胡文彬主编：《中国武侠小说辞典·前言》，花山文艺出版社 1992 年版。

清末民国时期反抗帝国主义侵略为题材的武侠小说,塑造了与清政府腐败、御用文人无力形成鲜明对比的一个个平民反抗者的英雄形象,尽管是以宣扬爱国主义为主题,但小说中对普通习武者的英雄化,在某种程度上也有消极影响,如客观上宣扬了暴力的作用,同时也对当时主流意识形态努力提高知识分子社会地位、强调知识对于社会主义现代化建设的重要作用造成消极抵制的效果。正是由于这一点,才引起文学界与主流意识形态合谋对古旧武侠小说进行围剿,同时也掀起全国读书活动的热潮来传播对现代知识重要性的认识。

　　"传奇文学"的另一分支是以塑造革命英雄为主要目的的历史演义小说,这是对"十七年"红色革命传奇小说的继承。比如春风文艺出版社1982年6月出版了陈玙的长篇小说《夜幕下的哈尔滨》(上下册),这部小说是作者在帮助李维民同志整理回忆录《地下烽火》时就开始酝酿了,出于对我党地下工作者的崇敬之情,小说集中塑造了哈尔滨地下党负责人之一、群众性秘密抗日组织"反日会"的负责人之一王一民,这样一个文武全才、传奇式的英雄,全书故事都以他为中心展开。仅小说在当时的影响就已很大,"未足三个月,十一万七千部书已全部售罄"①,并且自辽宁人民广播电台连续播讲以后,全国已有70余家电台播出,还得到了导演任豪的青睐,1983年开始拍摄13集电视连续剧《夜幕下的哈尔滨》,于1984年底完成后期制作,1985年除夕夜开始在中央电视台连续播出,继续扩大小说的影响,可见其受读者欢迎程度。与同是描写地下党活动题材"十七年"间创作的《野火春风斗古城》相比,《夜幕下的哈尔滨》由于插入大量民俗、身份背景介绍而使得情节推进速度减慢,冲突激化程度有所削弱,在人物设置上则除了革命者、敌人两个阵营的决然对立外还出现了"中间人物":如塞上萧、何老头、卢启运等大量革命同情者,甚至连日酋玉旨雄一的亲侄子玉旨一郎也是革命的同情者,特别是注重描摹人物性格的丰富性,等等,这些新特点都烙有当时以"真实性"为基本原则文学观念的鲜明印记。

　　尽管有如此多的改进,革命历史演义小说的浪漫主义传奇色彩,仍然会受

---

　　① 柯夫:《群众喜闻乐见的长篇小说——推荐〈夜幕下的哈尔滨〉》,《辽宁日报》1982年11月21日。

到当时奉"真实性"为基本创作原则文学界人士"不真实"的指责:一是以悲剧观念为出发点,认为"主人公王一民的逢凶化吉、遇难呈祥的偶然机遇太多,对城市地下斗争的艰苦性、残酷性表现得不够"①,一是从人物性格认为"王一民这个形象写得过于完美。这自然涉及如何写英雄人物的问题。大家认为写英雄人物同写其他人物一样,首先要着眼于他是有血有肉的人,要写出他的丰富性,不能把英雄人物'神化'"②,这些指责其实质是一种对当时以传统小说表现形式为落后的偏见。在孙武臣所作1982年长篇小说新作出版综述中,认为"尽管长篇小说新作仍有100部之多,但比起前两年,这一年的长篇创作质量是平平的",文中也列举了"受到读者好评的作品",如《同在蓝天下》、《似水流年》、《野玫瑰与黑郡主》、《风雨编辑窗》、《好人阿通》、《张玉良传》、《卧虎令传奇》、《天国恨》等,却不见提及在群众中反响极大的《夜幕下的哈尔滨》。并且认为"二是旧题材、旧主题、旧手法的平庸之作较多的局面,仍没有改变;三是违反生活真实的胡编乱造的不良倾向的作品有所增多"③,那么采用民族形式来描写30年代初党领导东北各阶层人民对日寇进行英勇斗争革命历程的《夜幕下的哈尔滨》,自是被打入旧手法的"平庸之作"之中了,甚至可能还有胡编乱造的嫌疑。这也说明对民族文化传统的继承,在当时虽然也还能得到一小部分文学知识分子的承认,但大部分文学界专业人士还是视借鉴西方"现代派"为艺术创新的主要途径。这在一定程度上也反映出当时文学知识分子精英意识对于群众传统审美品味的鄙视。

1987年9月中国青年出版社出版了陈廷一《许世友传奇》,不到半年时间就有12家报刊连载、选载,10家报刊发表评价文章。该小说一版和再版发行了20多万册,并在人民大会堂云南厅召开了由中国青年出版社和河北作协联合主办的"长篇传记文学暨《许世友传奇》作品研讨会",可见其在当时的影响。这部融合了武侠小说(前十四章写许世友在少林寺学武、打出少林后流落他乡参加吴佩孚部队的经历)与革命传奇小说(参加红军后由农民敢死队

---

① 邓荫柯:《夜幕中的烽火——读长篇小说〈夜幕下的哈尔滨〉》,《辽宁日报》1982年7月25日。

② 《省作协召开长篇小说〈夜幕下的哈尔滨〉讨论会》,《辽宁日报》1982年11月21日。

③ 孙武臣:《长篇小说新作综述》,《中国出版年鉴1983》,第187—189页。

到正规军，黄安战役后将计就计保护朱德、刘伯承，会宁会师后进延安红军大学中的特殊经历，到攻克济南城活捉王耀武这些建国前的革命历程）的文学作品，可谓新时期"传奇文学"中有代表性的创作，也说明上文对"传奇文学"所作的划分只是为了论述需要，在具体创作中的表现则并不是完全泾渭分明，但寄寓民间群众对于"英雄"的想象则是它们共同的追求。

　　"法制文学"，在 1949 年以后用来指代中国大陆的侦探小说创作，或者也可称为"公安法制小说"①。"文革"前的中国公安法制小说，主题非常明确：剿匪锄奸反特，代表作有白桦的《山间铃响马帮来》、公刘的《国境一条街》、史超的《擒匪记》等等。这些小说以维护国家安全和社会稳定为主要基调，有着很强的革命英雄主义色彩。但在新时期的文学场域中，"法制文学"与"文革"前的"公安法制小说"有所不同，这与从 1980 年就开始引起社会各界广泛重视的"青少年犯罪"问题息息相关。新时期"法制文学"开始引起文学界重视是在 1981 年，在对上海卢湾区工读学校 67 名学生课外阅读实际情况的调查报告②中，统计的结果显示：大多数学生作品读得不多（占 47.8%），有 43% 是不看书的，读得较多的只占 7.5%；而所阅读作品的偏向，明显可分为四类：《红日》、《战斗在敌人心脏》等革命战争题材，《福尔摩斯探案集》、《东方快车上的谋杀案》等西方侦探小说，《第二次握手》、《茶花女》等爱情小说或爱情成分较多的其他题材小说，以及地下流传没有公开出版的《少女的心》、《新婚之夜》等大多是赤裸裸色情描写的手抄本。这篇调查报告表明无论"青少年犯罪"的起因是否与文艺作品有关联，但是要解决"青少年犯罪"问题文艺作品应该发挥更大的作用，以此来提醒文学界关注文学作品与青少年犯罪的关系问题。

　　1981 年 12 月 25 日，北京文艺学会在政协礼堂召开了法制文学学术讨论会③，开始关注"法制文学"的理论建设。会上提出了"法制文学"的概念，是

---

　　① "1949 年以后中国大陆的侦探小说称之为公安法制文学。侦探小说与公安法制文学的最大的区别是私人侦探被代表国家利益的公安司法人员所代替，侦探小说中特有的私人侦探、官方侦探与罪犯之间的三角关系被国家利益和罪犯的两极对抗所代替。"范伯群、孔庆东主编：《通俗文学十五讲》，北京大学出版社 2003 年版，第 206 页。

　　② 董耀根：《青少年犯罪与文艺作品》，《文艺情况》1981 年第 12 期。

　　③ 参见安兴本：《法制文学学术讨论会纪实》，《文艺研究动态》1982 年第 3 期。

由于"在当前小说、电影、戏剧、电视剧等创作中,出现了大批法制题材的作品,它拥有大量的读者和观众",但"这类作品至今还没有引起文艺理论工作者和文艺研究工作者的注意",会上认为"法制文学作为美学范畴及文学样式,要求在理论上与创作实践上把这两个领域结合起来。社会主义的法制文学理论是党性极强的科学理论",反对那些违背生活逻辑与社会真实的"神来之笔",要把法制文学创作中的浪漫主义手法与违背生活真实的猎奇与臆造加以严格的区别等。这次关于社会主义"法制文学"的研讨会在当时文学界反响不大,尽管也有研究文章发表:《简论法制文学(侦探小说)》,《中国法制报》1982 年 1 月 8 日;《关于中国社会主义法制文学》,《当代文艺思潮》1982年第 3 期;《法制文学探索》(上、下),《河南司法》1982 年第 10、11 期,很快被对侦探小说的批判所淹没。一直到 1986 年以后,公安法制题材的创作开始风起云涌,"法制文学"又重新引起社会各界的关注。

新时期"法制文学",主要包括以破案推理为基本情节的侦探小说,以及侧重表现改造罪犯思想的工读学校和监狱生活的"大墙文学"及王朔的"顽主"系列两大类。特别是由公安部门主管的文学期刊,如创刊于 1980 年的《啄木鸟》、1985 年新创刊的《蓝盾》,以及 1986 年 2 月《中国法制文学》创刊等发表园地的扩大,开始明确倡导以普法为主要任务的"法制文学"创作,为"法制文学"热潮推波助澜。

曾获得 1978 年全国优秀短篇小说奖王亚平《神圣的使命》,以及从 1979年起叶永烈把科幻小说与侦探推理相结合,推出了以公安侦察员金明为主人公的《杀人伞案件》、《乔装打扮》、《秘密纵队 8》、《不翼而飞》、《奇人怪想》等系列小说,使"侦探小说"首先成为新时期"法制文学"的重要一翼。当时被视为"伤痕文学"的短篇小说《神圣的使命》,主要描述的是一起强奸案的复查过程,这起强奸案是案中有案,在它背后是另一起谋杀案,所谓强奸案不过是谋杀者蓄意制造的一起冤案而已。小说主人公老公安战士王公伯在罪犯企图杀人灭口而制造的车祸中英勇殉职,他的壮举保护了唯一的证人,真正的罪犯终于得到应有的惩罚。小说塑造了王公伯这个悲剧式英雄,把他个人为社会伸张正义的侦破过程纳入到政治路线斗争的模式中,并且说明在这场正义与邪恶的较量中,正义赢得最终胜利不能仅靠个人的智慧较量,而是个人背后的组织力量和人民,正是这一点使它与西方"侦探小说"区别。事实上,《神圣的使命》虽是以业余作者王亚平的名义发表在《人民文学》上，但在编辑发表过程中，根据编辑的建议几易其稿，其中用悲剧来控诉"四人帮"为篡党夺权不惜践踏党纪国法、残暴镇压群众造成冤案遍地的罪行，这一过于明确的创作意图，在一定程度上反映出当时文学知识分子的认识烙有鲜明的时代印迹。而其获奖以及得以拍摄成电影，也都是源于该小说对"四人帮"罪行的控诉和情节的曲折，而非小说对于侦探英雄形象的塑造。相比之下，叶永烈的系列惊险推理小说中，模仿西方侦探推理小说的痕迹更明显些。如果说，"传奇文学"是关于农民英雄的想象，那么叶永烈系列小说所塑造被称为"警察博士"、"科学福尔摩斯"的侦察员金明，或许可以视为作者对城市英雄的一种想象。与《神圣的使命》不同，金明个人的智慧及所使用的现代化侦破手段是案件得以侦破的决定性因素，而使金明与其他公安干警区别开来的法宝，就是理性判断能力，这源于非凡的观察、记忆、分析和推理能力，而这种能力的获得又与其拥有广博的知识分不开。金明的智者形象，是作家对读者作出的一种理性承诺，理性秩序建立就可以保证社会的稳定与安全。这是当时文学界、思想界普遍流行的一种认识，或许也正因为此，在当时科学界对这些所谓的"软科幻小说"进行批评时，文学界并没有响应。

　　新时期反响较大的侦探小说还有王亚平《刑警队长》（1980），武和平、张望亮《血案疑踪》（1983），钟源《夕峰古刹》（1984），李迪《傍晚敲门的女人》（1984），海岩《便衣警察》（1985）等。其中王亚平的《刑警队长》仍然延续了《神圣的使命》中对英雄的定位，小说用一系列事件似乎是为了塑造破案主力刑警队长陈忠平正直无畏的英雄形象，但在案件水落石出之时，"满心自得，为自己的成功深感自豪"的刑警队长也才明白自己在"这个案件中的真实位置和作用"，文中是通过王子豪的口来说明的，"你的出色之处在于把刘局长需要调查的事情调查属实了，使他勾画的这张案情蓝图成为了事实"，"市委高书记和省委也一直在注视着你的工作，这些你可能没有察觉"①，这让刑警队长感到惭愧，"自己的成功原来有那么多同志在协助。但是，在这以前，他对这些竟然很少想到过"，作者文末设置的陈忠平反省这一细节，表明主题的

---

① 王亚平：《刑警队长》，《中国当代获奖侦探小说排行榜》漓江出版社 2004 年版，第25—26 页。

最终指向并不是为了宣扬个人英雄主义。后面的侦探小说大多无此顾忌，延续了叶永烈惊险推理小说中对侦探英雄的理解：知识+推理，如同是以刑警队长为破案主力的钟源《夕峰古刹》，就借老法师崔九铭的口，"逢人便讲：'谁最神？咱们的公安战士！你瞧那陈队长……'"，更侧重于塑造刑警队长陈庭"平民化"的英雄形象。

　　1984 年发表的李迪《傍晚敲门的女人》，就艺术而言可谓是中国侦探小说，甚至是新时期通俗文学中的佼佼者。这是因为小说基本褪去了西方侦探小说的痕迹，既不同于时人耳熟能详的"福尔摩斯"式忙于在犯罪现场寻找蛛丝马迹，也不同于"杜宾"式的在小说结尾才解开谜团，而是选择了"心理战"作为推进小说情节发展的主要手段。特别是小说中所选择的叙事视角——预审员（不是刑侦人员）梁子"我"，以及小说中增添的另外一条线索：曾为下乡知青的梁子，在东北深山老林中追捕母狐"秃耳朵"的难忘经历，应该说在一定程度上是吸收了"现代派"的某些表现手法，其在艺术上的探索不仅改变了以往侦探小说的模式化倾向，而且还起到了强化反思色彩、丰富小说蕴涵的作用。就主题而言，这篇小说也不同于以往或侧重曲折情节、或塑造英雄的单向度选择，小说中的"我"，具有办案者与屠杀者的双重身份，不论主观是否故意，客观上过去对于母狐"秃耳朵"的死是有责任的，而今天作为赢得了与犯罪嫌疑人欧阳云对峙心理战的最终胜利的预审员，获得真相的代价竟是又白搭上一条人命，欧阳云的自杀无疑是有警醒作用的。侦破案件的胜利并不等于喜剧结局的处理方式：就伦理道德而言，为欧阳云打抱不平伸张正义的丁力，在现实中却要为其杀人行为付出生命的代价，展示出法制与道德间的悖谬关系。小说中的"我"，不仅不再是政府和法制的象征符号，而且还表现出对不健全的法律制度和不得力的普法工作等社会问题相当清醒的批判意识，这也为侦探小说创作开辟出一条新途径。1985 年出版的海岩《便衣警察》，则"把对社会批判的反思转向为对刑警战士精神层面上的探索，从苦难的人生经历中传达出崇高的人生境界"[①]。1980 年代中期出版的《傍晚敲门的女人》、《便衣警察》等创作，拓宽了以往侦探小说艺术上主要侧重于曲折故事情

---

　　①　参见范伯群、孔庆东主编：《通俗文学十五讲》，北京大学出版社 2003 年版，第 206—207 页。

节虚构想象的狭窄路径,实际上也是新时期文学界以人为中心的"知识分子写作"对通俗文学创作发生影响的结果①。

"侦探小说"是以执法者为主的"法制文学",另一分支则是以"违法者"为主要表现对象的创作,根据"违法者"身处监狱内外的不同,又可细分为从维熙《大墙下的红玉兰》为代表的"大墙文学"和表现生活在监狱外的违法者以王朔"顽主"系列为代表的小说。

"大墙文学"的提出与从维熙的创作密不可分。1978 年完成的《大墙下的红玉兰》,在《收获》1979 年第 2 期以头条刊出,并使得当期《收获》加印到几十万册之多。文艺报专门用了两期发表评论文章 20 多篇,还有众多读者来信的综合材料,对作品给予了高度评价和肯定,可见这篇小说在当时反响之强烈,其随后获得全国首届优秀中篇小说奖可谓实至名归。1979 年《十月》第 1 期刊发《第十个弹孔》,也引起很大反响,并被西安电影制片厂改编成电影。1982 年发表的《远去的白帆》、1986 年发表的《风泪眼》又分获第二、四届全国优秀中篇小说奖。1984 年出版的长篇小说《北国草》更是影响巨大,当年发表报刊评论文章 20 多篇,先后获得全国和北京四次文学奖。1986 年出版长篇小说《断桥》,获得优秀文学畅销奖。尽管从维熙和张贤亮的一系列被视为"大墙文学"的作品,主要是以"右派"分子为主人公,客观上起到了重塑新时期知识分子地位的作用,从而得到文学界的肯定。而这些作品之所以同时也能获得更多的读者青睐,则主要在于他为小说主人公所设置的社会地位:违法者、被监管者,在这些小说中,通常是把管教干部作为正义的对立面来处理。这被评论家从知识分子社会批判角度提出对"大墙文学"创作某些特征的批评,"只注重劳动者纯朴、善良的天性,回避了封建思想传统在他们心灵留下的麻木性和愚昧性;只写知识分子从劳动者得到了光和热,忽略了承担思想启蒙使命的知识分子对他们的启迪,这在某种意义上说,它未能充分继承'五四'新文学尤其是鲁迅的揭示劳动者愚昧灵魂的传统,反倒有点落入了那种公子落难、小姐搭救,文人儒士报答劳动者箪食壶浆之恩的传统文学的模

---

① 王石:《故事的与文学的——致〈便衣警察〉作者》(《人民日报》1986 年 6 月 23 日)、胡德培:《〈便衣警察〉:通俗而富有价值的艺术创造》(《文艺报》1987 年 2 月 14 日)都肯定了该作以"人"为中心的文学性。

式",也出现了模式化倾向:"大墙的磨难加遭难者的圣洁品格和崇高理想,或落难的才子与美善女性的爱情曲"①,但这恰恰是其赢得普通群众青睐的主要原因。考虑到关于从维熙和"大墙文学"的研究文章已经很多,本文不再赘述。"大墙文学"除从维熙、张贤亮外,还有刘静生《当代江湖秘录》,航鹰的"大墙内外"系列《杜鹃》、《鸽子》、《黑管》等,以及江苏文艺出版社1986年推出的《中国西部大监狱》等。

与"大墙文学"之初把监管干部刻画为正义对立面不同,在柯岩长篇小说《寻找回来的世界》中,工读学校里的老师是以挽救失足少年的形象出现的,代表了正义和美好。小说出版后由中央人民广播电台连播,继而又拍摄成同名电视连续剧上映,曾荣获飞天奖、金鹰奖、国家教委奖及宋庆龄儿童文学奖,在读者与观众中影响深远。小说主要描写了工读学校里教师和学生间的矛盾、"斗争"和心灵世界。小说中,对于倩倩这个高尚、严肃、热诚青年女教师形象的刻画浓墨重彩。她追求美而和谐的诗意世界,其富有人性感召力的性格,使她成为人生再造伟大工程的成功者。由于她和同事的艰苦工作,终使"伯爵"谢悦、"铜铁佛爷"赵建国、"吃生肉的"郭喜相、"小疯子"向秀儿、宋小丽等这些曾经的失足少年冲出邪恶和疯狂,重获新生,被找回到正常的生活世界中来。

把王朔小说与法制文学联系起来,可能会引起很多读者的非议,但早在1987年王朔自己就表达了作为一个法制文学创作者的自豪感,"我与法制文学的缘分是从《一半是火焰,一半是海水》(《啄木鸟》1986年第2期)开始的。起初我并没有意识到我已经是在搞法制文学了,当时我和许多人一样,对法制文学的范围认识得很褊狭,认为不过是侦探小说的冠冕堂皇的叫法儿"②,是《啄木鸟》编辑魏冬生启发了他重新认识可以包罗万象的"法制文学"。分别以刑事犯罪、经济犯罪为题材的两部中篇小说《一半是火焰,一半是海水》、《橡皮人》,为新时期"法制文学"提供了新的写作经验。小说选择了以往"法制文学"中几乎从未出现过的"违法者"的叙事视角,描述的却是这些违法者

---

① 参见张韧、从维熙:《"大墙文学"的得失与〈风泪眼〉的新探索》,《光明日报》1986年9月11日。

② 王朔:《我与法制文学》,《中国法制报》1987年1月1日。

的正常生活。小说《一半是火焰，一半是海水》中，更多地着墨于专以假扮民警闯入饭店来敲诈想嫖娼的外商或港客钱物为生的张明，与两个女大学生吴迪、胡昳间的感情经历。能一再被正派姑娘看上的情节设置，是对以往公安题材作品中犯罪分子大都猥琐等不正常形象刻画的一种冲击。吴迪的死，似乎拯救了张明，使他在与胡昳的交往过程中，由一个曾被吴迪的好友陈伟玲痛斥为"卑劣无耻、彻底堕落的坏蛋"，转而变为孤身抓获俩穷凶极恶通缉犯的英雄。但无论是作为被判十五年的劳改犯，还是抓获通缉犯的英雄，似乎又都与小说中的张明无关，他仍是一副无所谓的样子。描述出这样一种思想状态，才是作者创作的主要意图，"我是想描写处于这样一种危险的临界点的部分人的精神状态，介乎于'思想解放'和放荡不羁之间的那些青年。"《橡皮人》则是以投机倒把的经济犯罪为主要内容，也杂糅以普通生活细节。"张明"和"我"式的违法者形象，已经预示了后来《顽主》系列中将会出现的、徘徊在道德与法律边缘，被认为是"反社会反规范反偶像性很契合大众的烦躁心态，也容易满足大众宣泄欲望"的"痞子"形象①。应该说法制小说到了王朔这里，注重设置悬念、惊险情节和丰富想象力的传统方式，已经被置换为一种更为从容、平实的叙述，传统法制小说的浪漫主义色彩越来越被淡化，而哲理化的写实风格更为强烈。这与中国作协等文学领导机构对"法制文学"的倡导，把它纳入社会主义精神文明建设的一个重要方面不无关系。在1986年10月召开的法制文学研讨会上，袁鹰代表中国作协的所致贺词中指明了具有新时代特征"中国式"法制文学的发展方向：是不同于西方侦探故事、苏联惊险小说，也不同于日本推理小说，"已经从一般的破案小说、谴责小说向更高层次发展和升华"，"要无情地刺向封建主义、资本主义的腐朽思想，要鞭挞和涤荡那形形色色的特权思想、宗法思想、专制作风、人身依附观念、男尊女卑意识、奴化思想和一切违法犯纪行为。"②因此，在1980年代末和1990年代初法制文学被媒体大肆倡导，兴起研究和创作热潮，本文不再赘述。

新时期通俗文学的另一重要支柱就是"民间文学"之一分支——新故

---

① 赵天才：《大众文化与新时期小说的通俗化叙事》，《湖北大学学报（哲社版）》2004年第2期。

② 参见袁鹰：《人民呼唤着法制和法制文学》，《蓝盾》1986年第12期。

事,《故事会》是其主要阵地。1979 年发行量为 25 万册的《故事会》,到 1986 年已经达到 500 万册,最高数字达到过 700 万册,曾被媒体严厉批评、勒令整顿过的抚顺《故事报》,其发行量也突破了百万大关。以 1985 年为例,这一年《故事会》和其他同类刊物的印数分别为:《故事会》760 万册;《故事大王》160 万册;《采风》150 万册;《电影故事》101 万册;《上海故事》50 万册,可见"故事"这种文学样式在当时的受欢迎程度,而《故事会》又以"新故事"的特色稳居榜首。《故事会》编辑部早在 1979 年就曾邀请全国十二省市从事故事研究的专家(包括中国社会科学院文学研究所、北京大学、辽宁大学、复旦大学、上海师院、浙江教育学院等故事理论研究者)举行学术讨论会,探讨当代故事文学的发展方向。1986 年起,编辑部又举办了两届故事创作函授班,学员达四五千人,编辑部的同志编写了一本约 60 万字的教材《故事的基本理论及其创作技法》。1987 年,编辑部举办故事理论讲习班,全国有 80 多人来参加学习①。1989 年又组织出版了专门从事故事理论研究者蒋成瑀教授的研究专著《新故事理论概要》②,把"新故事"分为八类:新生活故事、新传奇故事、新案例故事、新传说故事、新幽默故事、新谜语故事、新笑话、科学故事等,从渊源流变、文体形态、创作技巧以及"新故事家"等多方面,对新时期出现的新体裁样式——"新故事"进行了较为全面的研究。

把"通俗文学"分为"传奇文学"、"法制文学"、"新故事"三大类,是从新时期通俗文学创作实绩出发而作出的划分,王朔关于通俗文学的认识:"通俗文学三大类中法制文学只是其中一类,剩下的两类便是言情文学和改革文学"③,以及他对"改革文学"和"纪实文学"的评价:"不管他们多不屑,我早把它们看做我的同父异母兄弟",或许可以代表当时一部分读者的阅读心理,就是把"改革文学"当做通俗文学作品来阅读的。至于"言情文学"一类,我并不认为新时期关于爱情、婚姻主题的文学创作应该归入通俗文学,它作为"通俗

---

① 参见何承伟:《我们的目标是力争第一》,《书海知音》,上海文艺出版社 1992 年版,第 457—459 页。

② 详见蒋成瑀:《新故事理论概要》,上海文艺出版社 1989 年版。

③ 王朔:《我与法制文学》,《中国法制报》1987 年 1 月 1 日。

文学"之一分支,只能特指港台琼瑶、岑凯伦式的小说创作①,其与新时期"知识分子写作"中对爱情题材小说的艺术要求和评价标准相去甚远。这是因为新时期之初文学界对爱情、婚姻等女性题材的突破,带有强烈文学知识分子的批判色彩,无论是在主题意蕴的深掘上,或是在艺术表现形式的探索方面,都被赋予了更为丰富的内容。

---

① 关于琼瑶言情小说的艺术特征,参见黄永林:《大众视野与民间立场·琼瑶言情小说的特色》,新华出版社 2005 年版,第 261—267 页。

结论　新时期三元文学体制与不同
谱系知识话语的扭结

　　本书所采用的研究方法,并不是把布尔迪厄"场域"理论和福柯知识考古学概念和理论框子直接拿来套到新时期文学研究上,而主要是借助他们的思想形成我自己对新时期文学的理解。出于研究的需要把文学"场域"分为实场与虚场,避免了通常所作外部研究与内部研究的简单区分,容易产生对原本自成体系的文学"场域"的割裂。所谓文学"实场",就是指由文学知识再生产架构起的社会空间关系网,由不同社群组成,与社会身份相关;所谓的文学"虚场",则主要是指在文学作品、文学批评研究文章等文学出版物中以文本形式存在的"知识场",与文化身份相关。

　　相比起"文革"期间垄断一切公开传播途径、唯"样板戏"和"阴谋文艺"独尊的文学知识生产状况,新时期文学虚场中的文学知识传统更为多元,包括中国古典文学、"五四"启蒙、20世纪三四十年代的大众文学、"十七年"文学、"文革"文学、西方古典主义文学和西方现当代文学等不同知识谱系。不同谱系的文学知识话语为获得更多的再生产机会,借助于实场中各种有利因素,采取不同策略,时而分化、时而"扭结"①。实场与虚场间相互作用,形成瑰丽多姿的新时期文学景观。结合社会身份与文化身份,或者说根据所占政治资本、经济资本和知识资本份额的不同,可以把文学创作大体分为三类:受政治资本影响与主流意识形态结合紧密的"国家意识形态文学"创作;知识资本为主导的"知识分子写作";受经济资本影响的"通俗文学"再生产。

---

　　①　这里的"扭结"主要是借鉴了董之林《旧梦新知:"十七年"小说论稿》(广西师范大学出版社2004年版)中针对"十七年"文学形式研究容易被忽视的社会历史政治文化内容,而提出的"历史扭结"概念。

　　新时期"国家意识形态文学",与30年代以来至"十七年"的"革命文学"①一脉相承,是指以"革命"的名义强调用文学进行爱国主义、集体主义教育,强调文学对社会主义精神文明建设的重要作用,在这种文学价值观指导下,以"十七年"提出的"两结合"创作方法为标准的文学创作。在创作中主要表现为《西线轶事》、《高山下的花环》、《昆仑》、《射天狼》等军事题材的小说创作和《中国姑娘》、《扬眉剑出鞘》等体育题材的报告文学。军事文学的革命教育意义及影响自不必说,对于这些体育题材报告文学的美学价值,也早有论者明确指出:"实际上早已冲破了行业的疆界,超出了体育新闻报告的意义,超出了纯文学的价值,变成了爱国主义的交响诗,民族精神的教科书。"②1981、1982年间,在《体育报》和一些著名文学期刊的大力推动下,"体育文学"逐渐活跃于文坛。理由的《扬眉剑出鞘》在《新体育》发表后,《人民日报》转载,其影响之大,为历来"体育文学"所未有。此后,黄宗英的《思念》、陈祖芬的《美》、叶文玲的《慧眼》、李玲修的《心,永远憧憬着未来》等,都得到了读者的好评。鲁光《中国姑娘》在《当代》1981年第5期上发表以后,读者如云,盛况空前,大小报刊20多种竞相转载。而对"体育文学"的倡导,大都是以其对于加强爱国主义、集体主义教育的重要意义为依据。如阎纲就提出,"优秀的'军事文学'作品,向来是对读者进行爱国主义、国际主义和共产主义教育的最佳材料。'体育文学'非常接近'军事文学',体育比赛也就是运动场上的'战争'。"③

　　新时期"国家意识形态文学"呈现出与"十七年"革命文学不尽相同的知识特点。首先是与"十七年"中"革命文学"以小说为主要文学样式不同,新时期"国家意识形态文学"在小说这种文体的创作中被弱化,而以报告文学为主要文体形式。这是视小说为主要想象方式的文学知识分子身份自觉的必然结果。他们或以"社会批判"、或以"知识更新"为己任,追求文学自身的审美价

---

　　①　"革命文学",是中国现代文学研究中的一个术语。可参见旷新年《一九二八:革命文学》,山东教育出版社1998年版,第111页,或洪子诚《问题与方法》中对"革命文学"知识谱系的梳理,三联书店2002年版,第282页。

　　②　洪珉:《漫评体育题材报告文学》,《北京师范大学学报(社科版)》1984年第1期。

　　③　参见阎纲:《发展"体育文学"——题材问题之四》,《文学八年》,花山文艺出版社1987年版,第438—439页。

值和独立性以及张扬启蒙文学精神人道主义哲学,在新时期之初赢得了文学界更多作家、批评家的拥趸。其次,新时期"国家意识形态文学"开始剔除"十七年"主流革命文学中流行的"阶级"话语,而代之以民族主义、国家主义的知识话语,以之规约当时正被文学知识分子所热衷的"个性"、"主体性"话语,来增强主流意识形态的话语凝聚力。再次,与"十七年"革命文学中对"两结合"更偏重于理想主义精神而将之局囿于"写光明"、"写本质"范畴的理解不同,新时期"国家意识形态文学"所倡扬的"两结合"创作方法,开始以塑造社会主义新人为主要人物,更注重真实性,以及对人物性格的刻画表现出丰富性特征。最早对军事题材小说进行变革并得到好评者,应首推徐怀中以对越自卫还击战为素材的《西线轶事》。《西线轶事》并没有延续以往革命文学把英雄人物神化的传统,而是淡化以往革命文学把战争、冲突都处理得过于激烈的严酷色彩,以生活写战争,首先表达出"普通人"的英雄观和审美观,这使它成为新时期文学中以"知识分子写作"改造"国家意识形态文学"的成功典范。特别是小说对一个男步话兵刘毛妹和陶珂等六个女步话兵,这些"社会主义新人"形象的成功塑造,也是该小说能高居1980年全国优秀短篇小说榜首的重要原因。后来轰动一时的《高山下的花环》、《射天狼》甚至是莫言的《红高粱》等军旅题材的创作,都延续、发展了其注重塑造英雄人物性格的丰富性这一成功经验。与军事英雄相呼应,体育明星和改革中的弄潮儿是另外两类"社会主义新人",被通称为"改革文学"以塑造"改革"中的英雄人物为主要任务的作品中,那些侧重于反思传统文化、显示出知识分子对两种文明间发生冲突的思考的小说,再次证明了新时期文学创作中,存在着"革命"话语与"知识分子"话语的相互扭结的复杂现象。因此,就注重艺术形式创新这一点而言,新时期"国家意识形态文学"中的某些作品也可以视为"知识分子写作"之一种,即认同"革命"话语并自觉以宣传"革命"知识为主要创作意图的文学知识分子所进行的创作。但是,其中流露出有意识地与主流意识形态相呼应的创作意图,又使它从坚守文学自主立场的"知识分子写作"中被分离出来。

新时期"知识分子写作",主要是指有明确知识分子精英意识的专业作家和批评家,以"知识批判"(包括"社会知识批判"和"文学专业知识更新")为目的而进行的创作和批评。新时期"知识分子写作",是新时期文学知识分子对于中国文学"现代性"的一种想象,也是他们参与当时意识形态对于国家现代化想象的主要途径。这种想象是以"真实性"为基本原则的,但依据"想象"的理论资源和表达方式等方面存在的差异,新时期"知识分子写作"又可以细分为:现实主义文学、浪漫主义文学和"现代派"文学三个谱系。

现实主义文学主要以"革命现实主义"名义最先占据了新时期文学场域中的领军位置,它承继的是"为人生"的"五四"新文学传统,奉西方 19 世纪末批判现实主义为圭臬,对知识分子身份及其与"人民"关系的深入思考,是新时期现实主义文学中重要的一支。从《班主任》开始,1980 年代初的《丹心谱》、《人到中年》等现实主义文学作品还更多地关注于要确证知识分子精英身份的社会地位,《绿化树》、《跌跤姻缘》、《活动变人形》则表明开始从文化心理层面深入反思中国知识分子身份、命运问题,不再简单地把知识分子视为"启蒙"大众的精英。除了对"典型人物"的塑造,新时期现实主义文学中"典型环境"出现了新特点,它不再以阶级斗争为主题,而是加入更多心理的、历史的、文化的内涵,呈现出新的美学特征,主要包括刘绍棠、汪曾祺等农村题材的"乡土文学"和邓友梅、陆文夫等市民题材的"民俗小说"两个分支。新时期浪漫主义文学知识主要隐匿于古典文学、外国文学和中国现代文学研究中,发表于 1977 年曾葭《"浪漫主义"的奇谈与妙用》一文,奠定了新时期文学场域中将"浪漫主义"文学知识等同于"虚假"理想主义的批评基调,因此,新时期对浪漫主义文学知识的接受经历了一个由"理想化"到"抒情性"的认识过程。新时期浪漫主义文学是以"想象"和"抒情"分裂状态存在的。浪漫主义文学重想象、虚构的元素,在探索未来的"科幻小说"创作得以延续,科幻小说作家毫不讳言其创作的"虚构"性,应该说这也是引发争论而最终被当做精神污染清除的原因之一。浪漫主义文学强调"主体性"、抒情性的观念,则主要体现在舒婷、顾城、昌耀、海子等抒情诗人和张承志等知青作家的小说中。新时期"现代派"文学主要以"人"和"语言"为两个理论支点,把西方现代主义、后现代主义想象为实现中国文学"现代性"的主要途径,一出场就摆出与现实主义争锋之势,到 1980 年代中后期形成与现实主义二分天下之局面。刘再复的"性格二重组合原理",采取偷现实主义的梁(典型),改换为"现代主义"柱的方法,为新时期文学场域中西方现代主义文学经典地位的确立立下汗马功劳。新时期"现代派"文学创作,主要通过对非理性世界的关注,表现出对于把"理性"秩序重建想象为实现现代化主要途径的现实主义文学承诺的极大不信任,是新时期重建"理性"秩序过程中的一种颠覆性力量,爱情、女性题材是"现代派"文学的首选突破口。张洁、张辛欣、李剑等爱情题材的小说也因此备受争议。

新时期通俗文学与中国民间文学、20世纪30年代开始的文艺大众化运动,以及"工农兵"文学为主体的新中国群众文化的蓬勃开展一脉相承。而新时期之初随着精英意识的觉醒,文学知识分子开始致力于文学专业化道路的探索,在创作上出现了与大众审美趣味相背离的现象,也为新时期通俗文学的兴起提供了有利时机。同时,还有出版发行体制改革和经济发展带来的影响也是新时期通俗文学得以兴起的有力保证。新时期通俗文学是以业余作者为主力,主要借助于出版界的力量扎根于新时期文学场域之中,经历了一个被文学界专业人士蔑视、批判到承认的过程。我认为新时期通俗文学的知识形态主要由三大类构成:传奇文学、法制文学与新故事,与港台、民国时期通俗文学不同,极少港台通俗文学中如琼瑶之言情小说这一类别的创作。爱情题材与革命话语相结合的修辞策略,是"十七年"文学的重要特征之一,也是新时期文学中重要的文学现象,新时期爱情题材小说由于被赋予丰富的象征意义而成为"知识分子写作"的重要组成部分。新时期通俗文学表达的,是新时期文学场域中普通读者、人民群众对于"文学"的认识,当文学知识分子致力于批判农民、小市民"劣根性"时,通俗文学塑造了与革命领导者、知识分子身份不同,属于他们自己的民间英雄,成为普通劳动者确证其"人民"身份地位、寄寓理想的最好去处。

新时期文学虚场中存在着不同知识谱系文学话语间的"扭结"现象,不仅包括"知识分子写作"与"国家意识形态文学"出现某种合流状态,同时,在以"知识批判"为基本文学观的"知识分子写作"内部,由于作家个体对于自成体系的现实主义、浪漫主义、"现代派"不同知识谱系的接受程度不同,在具体文学作品中,也常出现糅杂现象,比如王蒙所谓的意识流小说、张承志等知青小说创作,特别是到了1980年代中期,这种合流趋势更为明显。同时,通俗文学与"知识分子写作"间的罅隙也得到某种程度的弥合,"现代派"也借助通俗文学的力量与现实主义文学争锋,又有冯骥才、刘绍棠等专业作家出于提高"通俗文学"艺术水平的目的,开始尝试"武侠小说"的创作。而莫言《红高粱》则可称得上是成功糅合了革命文学、知识分子写作与通俗文学知识话语的典范。

新时期文学虚场中这种"扭结"现象的大量出现,一方面说明当时作家对于文学知识的接受原则大都是采取为我所用的功利主义;另一方面,从这些充满不同知识谱系文学话语"扭结"现象的文学创作所得到多方面的赞誉,也可看出传统儒家文化"中庸"思想对新时期文学审美观的影响。

新时期文学虚场中不同知识谱系文学话语所占位置的优劣,以及"扭结"现象的出现,与新时期文学实场中,由各种文学群体为"关节点"而结成的文学知识生产、传播、消费体制密切相关。新时期文学实场中的知识生产,是在"政治—文学—人民"三元体制中进行的。"人民"在新时期文学实场中地位的凸现,是以天安门诗歌运动为起点,随着以文学期刊为主力军的新时期文学场域重新生成,在文学知识分子与政治主流意识形态话语对抗中得到承认,经历了与"知识分子"由结合到分离的过程。1980年提出"文学为社会主义服务,为人民服务"的"二为"方向代替"文艺为政治服务"的口号,1982年列宁《党的组织与党的出版物》译文修改稿的发表,以及出版发行体制改革和中国作协在机构调整中被强调出来的重大举措,都表明新时期文艺政策发生调整,由以往对文学创作的直接干预转为以制定新闻出版政策来规约文学书籍和期刊的出版,间接管理文学,这都体现了为"人民"的基本原则。

新时期文学场域中三元文学体制的建立,是各种力量相互妥协的结果。其中增加"人民"一元,确实缓解了文学知识分子与主流意识形态可能会出现的某种尖锐对立,同时也为新时期文学虚场中不同知识谱系得以多元发展提供了可能。挣扎在"庙堂"与"江湖"之间的"新时期文学",经历了一个创作和批评中知识分子由唯我独尊的身份认同,走向多元价值认同的过程。不同个体知识结构和兴趣爱好的差异,使文学知识分子群体产生分化,并随着商品经济发展分歧更为明显,专业化的"知识分子写作"在1990年代发展为"私人"写作,通俗文学则更加流行。

参考文献

A、报刊类：

1.《文艺报》1978 年第 1 期—1985 年第 6 期。1985 年 7 月正式改版为报纸。

2.《文艺情况》1981 年第 1 期—1985 年第 12 期。

3.《时代的报告》1980 年第 1 期—1983 年第 12 期,1984 年第 1 期更名为《报告文学》。

4.《当代文艺思潮》1982 年第 1 期—1987 年第 6 期。

5.《外国文学研究》1978 年第 1 期—1982 年第 1 期。

6.《文学研究动态》1982 年 1—24 期;1984 年 1—12 期。

7.《河北文艺》1978 年第 1 期—1980 年第 6 期;《河北文学》1980 年第 7 期—1982 年第 1 期。

8.《文学评论》1978 年第 1 期—1987 年。

9.《人民文学》1976 年第 1 期—1987 年。

10.《上海文学》1979 年第 1 期—1987 年。

11.《译林》1980 年第 1 期。

12.《科幻海洋》1981 年第 1、3 辑。

13.《科幻世界》1982 年第 1、2、3 集,科学普及出版社 1982 年版。

14.《蓝盾》1985 年第 1 期—1987 年。

15.《文汇报》。

16.《文学报》。

17.《人民日报》。

18.《光明日报》。

19.《河北日报》。

20.《天津日报》。

21.《中国法制报》。

B、工具书类:

1. 中国出版工作者协会编:《中国出版年鉴 1980—1986》,商务印书馆 1980—1986 年版。

《中国出版年鉴 1987》,中国书籍出版社 1988 年版;《中国出版年鉴 1988》,中国书籍出版社 1989 年版;《中国出版年鉴 1989》,中国书籍出版社 1991 年版。

2. 中国社会科学院文学研究所、《中国文学研究年鉴》编辑委员会编:《中国文学研究年鉴 1981》,中国社会科学出版社 1982 年版,《年鉴》1982—1987,改由中国文联出版公司出版。

3. 国家出版事业管理局版本图书馆编:《1949—1979 翻译出版外国古典文学著作目录》,中华书局 1980 年版。

4. 中国版本图书馆编:《1980—1986 翻译出版外国文学著作目录和提要》,重庆出版社 1989 年版。

5. 刘杲、石峰编:《新中国出版五十年纪事》,新华出版社 1999 年版。

6. 巴金、荒煤、余秋雨等:《书海知音》,上海文艺出版社 1992 年版。

7. 王蒙、冯骥才等:《我与人民文学出版社——人民文学出版社建社五十周年纪念文集(1951～2001)》,人民文学出版社 2001 年版。

8. 张光年:《文坛回春纪事》,海天出版社 1998 年版。

9. 李子云:《我经历的那些人那些事》,文汇出版社 2005 年版。

10. 刘锡诚:《文坛旧事》,武汉出版社 2005 年版。

11. 刘锡诚:《在文坛的边缘上——编辑手记》,河南大学出版社 2004 年版。

12. 涂光群:《五十年文坛亲历记》上、下册,辽宁教育出版社 2005 年版。

13. 徐庆全:《风雨送春归:新时期文坛思想解放运动记事》,河南大学出版社 2005 年版。

14. 胡敬署等主编:《文学百科大辞典》,华龄出版社 1991 年版。

15. 张炯主编:《中国新文艺 1976—1982 · 史料集》,中国文联出版公司 1990 年版。

C、文学史研究专著类：

1. 张钟：《当代文学概观》，北京大学出版社 1980 年版。

2. 冯刚等编写：《中国当代文学史初稿》上、下册，人民文学出版社 1980、1981 年版。

3. 吉林省五院校编：《中国当代文学史》，吉林人民出版社 1984 年版。

4. 中国社会科学院当代文学研究室编：《新时期文学六年：1976.10—1982.9》，中国社会科学出版社 1985 年版。

5. 二十二院校编写组编：《中国当代文学史》（一、二），海峡文艺出版社 1987 年版。

6. 朱寨主编：《中国当代文学思潮史》，人民文学出版社 1987 年版。

7. 李达三主编：《中国当代文学史略》，浙江大学出版社 1989 年版。

8. 何西来：《新时期文学思潮论》，江苏文艺出版社 1985 年版。

9. 陈剑晖：《新时期文学思潮》，广东高等教育出版社 1989 年版。

10. 席扬：《选择与重构——新时期文学价值论》，时代文艺出版社 1989 年版。

11. 陈美兰：《文学思潮与当代小说》，武汉大学出版社 1994 年版。

12. 朱水涌：《文化冲突与文学嬗变：新时期文学思潮史论》，海峡文艺出版社 1994 年版。

13. 吴家荣：《新时期文学思潮史论》，安徽大学出版社 1998 年版。

14. 洪子诚：《中国当代文学史》，北京大学出版社 1999 年版。

15. 陈思和主编：《中国当代文学史教程》，复旦大学出版社 1999 年版。

16. 冯牧：《新时期文学的主流》，人民文学出版社 1981 年版。

17. 孟繁华等编：《新时期文学创作评论选》，中央广播电视大学出版社 1986 年版。

18. 周鉴铭：《新时期文学》，云南教育出版社 1986 年版。

19. 张炯：《新时期文学评论》，海峡文艺出版社 1986 年版。

20. 阎纲：《文学八年》，花山文艺出版社 1987 年版。

21. 许子东：《当代文学印象》，三联书店 1987 年版。

22. 南帆：《小说艺术模式的革命》，上海三联书店 1987 年版。

23. 陈思和：《中国新文学整体观》，上海文艺出版社 1987 年版。

24. 钱中文:《现实主义与现代主义》,人民文学出版社1987年版。

25. 邹云方、樊月娟:《当代文学跟踪录》,黑龙江人民出版社1988年版。

26. 曹文轩:《中国八十年代文学现象研究》,北京大学出版社1988年版。

27. 吕晴飞主编:《新时期文学十年》,学苑出版社1988年版。

28. 丁振海:《当代文学思潮论》,漓江出版社1989年版。

29. 巴金等:《当代文学翻译百家谈》,北京大学出版社1989年版。

30. 童志刚等主编:《融合与超越:新时期文学与外国文学》,长江文艺出版社1989年版。

31. 陆贵山、王先霈主编:《中国当代文艺思潮概论》,中国人民大学出版社1989年版。

32. 姚家华编:《朦胧诗论争集》,学苑出版社1989年版。

33. 李复威:《新时期文学面面观》,福建教育出版社1989年版。

34. 李复威:《摘下兽与鬼的面具(当代文学论文集)》,中国文联出版公司1990年版。

35. 朱寨、张炯主编:《当代文学新潮》,人民文学出版社1997年版。

36. 张德祥:《现实主义当代流变史》,社会科学文献出版社1997年版。

37. 张学正:《现实主义文学在当代中国(1976—1996)》,南开大学出版社1997年版。

38. 姚鹤鸣:《理性的追踪:新时期文学批评论纲》,江苏教育出版社1998年版。

39. 张韧:《新时期文学现象》,文化艺术出版社1998年版。

40. 汤学智:《新时期文学热门话题》,陕西人民教育出版社1998年版。

41. 张炯:《新时期文学格局》,陕西人民教育出版社1998年版。

42. 高占祥、李准主编:《新时期文学艺术成就总论》,花山文艺出版社1998年版。

43. 白烨:《文学论争二十年》,华中师范大学出版社1998年版。

44. 郑万鹏:《中国当代文学史——在世界文学视野中》,北京语言学院出版社1999年版。

45. 何西来、杜书瀛主编:《新时期文学与道德》,山东教育出版社1999年版。

46. 周成平:《春天的步履:中国新时期文学研究》,南京出版社 1999 年版。

47. 杜卫:《走出审美城:新时期文学审美论的批判性解读》,东方出版社 1999 年版。

48. 贺仲明:《中国心像——20 世纪末作家文化心态考察》,中央编译出版社 1992 年版。

49. 周晓风:《新时期文学思潮》,天津社会科学院出版社 2000 年版。

50. 刘大枫:《新时期文学本体论思潮研究》,天津社会科学院出版社 2000 年版。

51. 王铁仙等:《新时期文学二十年》,上海教育出版社 2001 年版。

52. 吴秀明:《转型时期的中国当代文学思潮》,浙江大学出版社 2001 年版。

53. 王又平:《新时期文学转型中的小说创作潮流》,华中师范大学出版社 2001 年版。

54. 陈思和主编:《新时期文学概说(1978~2000)》,广西师范大学出版社 2001 年版。

55. 张婷婷:《中国 20 世纪文艺学学术史(第四部)》,上海文艺出版社 2001 年版。

56. 吴秀明主编:《中国当代文学史写真》(中),浙江大学出版社 2002 年版。

57. 洪子诚:《问题与方法——中国当代文学史研究讲稿》,三联书店 2002 年版。

58. 陈晓明:《表意的焦虑——历史祛魅与当代文学变革》,中央编译出版社 2002 年版。

59. 何言宏:《中国书写——当代知识分子写作与现代性问题》,中央编译出版社 2002 年版。

60. 陈晓明主编:《现代性与中国当代文学转型》,云南人民出版社 2003 年版。

61. 吴格非:《萨特与中国:新时期文学中“人”的存在探询》,中国矿业大学出版社 2004 版。

62. 王爱松:《当代作家的文化立场与叙事艺术》,南京大学出版社 2004 年版。

63. 李扬:《中国当代文学思潮史》,上海社会科学院出版社 2005 年版。

64. 程文超主编:《新时期文学的叙事转型与文学思潮》,中山大学出版社 2005 年版。

65. 程文超等:《欲望的重新叙述——20 世纪中国的文学叙事与文艺精神》,广西师范大学出版社 2005 年版。

66. 南帆:《后革命的转移》,北京大学出版社 2005 年版。

67. 董健、丁帆、王彬彬主编:《中国当代文学史新稿》,人民文学出版社 2005 年版。

68. 黄发有:《准个体时代的写作》,上海三联书店 2002 年版。

69. 董之林:《旧梦新知:"十七年"小说论稿》,广西师范大学出版社 2004 年版。

70. 罗振亚:《朦胧诗后先锋诗歌研究》,中国社会科学出版社 2005 年版。

D、知识、社会学研究类:

1. [美]伯·霍尔茨纳:《知识社会学》,傅正元译,湖北人民出版社 1984 年版。

2. 黄淑娉、龚佩华:《文化人类学理论方法研究》,广东高等教育出版社 1998 年版。

3. [德]马克思·舍勒:《知识社会学问题》,艾彦译,华夏出版社 2000 年版。

4. 罗钢、刘象愚主编:《文化研究读本》,中国社会科学出版社 2000 年版。

5. 王乐理:《政治文化导论》,中国人民大学出版社 2000 年版。

6. [法]皮埃尔·布迪厄:《艺术的法则——文学场的生成和结构》,刘晖译,中央编译出版社 2001 年版。

7. [法]福柯:《词与物——人文科学考古学》,莫伟民译,上海三联书店 2001 年版。

8. 洪子诚、孟繁华主编:《当代文学关键词》,广西师范大学出版社 2002 年版。

9. [美]爱德华·W·萨义德:《知识分子论》,单德兴译,三联书店 2002

年版。

10. 南帆主编:《二十世纪中国文学批评 99 个词》,浙江文艺出版社 2003 年版。

11. 王增进:《后现代与知识分子社会位置》,中国社会科学出版社 2003 年版。

12. [美]马泰·卡林内斯库:《现代性的五副面孔》,顾爱彬、李瑞华译,商务印书馆 2002 年版。

13. 陶东风主编:《知识分子与社会转型》,河南大学出版社 2004 年版。

14. 方兢:《中国当代文学理论体系研究》,中国文联出版公司 2005 年版。

15. 黄永林:《大众视野与民间立场》,新华出版社 2005 年版。

E、作品类(略)

F、研究论文类(略)

后　记

写给而立之年

古人云：三十而立，曾希望在自己的而立之年，可以交出一份让自己满意的答卷：出版一部专著，以确定今后的"立"身之所，作为送给自己的生日礼物。可是，命运多舛，常常会有些出人意料的插曲，来时漫不经心，去时却惊心动魄，仓促应对中总无法做到从容不迫，于是，人生常常会出现许多岔路口。推迟了一年半的出版，让自己有了更多沉潜下来思考及仔细打磨的时间，或许亦是幸事？！

我知道自己害怕面对选择，因为人生中的很多题目，从来就不是如非 A 即 B 般如此简单的答案，所以常常逼迫自己没有退路，宁可义无反顾地前行。走上学术研究之路，亦是如此，从没想过要回头，即使是在貌似前途已被堵死的情况下。常常以为自己与新时期文学结缘，是注定而无法逃避的宿命：1977年底因为父亲要参加高考，还在娘胎里的我就随着母亲辗转于关外、关里，母亲 1978 年生下我就又回去插队地参加高考，尽管如此奔波辛苦，想来心中一定是充满希望与改变命运的热情，所以才会感染得我对人生如他们般乐观！整个儿时、少年时代的记忆，都闪耀着理想主义的光芒。亲历了三十年改革大潮荡涤的整个成长岁月，感受着良莠不齐的新事物、新思想、新生活方式，却都无法泯灭记忆中八十年代的纯真与善良。或许这也是当前很多学者依然钟爱于八十年代的主要原因吧？！

到南京已经三年多了，期间也经历了很多不期而遇的变故，两年间的博士后研究工作依然延续了博士论文的基本思路，以弥补当时来不及完成的部分。如今想来，依然清晰地记得三年前博士论文后记中的喜悦与百味陈杂，在熬过苏州一百多个湿冷透骨的冬寒夜后，清点那读博三年来的丝丝缕缕，看到的都是总总未竟的心愿和遗憾。或许是我对自己的苛求，又抑或是我太贪心，总希望自己能做得比当下的自己更好些,只因为害怕让那些期待的目光失望。

能够走上学术之路,一直心存感恩与庆幸。若不是王尧老师把我的不成熟视为可塑性,在我一次次令他失望以后,也从未放弃过精心打造我的希望,那么或许直到今天,我还只是一个徘徊在文学殿堂之外却自以为已经探得其中堂奥的门外汉。虽然今天还不敢说已经进得门来,可那自以为是的顽劣之气应已褪得差不多了。怎能忘记,是王尧老师在第一次通信中给自己定位为"知识分子",引发我产生探求知识分子涵义的兴趣;又怎能忘记,是老师所做的口述史研究课题,使我有机会重涉1980年代的文学氛围,得以亲耳聆听并感受到1980年代某些风云人物如谢冕、徐晓、邓友梅、贾平凹、王干、李陀、蔡翔等的所思所想,更遑论在我困惑、迷茫甚至是想泄气时先生软硬兼施的鞭策,以及整个论文写作、修改过程中老师所付出的劳苦。

我的幸运又何止于此。若没有从大学时起一直到现在,杨洪承老师不时的督促和激励,我可能根本不会踏上这条极具风险与挑战的学术之路,而终于难免会沦为一怨天尤人、斤斤计较的家庭主妇。若不是我的硕士导师雷锐教授和广西师范大学现当代文学教研室姚代亮教授、黄伟林教授、李江教授、向丹阿姨等师友的点拨和关照,我可能也不会有在这条学术之路上继续跋涉的勇气,青春岁月终难免在消磨中老去的命运。以及在所谓的学术腐败以讹传讹的今天,《新文学史料》原本素昧平生的徐编辑不以一个二年级的硕士生的贸然投稿为忤,张敏老师、董之林老师、吴功正老师等这些把文学研究作为事业来维系传承的编辑风范,着实令人心向往之! 而这一路上所得到的太多无私关爱,又让我怎能不心存感激!

特别要感谢的是从2005年因女儿赴美留学而难过原本不肯接受我访谈的王干先生,当时是在王尧老师的一再要求下才肯接见我,到现在四年多的时间里,给予我很多父辈的关心与提携,若没有他的推荐,就没有这本专著的出版;还有我素未谋面的责任编辑李椒元先生,电话中父辈沉着的声音,给了我很多的建议和鼓励,特别感谢他在整个编辑过程中所费的心思!

还有我的家人,似乎一直被我所疏忽的,其实一直都在我心里,感谢他们一直以来的默默奉献与坚定的支持。我很庆幸,在而立之年,能藉这本小书,说出我的感恩。